ro
ro
ro

rororo

Karen Sander

DER STURM

Vernichtet

Thriller

Rowohlt Taschenbuch Verlag

4. Auflage September 2024
Originalausgabe
Veröffentlicht im Rowohlt Taschenbuch Verlag,
Hamburg, August 2024

Covergestaltung Hafen Werbeagentur, Hamburg
Coverabbildung Shutterstock
Satz aus der DTL Documenta TOT
Gesamtherstellung CPI books GmbH, Leck
ISBN 978-3-499-01354-6

MIX
Papier | Fördert gute Waldnutzung
FSC® C083411

Juni 2005

Sellnitz auf dem Darß, am Abend

Eine Windbö schlug gegen den Roller, Janine hielt mit aller Kraft dagegen. Seit Stunden heulte der Sturm um die Küste, zerrte an den mächtigen Kiefern, wirbelte Sand durch die Luft und nahm immer noch an Stärke zu.

Die Landstraße tauchte in ein Waldstück ein. Hier drückte der Wind mit weniger Gewalt gegen den Roller, dafür schluckten die Bäume den letzten Rest Tageslicht. Im Lichtkegel des Scheinwerfers wirbelten Blätter und abgerissene Zweige über die Fahrbahn. Die alten Eichen schwankten gefährlich. Sogar über die Windgeräusche und das Knattern des Motors hinweg hörte Janine sie ächzen.

Ihr wurde mulmig zumute. Was für eine idiotische Idee, bei diesem Wetter draußen herumzufahren! Sie hätte genauso gut bis morgen warten können. Aber sie wollte ihn unbedingt heute noch zur Rede stellen. Solange sie nicht mit ihm gesprochen hatte, würde sie kein Auge zutun.

Außerdem würde sie morgen früh vielleicht schon wieder der Mut verlassen haben. Auch jetzt war sie so nervös, dass ihr Magen sich schmerzhaft zusammenzog. Wie würde er auf die Neuigkeit reagieren? Würde er ihr die Schuld geben? Bestimmt. Aber das würde sie ihm nicht durchgehen lassen. Es war ihr gemeinsames Problem, und sie mussten es gemeinsam lösen.

Ein klein wenig freute Janine sich sogar. Sie hatte immer Kinder haben wollen. Wenn auch nicht so früh, nicht mit neunzehn. Aber nun, wo das kleine Wesen da war, wo es jeden Tag in ihr wuchs, empfand sie ein nie gekanntes, tiefes Glück.

Ein lautes Krachen riss Janine aus ihren Überlegungen, im nächsten Moment donnerte ein dicker Ast vor ihr auf die Fahrbahn. Janine schaffte es gerade noch zu bremsen. Mit wild klopfendem Herzen blieb sie stehen. Das war knapp gewesen. Sollte sie umkehren? Es wäre vernünftiger, keine Frage. Andererseits hatte sie schon mehr als die Hälfte der Strecke hinter sich gebracht. Sie konnte das Unwetter ebenso gut bei ihm aussitzen. Er würde sie ja wohl nicht einfach wieder fortschicken, vor allem nicht in ihrem Zustand.

Vorsichtig umfuhr Janine das Hindernis. Seit sie im Wald war, hatte sie kein anderes Fahrzeug mehr gesehen. Sie gab Gas. Es war ja nicht mehr weit. Vor ihr öffnete sich eine Lichtung, und Janine bemerkte, dass es inzwischen stockdunkel war. Zudem hatte Nieselregen eingesetzt. Auch das noch.

Ein Stück weiter vorn tauchten Lichter auf, ein Fahrzeug bog von einem Waldweg auf die Straße und kam ihr entgegen. Erst als Janine schon fast vorbei war, registrierte sie, dass sie den Wagen kannte. Sie bremste ab, blickte über die Schulter. Nur noch die Rücklichter waren zu erkennen, aber sie war sich sicher, dass es der Alfa Romeo gewesen war.

Kurz entschlossen wendete Janine den Roller. Sie machte sich keine Hoffnung, ihn einzuholen, aber zu seinem Haus zu fahren, wenn er gar nicht dort war, brachte nichts. Sie war wütend auf sich selbst. Wieso war sie Hals über Kopf losgefahren, ohne zumindest vorher anzurufen?

Der Regen wurde immer stärker, Janines dünne Jeansjacke

war bereits vollkommen durchnässt. Der Wind wirbelte weiße Blüten über die Straße, die aussahen wie Schnee.

Plötzlich bemerkte sie die Rückleuchten eines Fahrzeugs. Hatte er sie ebenfalls erkannt und fuhr extra langsam, damit sie ihn einholen konnte? Jetzt leuchteten die Bremslichter auf, und der Wagen bog ab, verschwand erneut auf einem unbefestigten Weg. Was war hier los? Was machte er bei diesem Wetter im Wald?

Irgendetwas stimmte nicht. Ihr Instinkt sagte ihr, besser auf dem schnellsten Weg nach Hause zu fahren. Zumal es über ihr gefährlich knarzte und wohl nur eine Frage der Zeit war, bis der nächste Ast herunterkam. Außerdem war sie inzwischen total durchgefroren. Es war zwar Mitte Juni, aber die Temperaturen erinnerten eher an März, dazu noch der Sturm, der ihr ins Gesicht schnitt. Wenn sie nicht morgen mit Fieber im Bett liegen wollte, sollte sie machen, dass sie heimkam, und sich unter die heiße Dusche stellen.

Aber dann würde sie nie erfahren, was hier vor sich ging.

Janine drosselte das Tempo und rollte auf den Waldweg. Zum Glück war der Boden noch nicht aufgeweicht. Die Lichter des Alfa Romeo hatten sich zwischen den Stämmen verloren. Janine gab vorsichtig mehr Gas. Solange kein Abzweig kam, musste der Wagen vor ihr sein. Hauptsache, sie entdeckte ihn rechtzeitig. Sie hatte ein komisches Gefühl bei der Sache, wollte lieber unbemerkt bleiben.

Als sie schon glaubte, den Alfa verloren zu haben, sah sie die roten Rücklichter vor sich und hielt erschrocken an. Während sie noch überlegte, ob sie den Roller abstellen und sich vorsichtig näher heranschleichen sollte, setzte sich das Fahrzeug wieder in Bewegung.

Janine ließ ihm etwas Vorsprung, bevor sie nochmals die

Verfolgung aufnahm. Minuten später hatte sie den Wagen erneut eingeholt. Der Motor lief nicht mehr, aber das Standlicht war eingeschaltet. Der Wald war hier lichter, zwischen den Stämmen schimmerte das Meer hindurch. Sie schob den Roller ein Stück vom Weg hinunter und bewegte sich langsam auf das Auto zu. Dann erkannte sie, wo sie war.

Einige Meter vor dem Alfa Romeo, wo das Licht der Scheinwerfer sich in der Finsternis verlor, endete der Weg abrupt, dahinter ging es steil hinunter zum Meer. Das Kliff. Ihr heimlicher Treffpunkt.

Unversehens packte Janine die Eifersucht, stach ihr wie eine scharfe Klinge ins Herz. Sie stöhnte auf. Noch keine zwei Wochen waren sie getrennt, und schon brachte er seine neue Freundin hierher? Wie konnte er ihr das antun!

Janine wollte loslaufen und ihn zur Rede stellen, als sie die zwei Gestalten vor dem Wagen bemerkte. Sie waren mit irgendetwas am Boden beschäftigt, machten ruckartige Bewegungen. Eine von beiden hielt einen dünnen, langen Gegenstand in den Händen.

Janine schlich näher, blieb jedoch in der Deckung der Bäume. Es sah aus, als würden die beiden im Sand graben. Aber das ergab keinen Sinn. Nicht im Dunkeln, bei Regen und Sturm. Es sei denn, sie wollten sichergehen, nicht beobachtet zu werden.

Die eine Gestalt warf den langen Gegenstand weg und kam auf den Wald zu. Janines Herzschlag setzte aus. Er war es, ganz sicher, sie erkannte ihn an seiner Haltung, an der Art, wie er die Schultern zurückdrückte. Die zweite Person, die auf der anderen Seite um das Auto herumlief, wirkte älter, ging leicht gebeugt.

Die beiden kamen genau auf Janines Versteck zu. Vor Angst war sie wie gelähmt. Großer Gott, was sollte sie tun?

Doch dann blieben sie am Kofferraum des Wagens stehen. Der jüngere Mann hob die Klappe an, die beiden beugten sich hinein und griffen nach etwas, das so schwer zu sein schien, dass sie es nur mit Mühe herauswuchten konnten.

Janine beobachtete fassungslos, wie die Männer das schwere Bündel um den Wagen herumtrugen, dann verschwanden sie aus ihrem Blickfeld. Minuten später warfen sie den langen Gegenstand in den Kofferraum und stiegen ein. Während der Alfa wendete und langsam an ihrem Versteck vorbeifuhr, war Janine noch immer unfähig, sich zu rühren. Sie stand einfach nur da und versuchte zu begreifen, was gerade geschehen war.

Als sie sich schließlich in Bewegung setzte, trugen ihre Füße sie automatisch zu der Stelle, wo Minuten zuvor der Wagen gestanden hatte. Mit aller Kraft gegen Wind und Regen gestemmt, suchte sie den Boden ab, konnte aber nichts entdecken.

Sie wollte sich schon abwenden, als im Sand zu ihren Füßen etwas aufblitzte. Sie bückte sich danach. Es war der Schlüsselanhänger mit dem Logo von Alfa Romeo, den sie ihm zum Geburtstag geschenkt hatte.

15 Jahre später
Donnerstag, 30. Januar

Sellnitz auf dem Darß, am Morgen

Aufwachen!»

Kriminalhauptkommissar Tom Engelhardt knurrte unwillig. Die Stimme riss ihn aus einem sehr angenehmen Traum. Er lag unter einem Dach aus Palmwedeln, der weiße Sand war kühl, die Luft warm, das türkisblaue Meer rauschte leise. Er wollte nicht weg.

«Los, aufstehen! Der Kaffee ist fertig!»

Neben Tom stöhnte jemand. Offenbar war er nicht der Einzige, dessen Nachtruhe brutal gestört wurde. Er schlug die Augen auf, und im selben Moment musste er lächeln.

Er lag noch in den Klamotten vom Vortag in der Höhle unter dem Küchentisch, die er am Abend zuvor mit seiner fünfjährigen Tochter aus Kissen und Decken gebaut hatte. Neben ihm rieb sich seine Kollegin Mascha Krieger die verschlafenen Augen. Offenbar waren sie beide so erschöpft gewesen, dass sie es nicht mehr ins Bett geschafft hatten. Vor dem Höhleneingang stand Romy und balancierte ein Tablett mit zwei dampfenden Espressotassen.

Ihm fiel ein, dass er irgendwann in der Nacht aufgewacht war und im schwachen Licht, das von der Straße hereinfiel, gesehen hatte, wie seine Tochter eng an Mascha gekuschelt lag. Mascha hatte den Arm um Romy gelegt und wirkte im Schlaf so entspannt, wie er sie bei Tag noch nie erlebt hatte.

Ein warmes Gefühl hatte sich in seiner Brust ausgebreitet, und er hatte sich auf den Ellbogen gestützt und den beiden einfach beim Schlafen zugeschaut, fest entschlossen, bis zum Morgen wach zu bleiben, um den Moment so lange wie möglich auszukosten. Irgendwann musste er dann doch eingeschlafen sein.

«Papa! Der Kaffee!»

Rasch vertrieb Tom die Erinnerung und kroch unter dem Tisch hervor, zog im letzten Moment den Kopf ein, um sich nicht an der Tischplatte zu stoßen.

«Morgen, Romy. Du hast uns Kaffee gemacht? Das ist ja großartig!»

«Ich wusste nicht genau, welches Pad ich für die kleinen Tassen nehmen muss.»

«Er schmeckt bestimmt fantastisch.» Tom nahm eine Tasse entgegen, reichte die andere Mascha, die sich ebenfalls erhoben hatte. «Wie hast du geschlafen?», fragte er sie.

«Erstaunlich gut. Wenn man bedenkt, dass es meine erste Nacht in einer Höhle war.» Sie nippte an ihrem Espresso. «Köstlich. Danke, Romy.»

Tom probierte ebenfalls. Etwas dünn, aber gar nicht so schlecht. «Das hast du echt toll gemacht, Romy, ich bin stolz auf dich.»

Seine Tochter strahlte übers ganze Gesicht. «Ich kann auch noch einen Kaffee machen.»

Bevor Tom antworten konnte, schrillte sein Handy in der Hosentasche. Er fischte es heraus.

«Ja?»

«Guten Morgen, Herr Engelhardt. Ich muss Ihnen leider mitteilen, dass der Kindergarten heute zubleibt. Eine Kollegin ist krank, die anderen kommen nicht durch den Schnee.»

«Den Schnee? Was soll das heißen?»

«Haben Sie mal aus dem Fenster geschaut?»

«Ähm ...»

«Sorry, ich muss jetzt die übrigen Eltern benachrichtigen, Herr Engelhardt. Morgen haben wir bestimmt wieder normal geöffnet.»

«Aber ich ...»

Doch die Verbindung war bereits unterbrochen.

«Ist was passiert?», fragte Mascha besorgt.

«Kein Kindergarten heute. Schneefrei.»

«Juhu, schneefrei!» Romy begann, in der Küche herumzutanzen.

Tom stellte die leere Tasse auf der Spüle ab und trat ans Küchenfenster.

Es war noch dunkel, trotzdem erkannte er, dass der Vorgarten seines kleinen reetgedeckten Hauses im Schnee versank. Auch die Straße verbarg sich unter einer weißen Decke. Sein Bulli, der bei diesen Temperaturen ohnehin nicht ansprang, sah aus wie ein verschneiter Grabhügel.

«Heilige Scheiße», murmelte Mascha neben ihm.

Tom blickte auf die Uhr. Kurz nach sieben. Er musste eine Lösung für Romy finden und dann eine für sein Team. Gestern Nachmittag war die Heizung im Revier ausgefallen, zum zweiten Mal innerhalb weniger Tage. Seine kleine Soko musste zwei mysteriöse Todesfälle am Kliff klären und eine verschwundene Kollegin finden. Sie brauchten einen warmen Ort, wo sie sich besprechen konnten.

Er drehte sich zu Romy um, die immer noch wie verrückt auf und ab hüpfte. «Romy, kannst du bitte mal damit aufhören?»

Sie blieb stehen. «Können wir heute Schlitten fahren?»

«Ach, Romy.» Er hockte sich vor sie. «Du hast keinen Kindergarten, aber ich muss trotzdem arbeiten.»

«Hast du kein Schneefrei?»

«Leider nicht.»

«Kann ich mit aufs Revier?»

«Das geht nicht, Schatz. Da ist es eisig kalt, weil die Heizung kaputt ist. Ich rufe gleich bei Marianne an, hoffentlich hat sie Zeit.» Marianne war die Tagesmutter, die Romy normalerweise vom Kindergarten abholte und betreute, bis Tom Feierabend hatte.

«Ich kann auch zu Nicole gehen.»

Nicole war Romys Erzieherin und passte in ihrer Freizeit gelegentlich auf sie auf. Doch Tom wollte ihre Hilfsbereitschaft nicht ausnutzen, zumal Mascha angedeutet hatte, dass Nicole sich nicht ohne Hintergedanken so liebevoll um seine Tochter kümmerte. Tom wollte keinesfalls falsche Hoffnungen wecken.

Wieder meldete sich sein Handy. Er erhob sich.

«Morgen, Chef», begrüßte ihn Bernd Kruse, einer der Streifenkollegen.

«Morgen, Senior, was gibt's?»

«Wir haben ein Problem.»

Nur eins? «Was ist los?»

«Laurel und Hardy sind mit dem Streifenwagen im Straßengraben gelandet.»

Laurel und Hardy waren die Spitznamen der Kollegen Dominik Schmitt und Sebastian Kegel. Die beiden besaßen eine sehr entfernte Ähnlichkeit mit den berühmten Komikern, vor allem aber waren sie unzertrennlich.

«Dann sollen sie sich rausziehen lassen», sagte Tom ein wenig ungeduldig.

«Das ist es ja. Weit und breit ist kein Abschlepper verfügbar. Ich habe sogar schon versucht, einen Traktor zu organisieren. Keine Chance.»

Tom bemerkte Maschas fragenden Blick. «Einer der beiden Streifenwagen steckt im Schnee fest», erklärte er ihr leise.

«Dein Nachbar hat doch einen Pick-up.»

«Ich weiß nicht …»

«Bist du noch dran, Tom?», fragte Senior am Telefon.

Tom zögerte. «Schick mir den Standort», antwortete er dann. «Ich finde eine Lösung.»

Seufzend legte er auf. Wenn man ein so kleines Revier leitete, musste man alles selbst erledigen. Normalerweise störte ihn das nicht, aber hin und wieder nervte es.

«Ich kann das mit dem Streifenwagen übernehmen», sagte Mascha. «Gib mir drei Minuten im Bad.»

«Sicher?»

«Ich glaube, du hast genug anderes zu tun.» Sie ließ ihren Blick durch die Küche schweifen.

«Also gut. Du kümmerst dich um den Wagen, ich organisiere was für Romy und räume auf. Teambesprechung in einer Stunde hier bei mir.»

Am selben Morgen

Mascha rieb sich die kalten Finger, bevor sie Laurel ein Zeichen gab und sich hinter das Steuer des Pick-ups setzte. Sie hatte dem Eigentümer ihre Marke hingehalten und behauptet, sie brauche das Fahrzeug für einen Einsatz. Völliger Blödsinn, aber der Mann hatte ihr ohne zu zögern den Schlüssel ausgehändigt. Es hatte auch sein Gutes, wenn die Leute ihr Wissen über Polizeiarbeit aus US-Krimiserien bezogen.

Zum Glück war der Streifenwagen bloß in einem zugeschneiten Acker stecken geblieben. Es würde kein Problem sein, ihn da rauszuziehen. Der Pick-up verfügte über eine Seilwinde, aber für diese Aktion sollte das Abschleppseil genügen. Mascha hatte es am Heck des Streifenwagens befestigt und gab nun vorsichtig Gas, um ihn rückwärts herauszuziehen.

Erst tat sich nichts, dann ging ein Ruck durch den Wagen, und er setzte sich langsam in Bewegung. Aus den Augenwinkeln behielt Mascha Hardy im Auge, der die Operation in sicherem Abstand überwachte. Als er den Arm hob, bremste sie vorsichtig und stieg aus. Der Streifenwagen stand wieder auf der vom Schnee geräumten Fahrbahn. Laurel stieg aus.

«Danke für die schnelle Hilfe.»

«Keine Ursache. Ihr kommt zurecht?»

«Klar doch.» Er rollte das Abschleppseil auf.

Mascha machte sich auf den Weg zurück nach Sellnitz. Tom

hatte sie gebeten, Lisa, Björn und Dennis im Hotel abzuholen. Die drei Kollegen waren der Soko Sturm aus verschiedenen Dienststellen zugeteilt worden, genau wie Mascha, die eigentlich als Kryptologin im LKA in Schwerin arbeitete.

Unterwegs musste sie daran denken, wie sie heute Morgen aufgewacht war, Tom neben ihr in der Höhle unter dem Küchentisch, Romy davor, das Tablett mit den Kaffeetassen vor den Bauch gepresst. Mascha erinnerte sich nicht, sich je an einem Ort so zu Hause gefühlt zu haben, so willkommen und geborgen.

Kurz vor Sellnitz stauten sich die Autos, nichts ging mehr, weil ein Bus quer auf der Fahrbahn stand. Zum Glück tauchten Laurel und Hardy eine Minute später mit dem Streifenwagen auf und regelten den Verkehr, der Stau löste sich auf. Mascha winkte den beiden zu und fuhr rasch an dem Hindernis vorbei.

Der Hotelparkplatz war noch nicht geräumt, also hielt sie am Straßenrand. Sie nahm ihr Handy aus der Tasche, um den Kollegen Bescheid zu geben, doch in dem Moment klingelte es. Eine unbekannte Nummer aus Berlin.

«Ja, bitte?»

«Spreche ich mit Frau Krieger?» Eine Frauenstimme.

«Wer will das wissen?»

«Kant hier, Stasi-Unterlagen-Archiv, Berlin.»

Mascha durchfuhr ein heißer Schreck. Das war nicht gut. «Worum geht es?», fragte sie mit gepresster Stimme.

«Sie hatten mit meinem Kollegen Bruno Hirsch zu tun, ist das richtig?»

Maschas Gedanken rotierten. Bruno Hirsch hatte sie kontaktiert, nachdem ihre Anfrage beim Archiv abgelehnt worden war. Sie hatte versucht, an Informationen über ihre leibliche Mutter zu kommen, doch ohne einen Namen oder einen Nachweis, dass es sich tatsächlich um ihre Mutter handelte, durfte man ihr keine Auskunft geben.

Hirsch hatte schon einigen Menschen geholfen, die in einer ähnlichen Situation steckten wie sie. Unter dem Siegel der Verschwiegenheit hatte er Mascha Kopien von Akten zukommen lassen. Die Namen waren geschwärzt gewesen, trotzdem hätte Hirsch die Unterlagen nicht herausgeben dürfen.

Mascha hatte ihm vor einigen Tagen gemailt, weil sie glaubte, die richtige Akte gefunden zu haben, aber noch nichts von ihm gehört. Nun wurde ihr allmählich klar, aus welchem Grund. Bruno Hirsch musste aufgeflogen sein.

«Ich weiß nicht, was Sie meinen», sagte sie, um Zeit zu gewinnen.

«Mein Kollege hat Ihnen Unterlagen geschickt.»

«Sprechen Sie von meiner Anfrage wegen meiner Mutter? Da habe ich leider einen abschlägigen Bescheid erhalten. Ich kann mich aber nicht erinnern, von wem der kam.»

Die Frau am anderen Ende stieß einen ungeduldigen Laut aus. «Nein, das meine ich nicht, Frau Krieger.»

Mascha erblickte ihre Kollegen, die durch den Schnee auf sie zustaksten. Lisa winkte fröhlich.

Mascha winkte zurück und drückte das Handy fest ans Ohr. «Hören Sie, Frau Kant, ich bin mitten in einem Einsatz, wenn sonst nichts ist …» Ohne eine Antwort abzuwarten, unterbrach sie die Verbindung.

Am selben Morgen

Es war früh, der Buchladen noch geschlossen. Janine Kaiser saß im Hinterzimmer an ihrem Schreibtisch, drehte den Schlüsselanhänger mit dem Alfa-Romeo-Logo in ihren Händen und versuchte sich zu erinnern. An ihren Traum von letzter Nacht, an die Ereignisse vor fünfzehn Jahren.

Was war Fantasie, was Realität? Wollte sie es überhaupt wissen?

Eigentlich hatte sie vor langer Zeit beschlossen, jene Nacht und alles, was darauf folgte, hinter sich zu lassen. Aber etwas in ihr schien damit nicht abgeschlossen zu haben, und so drängten die verschwommenen Bilder immer aufs Neue an die Oberfläche.

Gestern Nacht hatte sie zum ersten Mal seit einer Ewigkeit wieder davon geträumt, so konkret wie nie zuvor. Allerdings war sie davon überzeugt, dass das, was sie im Traum erlebt hatte, nie so geschehen war. Das konnte einfach nicht sein. Ihr Hirn hatte ihr eine wilde Mischung aus vagen Erinnerungen, ihren absurden Ängsten und den jüngsten Ereignissen in Sellnitz präsentiert.

In dem Traum hatte der Vater ihres Kindes zusammen mit einem anderen Mann bei Regen und Sturm etwas am Kliff vergraben.

Etwas, das aussah wie eine Leiche.

Janine schüttelte den Gedanken ab. Vermutlich waren es solche Träume, die sie nachts in die Flucht trieben, sie dazu veranlassten, kopflos draußen umherzuirren und sich in Gefahr zu bringen. Nur erinnerte sie sich normalerweise nicht daran.

Poriomanie nannte man das. Eine Störung der Impulskontrolle, die unter anderem durch ein traumatisches Erlebnis ausgelöst werden konnte. Eine Weile war es so schlimm gewesen, dass sie einige Wochen in einer Klinik verbracht hatte. Die Therapeutin hatte damals vorgeschlagen, der Ursache für den Fluchttrieb mit Hypnose auf den Grund zu gehen. Aber Janine hatte Angst gehabt, vollständig die Kontrolle zu verlieren. Zumal sie nicht wusste, welche Erinnerungen während der Hypnose auftauchen würden und ob sie wollte, dass irgendjemand davon erfuhr.

Vielleicht hätte sie es wagen sollen. Vielleicht sollte sie es jetzt tun. Aber woher konnte sie wissen, ob das, was sie unter Hypnose ins Bewusstsein holte, wirklich geschehen und nicht wieder Einbildung war?

Zudem musste sie an Torge denken. Sie hatte einen vierzehnjährigen Sohn, der sie brauchte. Sie durfte nicht riskieren, dass er die Wahrheit erfuhr, er sollte unbelastet von der Vergangenheit aufwachsen.

Zwar stellte er manchmal Fragen, doch meistens gab er sich mit den Antworten zufrieden, die Janine sich vor vielen Jahren zurechtgelegt hatte. Es waren die gleichen, die sie auch den Leuten gegeben hatte, als sie plötzlich schwanger gewesen war. Und ihrem Großvater, dem einzigen Verwandten, der ihr damals geblieben war. Er war immer sehr hart gewesen, zu sich selbst und zu anderen. Und er hatte kein Verständnis gehabt für ihre Liebe zu Büchern. Doch er hatte ihr beigestanden, auf seine barsche Art. Hatte die Nachbarn abgewimmelt, die neugierige Fragen stellten, sie zum Arzt gefahren, sogar einen Kinderwagen gekauft.

Trotzdem war Janine froh gewesen, als sie endlich in eine eigene Wohnung ziehen konnte. Zum ersten Mal in ihrem Leben durfte sie eigene Entscheidungen treffen, Dinge so tun, wie sie es für richtig hielt. Damals hatte sie sich vorgenommen, nur noch nach vorne zu blicken.

Kurz entschlossen legte sie den Schlüsselanhänger zurück in die Schublade. Schluss mit der Grübelei.

Die Ladenglocke klingelte. Janine zuckte zusammen. Hatte sie vergessen abzuschließen? Durch die offene Bürotür konnte sie niemanden sehen, Bücherregale verstellten den Blick.

Sie schaute auf die Uhr. Noch nicht einmal acht. Sie hatte sich vorgenommen, vor Ladenöffnung den Papierkram zu erledigen. Wenn sie bis halb zehn fertig sein wollte, musste sie sich ranhalten. Aber erst mal musste sie den frühen Kunden wieder loswerden.

Sie wollte sich erheben, als jemand ins Büro trat.

Janine blieb das Herz stehen.

Er lächelte. «Habe ich dich erschreckt?»

Am selben Morgen

Tom war gerade dabei, die letzten Kissen aus der Höhle ins Wohnzimmer zu tragen, als er durchs Fenster sah, wie der Pick-up seines Nachbarn in die Einfahrt fuhr und seine Kollegen ausstiegen.

Perfektes Timing. Die Tagesmutter hatte Romy vor zehn Minuten abgeholt, das Chaos war beseitigt. Tom hoffte nur, dass die anderen etwas vom Bäcker mitgebracht hatten, ihm knurrte der Magen.

Kaum waren alle eingetreten, klingelte Paul, der Letzte im Team. Der Sellnitzer Kollege hatte eine große Papiertüte dabei, aus der es verführerisch duftete.

Sie machten es sich am Küchentisch bequem. Mascha bereitete Kaffee zu, Tom klappte seinen Laptop auf, Paul ließ die Tüte herumgehen.

«Also los», begann Tom, sobald alle sich bedient hatten. «Es gibt eine Menge zu tun. Lasst uns mit dem Stalker anfangen, auch wenn das gar nicht unser Fall ist.»

Zwei Tage zuvor hatten sie in einer halsbrecherischen Aktion einen Mann gefasst, der eine Reihe von Frauen über ihre Webcam ausspioniert hatte und in ihre Wohnung eingedrungen war. Da sie den Verdacht gehabt hatten, ihre Kollegin Kira könnte in der Gewalt des Stalkers sein, hatten sie die Operation ohne Absprache mit dem LKA durchgeführt, das für die

Ermittlungen zuständig war. Ein Unding, aber da alles gut ausgegangen war und Mascha zudem dem Ermittlerteam im LKA angehörte, hatten alle Beteiligten darüber hinweggesehen.

«Gibt es da denn Neuigkeiten?», fragte Björn.

«Wir wissen jetzt sicher, dass Nils Braake nichts mit dem Verschwinden von Kira zu tun hat.» Tom warf einen Blick auf seine Notizen. «Die DNA-Spuren an der Reisetasche, die in einem Mülleimer vor dem Friedhof gefunden wurde, stammen definitiv nicht von ihm. Zudem hat er für die mutmaßliche Tatzeit ein Alibi. Da hat er in seiner Praxis in Schwerin einen ambulanten Eingriff vorgenommen.»

«Mist», murmelte Dennis.

«Wie man's nimmt», wandte Lisa ein und strich sich die blonden Haare aus dem Gesicht. «Ich finde es eigentlich ganz beruhigend, dass Kira nicht in die Gewalt dieses Gestörten geraten ist.»

Nils Braake war Hautarzt und offenbar besessen von Narben. Eins seiner Opfer hatte er unter Gewaltandrohung entkleidet und dann die Narben gestreichelt und fotografiert.

«Sie könnte von einem noch viel schlimmeren Typen entführt worden sein», bemerkte Björn düster.

Nicht hilfreich, dachte Tom, auch wenn der Kollege natürlich recht hatte.

«Vor allem müssen wir jetzt mit der Suche wieder bei null anfangen.» Dennis schüttelte den Kopf. «Und das ohne eine konkrete Spur.»

«Mir kommt da gerade ein Gedanke.» Mascha pulte an ihrem angebissenen Brötchen herum. «Was, wenn Kiras Verschwinden doch mit unserem Fall zu tun hat?»

«Sie könnte auf eigene Faust ermittelt haben und dem Täter zu nahe gekommen sein», stimmte Lisa ihr zu.

Mascha legte das Brötchen weg. «Möglich, aber ich dachte an etwas anderes.»

«Und was?» Tom beugte sich hoffnungsvoll vor.

«Ich hatte doch die CD, die wir bei den Skeletten am Kliff gefunden haben, im Hotelzimmer liegen, weil ich die Daten darauf entschlüsseln sollte. Später wurde im Labor festgestellt, dass sich keine Fingerabdrücke daran befanden. Was, wenn die nicht vor Jahren im Zusammenhang mit den Morden beseitigt wurden, sondern erst kürzlich, nach der Entdeckung der sterblichen Überreste?»

«Du meinst, jemand ist in dein Hotelzimmer eingedrungen und hat die CD abgewischt?» Tom konnte sich nicht so recht vorstellen, weshalb jemand das hätte tun sollen. Der Täter hätte die CD ja wohl nicht zusammen mit den Opfern vergraben, wenn sie ihn irgendwie belasten würde. Und falls doch, hätte er die Abdrücke damals schon abgewischt. Oder, besser noch, die CD vernichtet.

«Ich weiß, dass irgendwer in meinem Hotelzimmer war», korrigierte Mascha ihn. «Zweimal sogar. Ich dachte bisher nur, es wäre beide Male der Stalker gewesen. Aber was, wenn nicht? Wenn der zweite Eindringling es auf die CD abgesehen hatte und Kira ihn dabei überrascht hat?»

«Aber warum hat er die CD nicht einfach mitgenommen?», fragte Paul stirnrunzelnd.

«Vielleicht, damit wir nicht merken, dass etwas damit nicht stimmt.»

«Das würde bedeuten», sagte Björn nachdenklich, «dass nur die Fingerabdrücke auf der Hülle den Täter belastet hätten, nicht aber der Inhalt der CD.»

«Dann kann es nicht unser Richter sein.» Dennis spielte mit seinem Zigarettenpäckchen herum.

Der verschlüsselte Dateiordner auf der CD hatte Fotos aus den Siebzigerjahren enthalten, die eine Versammlung von Neonazis zeigten. Bisher hatten sie nur eine Person darauf identifizieren können, Guido Zernikow, ein pensionierter Richter aus Sellnitz. Ein ehemaliger Anwalt aus Rostock hatte zudem indirekt zugegeben, den Richter mithilfe der Fotos zu milden Urteilen erpresst zu haben. Eines der Opfer vom Kliff war ein Einbrecher gewesen, der die CD mitgenommen hatte, als er vor knapp fünfzehn Jahren den Safe des Anwalts geknackt hatte. Das zweite Opfer war eine Friseurin aus Sellnitz, die davon geträumt hatte, in New York Karriere als Model zu machen. Sie war nach einem plötzlichen Geldsegen spurlos verschwunden. Ihr Ehemann Manuel Hertz, der angeblich all die Jahre geglaubt hatte, sie wäre tatsächlich ausgewandert, hatte sich erschossen, nachdem er von ihrem Tod erfahren hatte. Zwei Jugendliche hatten seine Leiche am vergangenen Samstag im Wald gefunden.

«Das werden wir sehen», sagte Tom, dem die Spekulationen ein wenig zu weit gingen. «Jedenfalls können wir nun endlich mit Zernikow reden, er ist inzwischen wieder vernehmungsfähig.»

Der Richter hatte einen Herzinfarkt erlitten, bevor sie ihn ein zweites Mal zu den verfänglichen Fotos hatten befragen können.

«Sehr gut.» Mascha rieb sich die Krümel von den Fingern. «Kann ich mitkommen?»

«Nein, ich möchte, dass Dennis und Björn ins Krankenhaus fahren. Zernikow kennt die beiden noch nicht, das macht ihn womöglich gesprächiger.»

Tom tippte auf seinem Laptop herum. «Für dich und Lisa habe ich eine andere Aufgabe. Die Verbindungsdaten von Kiras

Handy sind endlich gekommen. Ihre letzten Telefonate habe ich mir schon angesehen, da ist leider nichts Aufschlussreiches dabei. Aber ich möchte, dass du das alles noch mal durchgehst. Womöglich habe ich etwas übersehen. Und dann nehmt bitte das Umfeld von Walter Kublank gründlich unter die Lupe.» Kublank war der ermordete Einbrecher. «Ich will alles über ihn wissen. Es könnte sein, dass er bei dem Einbruch einen Komplizen oder Mitwisser hatte. Ich fahre nach Stralsund und rede mit seinem Bruder.» Helge Kublank saß gerade eine mehrjährige Haftstrafe ab. «Gut möglich, dass er damals der Komplize war.»

«Und was ist mit mir?», fragte Paul.

«Du schnappst dir Senior und machst ein bisschen Beinarbeit. Ich möchte, dass ihr ein Foto von Kublank in Sellnitz herumzeigt. Ist zwar schon ziemlich lange her, aber vielleicht erinnert sich ja trotzdem jemand an den Mann. Wenn er auf dem Darß ermordet wurde, hat er sich möglicherweise vorher schon eine Weile hier aufgehalten. Dann müsste er irgendwo gewohnt haben.»

«Was ist mit Manuel Hertz?», fragte Paul. «Ist er noch verdächtig?»

«Auf jeden Fall. Nur weil sein Abschiedsbrief kein Schuldeingeständnis enthält, heißt das nicht, dass wir ihn von der Liste streichen können. Ein Motiv hatte er jedenfalls. Seine Frau wollte ihn verlassen, und sie besaß das Geld, mit dem er seine Schulden bezahlen konnte.»

«Aber wir zweifeln nicht mehr daran, dass es Suizid war, oder?» Björn warf Lisa einen Blick zu.

Sie hatte herausgefunden, dass auf die Tatwaffe ein Schalldämpfer aufgeschraubt gewesen war. Das hatte die Selbstmordtheorie vorübergehend erschüttert.

«Ich denke, da können wir ziemlich sicher sein», antwortete Tom zögernd. «Inzwischen sind auch seine Handydaten ausgewertet. Es gibt keine Nachrichten oder Anrufe von einer unbekannten Person, keine Kontakte, die wir nicht zuordnen können.» Tom klatschte in die Hände. «Also dann, an die Arbeit. Jeder weiß, was er zu tun hat. Die Suche nach Kira hat auf jeden Fall absolute Priorität, sollte sich da irgendwas Neues ergeben, gehen wir dem sofort nach.»

Am selben Morgen

Janine war noch immer starr vor Schreck. Ihr Überraschungsbesuch war längst weg, sie hatte mit zitternden Fingern die Ladentür hinter ihm abgeschlossen und war in einen der beiden alten Ohrensessel gesunken, in denen sich sonst Lesehungrige zum Schmökern niederließen, unfähig, sich zu bewegen.

Anders als bei ihrer letzten Begegnung vor drei Tagen hatte er diesmal gestresst auf sie gewirkt und irgendwie überdreht, beinahe manisch. Am Montag hatte sie ihn zur Rede gestellt, weil er Torge nach dem Sport abgepasst und nach Hause gefahren hatte. Während des kurzen Gesprächs auf einem einsamen Parkplatz am Bodden war er vollkommen ruhig geblieben, zumindest so lange, bis Janine den Schlüsselanhänger aus der Tasche gezogen hatte.

Der Anblick hatte ihn kurzzeitig aus dem Konzept gebracht, und er hatte Janine unverhohlen damit gedroht, ihr Torge wegnehmen zu lassen. Janine zweifelte nicht daran, dass er seine Drohung wahr machen würde, wenn er sich in die Ecke gedrängt fühlte. Aber er schien auch begriffen zu haben, dass sie nicht wollte, dass er ihrem Sohn zu nahe kam. Zum Glück ahnte Torge nicht einmal, in wessen Wagen er gesessen hatte.

Und was auch immer sein Erzeuger im Schilde führte, sich seinem Sohn zu offenbaren, schien nicht Teil seines Plans zu sein. Er benutzte Torge lediglich, um Janine zu drohen. Und das mit Nachdruck.

Eben hatte er Janine ein Blatt Papier auf den Schreibtisch geknallt. Ein Auszug aus dem Krankenbericht über ihren Klinikaufenthalt vor über zehn Jahren. Sie hatte keine Ahnung, wie er darangekommen war.

Jedenfalls hatte es sie zu Tode erschreckt. Er hatte Macht. Und er würde sie nutzen, um sie zu vernichten, wenn sie ihm in die Quere kam. Allerdings verstand sie noch immer nicht, warum er überhaupt glaubte, ihr drohen zu müssen. Sie hatte doch nichts gegen ihn in der Hand, nichts jedenfalls, womit sie sich selbst nicht mehr schadete als ihm.

Ein Gedanke stieg in ihr auf, so schrecklich, dass er ihr die Kehle zuschnürte. Was, wenn ihr Traum vergangene Nacht gar kein Produkt ihrer überreizten Fantasie gewesen war? Was, wenn sie den Alfa Romeo wirklich in jener Sturmnacht auf dem Kliff gesehen hatte? Wenn die beiden Männer damals die Toten begraben hatten, deren sterbliche Überreste ein weiterer Sturm fast fünfzehn Jahre später wieder freigelegt hatte?

Am selben Vormittag

Mascha lehnte sich zurück und knetete ihren verkrampften Nacken. Toms Küchentisch war zwar groß, aber die Bank nicht dafür ausgelegt, stundenlang darauf zu sitzen und zu arbeiten. Zudem tat ihr der Rücken noch weh von der Nacht auf dem Fußboden.

«Alles okay?», fragte Lisa.

Mascha und sie waren die einzigen aus dem Team, die noch im Haus waren. Björn und Dennis waren ins Krankenhaus gefahren, Paul putzte mithilfe der Streifenkollegen Klinken, und Tom war auf dem Weg nach Stralsund.

«Mein Rücken mag das lange Sitzen nicht.»

«Kenne ich.» Lisa gähnte. «Schon was herausgefunden?»

Mascha war dabei, sich durch Kiras Verbindungsdaten zu arbeiten, von ihrem letzten Anruf am Vormittag ihres Verschwindens Stück für Stück rückwärts.

«Leider nicht. Nur, dass Kira offenbar kaum private Kontakte hatte. Außer gelegentlichen Telefonaten mit ihren Eltern finde ich hier fast nur Namen von Arbeitskollegen.»

«Vielleicht ist sie mit denen befreundet», meinte Lisa.

Mascha bezweifelte das. Und es stimmte sie traurig. Zumal sie da eine erschreckende Parallele zu sich selbst bemerkte. Wenn sie spurlos verschwände und ein Ermittler ihre Telefondaten durchginge, würde er auch nahezu ausschließlich Kommunikation mit Kollegen finden. Was das wohl über sie sagte? Sie wollte lieber nicht darüber nachdenken.

«Ich kriege langsam Hunger», sagte Lisa. «Was ist mit dir?»

«Würde nicht Nein sagen.»

«Sollen wir uns was kommen lassen? Oder kurz rausgehen? Um die Ecke an der Hauptstraße ist ein asiatischer Imbiss.»

«Dann lass uns eine Pause machen.» Mascha erhob sich und griff nach ihrer Jacke. Der kurze Spaziergang wäre nicht nur eine gute Gelegenheit, sich die Füße zu vertreten, sondern auch, ein paar private Worte mit Lisa zu wechseln. Die Kollegin litt unter einer posttraumatischen Belastungsstörung, seit sie bei der Spurensuche am Kliff bei einem Erdrutsch verschüttet worden war. Besonders Albträume und damit verbundene Schlafstörungen machten ihr zu schaffen. In der kommenden Woche wollte sie endlich eine Therapeutin aufsuchen.

Lisa blickte nach draußen. «Ach nee, es schneit schon wieder.»

Mascha folgte ihrem Blick. «Sieht nicht sehr gemütlich aus. Aber da müssen wir wohl jetzt durch.»

«Kommt darauf an.» Lisa blickte sich in der Küche um. «Meinst du, Tom hätte etwas dagegen, wenn ich uns was koche?»

«Bestimmt nicht.»

Mascha sah zu, wie Lisa in den Schränken kramte und eine Dose Linsen, zwei verschrumpelte Kartoffeln und eine Packung Kokosmilch zutage förderte. «Magst du Curry?»

«Klar.»

«Scharf?»

«Aber hallo.»

«Dann mach dich auf was gefasst.»

Während Lisa eine Zwiebel hackte und in der Pfanne anbriet,

schnappte Mascha sich eine der Akten über Walter Kublank. Zu dem Hefter, der sich mit dem Einbruch bei dem Rostocker Anwalt beschäftigte, waren mehr als ein Dutzend mit weiteren Fällen hinzugekommen. Kublank hatte zahllose Einbrüche verübt. Und da sie Jahrzehnte zurücklagen, waren sämtliche Akten nur in Papierform vorhanden.

Mascha überflog die Seiten, nicht ganz sicher, wonach sie überhaupt suchte. Dem Namen eines möglichen Komplizen? Einer Verbindung zu Manuel und Iris Hertz? Oder zu dem verdächtigen Richter? Sie sollte sich konzentrieren, um nichts zu überlesen, aber Frust machte sich in ihr breit. Während sie uralte Akten durchblätterte, war Kira irgendwo eingesperrt und stand Todesängste aus. Was sie tat, kam ihr so sinnlos vor.

Sie schlug die nächste Seite auf, stockte, blätterte zurück. Das war interessant. Sie griff nach ihrem Handy und rief Tom an. Er ging nach dem zweiten Klingeln ran.

«Was gibt's, Mascha?»

«Bist du schon bei Helge Kublank?»

«Gerade auf dem Parkplatz angekommen.»

«Frag ihn nach einer Helga Sonnleitner.»

«Wer ist das?»

«Eine Frau hier aus Sellnitz, die seinem Bruder vor Jahren in einem anderen Fall ein Alibi gegeben hat.»

«Wohnt sie noch auf dem Darß?»

«Habe ich noch nicht überprüft. Ich wollte dir sofort Bescheid geben.»

«Gut, danke. Versuch sie ausfindig zu machen. Wenn sie Kublank ein Alibi gegeben hat, kannten die beiden sich womöglich näher. Dann könnte Kublank nach dem Bruch auf den Darß gefahren sein, um bei ihr unterzuschlüpfen.»

Mascha versprach, sich darum zu kümmern, und legte auf. Als sie hochblickte, stand Lisa mit zwei dampfenden Tellern vor ihr. Es duftete köstlich.

«Eine Spur?», fragte sie.

«Möglicherweise. Wenn ich die Frau ausfindig gemacht habe, wissen wir mehr.»

«Aber erst wird gegessen.»

Mascha lächelte. «Worauf du dich verlassen kannst.»

Am selben Tag

Guido Zernikow lag in einem Einzelzimmer mit Blick über das Kliff. Auf dem Tisch unter dem Fenster standen mehrere Vasen mit Blumen, verschiedene Grußkarten, ein Präsentkorb und sogar eine Flasche Champagner. Doch all die kostspieligen Genesungswünsche täuschten nicht darüber hinweg, dass der ehemalige Richter einsam und allein in seinem Krankenzimmer ausharrte. Björn hatte nachgefragt, Besuch hatte der alte Herr bisher noch nicht bekommen.

Er trat näher. Tom hatte den Achtundsiebzigjährigen als rüstig und energisch beschrieben, davon war nicht mehr viel zu sehen. Blass und mit eingefallenen Wangen saß er im Bett.

«Guten Tag, Herr Zernikow», begrüßte Björn ihn. «Mein Name ist Björn André, das ist mein Kollege Dennis Schwarz.»

«Die Polizei, na so was. Ich habe mich schon gefragt, wann Sie auftauchen. Was ist mit Hauptkommissar Engelhardt? Hat er Sie beide vorgeschickt?»

Björn sah Dennis mit hochgezogenen Brauen an und zog sich einen Stuhl heran. Ganz so schwach, wie er auf den ersten Blick gewirkt hatte, war Zernikow wohl doch nicht. «Herr Engelhardt lässt grüßen», sagte er. «Als Ermittlungsleiter hat er leider alle Hände voll zu tun.»

«Er hat wohl gedacht, dass ich angesichts von zwei neuen Gesichtern gesprächsbereiter bin.»

Seinen Scharfsinn hatte der Richter offenbar auch nicht eingebüßt.

«Und?», fragte Björn. «Sind Sie das?»

«Wüsste nicht warum.»

«Vielleicht, weil ein gewisser Anwalt aus Rostock mit uns geplaudert hat», warf Dennis beiläufig vom Fußende des Bettes ein.

Das schien den Richter zu verunsichern. «Keine Ahnung, wovon Sie reden», blaffte er.

«Sie kennen also keinen Strafverteidiger namens Dirk Teschendorf?», übernahm Björn wieder.

«Das habe ich nicht gesagt.»

«Hatten Sie beruflich mit ihm zu tun?»

«Ich hatte als Richter mit jeder Menge Anwälten zu tun im Laufe meiner Karriere, was glauben Sie denn?»

«Herr Teschendorf hat zugegeben, dass er gewisse Fotos benutzt hat, um Sie gegenüber seinen Klienten milde zu stimmen.»

«Das glaube ich Ihnen nicht!»

«Aber es ist die Wahrheit.»

Guido Zernikow musterte Björn abschätzend. Der kam sich mit einem Mal unzulänglich vor in dem leicht zerknitterten Hemd, das er bereits gestern getragen hatte, und mit dem verletzten Bein. Bestimmt war dem Richter sein leichtes Humpeln aufgefallen.

Zernikow hingegen sah sogar im Pyjama würdevoll aus. Sein weißes Haar war ordentlich zurückgekämmt, die Finger auf der Bettdecke sorgfältig manikürt.

Er lehnte sich zurück, wirkte plötzlich müde. «Mag sein, dass ein gewisser Strafverteidiger versucht hat, mir mit Fotos, auf denen er glaubte, mich zu erkennen, milde Urteile abzuringen», räumte er zu Björns Überraschung ein. «Aber das bedeutet nicht, dass er damit Erfolg hatte.»

«Sie geben also zu, dass Teschendorf Sie erpresst hat?», hakte Dennis nach.

Björn warf ihm einen warnenden Blick zu. Wenn sie den Mann in die Ecke drängten, würde er dichtmachen.

«Ich kann wohl kaum etwas zugeben, das eine andere Person möglicherweise getan oder unterlassen hat», verbesserte Zernikow, den Blick missbilligend auf Dennis gerichtet. «Wie ich bereits sagte, ist es möglich, dass Teschendorf einen solchen Erpressungsversuch unternommen hat. Wenn er das Ihnen gegenüber eingeräumt hat, wird es wohl so sein. Ich bin jedoch nicht erpressbar. An meinen Urteilen gibt es nichts anzufechten, ich habe immer auf Basis unserer Gesetze Recht gesprochen, nie zu meinem eigenen Vorteil.»

«Und was ist mit Iris Hertz?»

Zernikow wirkte ehrlich überrascht. «Wer soll das sein?»

«Sie haben Hauptkommissar Engelhardt erzählt, dass Frau Hertz Geld von Ihnen erpresst hat.»

Der alte Mann überlegte, dann winkte er ab. «Das meinen Sie. Und leider liegen Sie wieder falsch. Als Polizisten müssten Sie eigentlich in der Lage sein, bei den Fakten zu bleiben. Ich habe angedeutet, von einer unbekannten Person erpresst worden zu sein. Einen Namen habe ich nie genannt.»

«Und Sie haben ihr Geld gezahlt.»

Guido Zernikow seufzte. «Das war ein Fehler.»

Dennis beugte sich über das Bett. «Wieso?», fragte er scharf.

«Weil es eine Lüge war, damit Ihr Kollege Ruhe gibt.»

«Wie bitte?» Björn starrte den alten Mann ehrlich überrascht an.

«Ich wollte nicht, dass er weiterbohrt und dabei auf Dirk Teschendorf und seinen armseligen Erpressungsversuch stößt. Allein der Verdacht, bei einigen meiner Prozesse könnte es nicht mit rechten Dingen zugegangen sein, würde eine Flut von Revisionsanträgen auslösen. Und das völlig ohne Grund. Das wollte ich uns allen ersparen. Ich gebe zu, das war nicht sehr klug von mir. Ich hätte wissen müssen, dass Sie trotzdem weiter im Dreck wühlen werden.»

Björn starrte den ehemaligen Richter ungläubig an. «Verstehe ich das richtig, Sie sind nie um Geld erpresst worden?»

«Das ist korrekt.»

Dennis schnaubte. «Sie wollen doch nur Ihren Kopf aus der Schlinge ziehen, jetzt wo Ihnen klar geworden ist, dass Sie ein astreines Motiv für einen Doppelmord haben.»

Zernikow schüttelte müde den Kopf und wandte sich an Björn. «Vielleicht können Sie Ihrem heißspornigen Kollegen klarmachen, dass ich nicht in der körperlichen Verfassung bin, zwei Menschen zu töten.»

«Vor sieben Jahren waren Sie es vielleicht noch», gab Dennis zurück.

«Sie verschwenden Ihre Zeit.»

«Sie würden uns Zeit sparen, wenn Sie uns verraten würden, wo Sie an dem Tag waren, als Iris Hertz zuletzt lebend gesehen wurde.» Björn zog seinen Notizblock zurate. «Das war am siebten November 2012 gegen Mittag. Ein Mittwoch übrigens. Ist ziemlich lang her, ich weiß. Aber vielleicht sind Sie ja noch im Besitz alter Terminkalender.»

«Da brauche ich keinen Kalender.» Ein triumphierendes Lächeln glitt über das Gesicht des Richters. «Warum haben Sie das nicht gleich gesagt, das hätte uns allen eine Menge Ärger erspart. Wie ich Herrn Engelhardt und seiner zauberhaften jungen Kollegin bereits erzählte, treffe ich mich einmal im Jahr mit Freunden zum Golfen in Florida. Wir fliegen immer in den ersten zwei Novemberwochen hin. Ich war also nicht mal in Deutschland, als diese Frau ermordet wurde.»

Stralsund, am selben Tag

Helge Kublank war eine gealterte Version seines Bruders, so wie Tom ihn von Fotos kannte. Seine Haare waren raspelkurz, die Fingerspitzen gelb vom Nikotin. Er war drei Jahre jünger als Walter, der dieses Jahr siebzig geworden wäre.

«Hallo, Herr Kublank, ich bin Tom Engelhardt.»

«Sind Sie der Typ, der meinen Bruder gefunden hat?»

«Ich leite die Ermittlungen in dem Fall.»

Helge Kublank nickte und förderte ein Päckchen Zigaretten zutage. In dem kleinen, nach Schweiß stinkenden Raum war Rauchen verboten, also nahm er bloß eine Zigarette heraus und rollte sie zwischen den Fingern.

Tom legte sein Handy auf den Tisch und schaltete auf Aufnahme. «Ich hoffe, Sie können mir ein paar Fragen beantworten.»

«Was ist dabei für mich drin?»

«Die Chance, dass der Mörder Ihres Bruders ergriffen und seiner gerechten Strafe zugeführt wird.»

«Und was hab ich davon?»

«Wollen Sie den Täter nicht hinter Gittern sehen?»

«Das macht Walter nicht wieder lebendig.»

«Wenn Sie das so sehen.» Tom legte die verschränkten Hände auf den Tisch und schwieg. Manchmal half es, einfach ein wenig abzuwarten.

Kublank spielte wieder mit der Zigarette herum, dann klopfte er damit auf den Tisch. «Also gut, schießen Sie los.»

«Was wissen Sie über den letzten Bruch Ihres Bruders?»

«Nichts.»

«Ach nein? Den Akten entnehme ich, dass Sie oft zusammengearbeitet haben. Deshalb dachte ich, Sie wären vielleicht auch diesmal dabei gewesen.» Tom lehnte sich zurück. «Keine Sorge, Sie können offen reden, die Sache ist verjährt.»

«Ich war nicht dabei, und ich wusste auch nichts davon, bis Walter mich angerufen hat.»

Tom horchte auf. «Wann war das?»

«Am nächsten Tag, glaube ich. Er war total aufgekratzt, weil in dem Tresor mehr Kohle war, als er gedacht hatte. Er hatte von irgendwem einen Tipp bekommen, aber dass es so krass viel war …»

«Haben Sie sich mit ihm getroffen?»

«Bin ich verrückt? Die Bullen wussten doch, dass er das Ding gedreht hatte, also haben Sie mich vermutlich observiert.»

«Aber Sie wussten, von wo er Sie angerufen hat.»

«Keinen Schimmer.»

«Das glaube ich Ihnen nicht. Ihr Bruder muss doch zumindest eine Andeutung gemacht haben.»

«Hat er aber nicht. Und ich habe nicht gefragt.»

Tom beschloss, die Taktik zu ändern. «Kennen Sie eine Helga Sonnleitner?»

«Was hat die damit zu tun?»

«Sie kennen sie also?»

«Eine Ex von Walter. Sie hat ihn rausgeschmissen, ihn aber später wieder in ihr Bett geholt. Ging ein paarmal so mit den beiden. Sie konnten nicht miteinander, aber ohneeinander offenbar auch nicht.»

«Könnte Ihr Bruder nach dem Bruch bei ihr untergeschlüpft sein?»

«Das dachte ich auch. Nachdem ich tagelang nichts von ihm gehört hatte und ihn auch nicht erreichen konnte, habe ich bei ihr angerufen. Aber sie behauptete, sie hätte ihn ewig nicht gesehen.»

«Haben Sie ihr geglaubt?»

Kublank zuckte mit den Achseln und rollte die Zigarette über den Tisch. «Sie sagte, sie hätte einen Typen bei sich wohnen, der Walter vermöbeln würde, sollte er es wagen, bei ihr aufzutauchen. Ich denke, unter den Umständen hat er lieber einen Bogen um Helga gemacht.»

Tom richtete sich interessiert auf. «Was war das für ein Typ? Hatte er noch eine Rechnung mit Ihrem Bruder offen?»

«Was weiß ich. Falls ja, ging es vermutlich um Helga. Walter hat nie jemanden über den Tisch gezogen oder so. War ein grundanständiger Kerl. Und der beste große Bruder, den man sich wünschen konnte.»

Täuschte sich Tom, oder schimmerten da Tränen in den Augen des Inhaftierten?

«Sie haben sich also gut mit Ihrem Bruder verstanden?»

«Er war mein bester Freund. Deshalb wusste ich auch, dass er tot sein muss. Sonst hätte er sich gemeldet. Ich bin sicher, dass er wenige Tage nach dem Bruch ermordet wurde. Vielleicht wollte sich jemand die Beute krallen. Oder dieser Anwalt hat ihn ausfindig gemacht. Was weiß ich.»

Tom stellte noch ein paar Fragen, dann bedankte er sich bei Helge Kublank und verabschiedete sich. Draußen am Wagen blieb er stehen und ließ den Blick in die Richtung wandern, wo das Meer liegen musste. Die JVA befand sich direkt an der Ostsee.

Wenn Helge Kublank die Wahrheit sagte, und daran zweifelte Tom nicht, musste Walter Kublank im Juni 2005 gestorben sein, mehr als sieben Jahre vor Iris Hertz. Das warf vollkommen neue Fragen auf: Waren die beiden sich je begegnet? Hingen die zwei Morde überhaupt zusammen? Und falls ja, steckte derselbe Täter dahinter?

Sellnitz, am selben Tag

Der Souvenirladen mit Postfiliale befand sich an der Stelle, wo die Haupteinkaufsstraße in den Weg überging, der durch die Dünen an den Strand führte. Dayita Kumar staunte jedes Mal über die Unmengen an Kitsch und Nippes zum Thema Küste und Meer, die dicht zusammengedrängt in den Regalen auf Käufer warteten. Schneekugeln mit Möwen, Segelschiffe in allen möglichen Farben und Formen, Kerzenständer aus Treibgut, bedruckte T-Shirts, Schlüsselanhänger in Ankerform, der Fantasie waren keine Grenzen gesetzt.

Sie zwängte sich zwischen den Regalen hindurch zum Postschalter, einen Stapel Briefe in der Hand. Als Chefredakteurin einer so kleinen Zeitung wie dem Sellnitzer Wochenblatt musste sie vieles selbst erledigen, zumal ihre Mitarbeiterin Edda offiziell nur halbtags arbeitete.

Aber es tat Dayita gut, sich die Beine zu vertreten, zumindest jetzt, wo ihr Muskelkater halbwegs auskuriert war. Am Montag hatte sie sich zum ersten Mal in ihrem Leben auf das Fitnessbike ihres verstorbenen Mannes gesetzt, weil sie beschlossen hatte, endlich etwas gegen ihre Kurzatmigkeit und die hässlichen Fettpölsterchen an den Hüften zu unternehmen. Zwei Tage lang hatte sie kaum laufen können. Trotzdem wollte sie heute Abend wieder aufsteigen, sofern sie es schaffte, ihren inneren Schweinehund zu überwinden.

Vor dem Postschalter stand eine ältere Dame in Mantel und Hut, die gerade dabei war, ihr Portemonnaie in der Handtasche zu verstauen. Als sie sich umdrehte, grüßte Dayita höflich. Doch die Frau starrte sie bloß an.

Dayita presste die Lippen zusammen und starrte zurück. Sie war es gewohnt, dass nicht alle Menschen bei ihrem Anblick freundlich lächelten; das war die bittere Pille, die man schlucken musste, wenn man auf einem weißen Kontinent mit dunkler Hautfarbe geboren war. Aber das bedeutete nicht, dass sie es immer einfach so wegsteckte.

Die alte Dame drückte sich an ihr vorbei, sah sich an der Tür noch einmal um, bevor sie aus dem Laden hastete, die Handtasche an die Brust gepresst.

Dayita gab die Briefe ab, kaufte noch einen Notizblock und ein paar Stifte und trat ebenfalls wieder nach draußen. Der Schnee lag fast kniehoch, und von oben rieselte es bereits wieder. Sie seufzte.

Dann kam ihr ein Gedanke. Sie kehrte zurück in den Laden, wo die Verkäuferin damit begonnen hatte, einen Karton mit Seehunden aus Porzellan auszupacken.

«Entschuldigen Sie», sprach Dayita sie an. «Die alte Dame, die vor mir dran war, kennen Sie zufällig ihren Namen?»

Die Verkäuferin beäugte sie. «Warum wollen Sie das wissen?»

«Sie kam mir irgendwie bekannt vor, ich dachte, ich erinnere mich vielleicht wieder, wenn ich weiß, wie sie heißt.»

«Tut mir leid, aber da kann ich Ihnen nicht helfen.»

Dayita war sicher, dass die Frau genau wusste, wie ihre Kundin hieß, aber sie konnte sie schlecht zwingen, ihr den Namen zu nennen. Frustriert trat sie wieder auf die Straße.

Höchstwahrscheinlich war ihre Idee sowieso vollkommen

absurd. Aber sie ließ Dayita nicht los. Vor ein paar Tagen war ein anonymer Brief in der Redaktion eingetroffen. An sie persönlich adressiert. In dem Schreiben ging es um einen nicht näher benannten Gesetzeshüter, der angeblich keine weiße Weste hatte. Aufgrund der sauberen, wenn auch etwas zittrigen Handschrift und der Tatsache, dass die Person ihr nicht einfach eine Mail geschickt hatte, nahm Dayita an, dass es sich bei der Verfasserin um eine alte Dame handelte.

Vielleicht hatte die Postkundin sie gar nicht aus Fremdenfeindlichkeit so erschrocken angestarrt, sondern weil sie sich ertappt gefühlt hatte.

Zingst, am selben Nachmittag

Mascha parkte vor der Surfschule und stieg aus. Schnee fiel in dicken Flocken, und sie zog die Kapuze über, bevor sie sich langsam einmal im Kreis drehte. Auf der einen Seite erhob sich der Deich, auf der anderen erstreckten sich verschneite Wiesen und ein großer Parkplatz. Daneben ragten zwei Gebäudekomplexe auf: etwas von der Straße zurückgesetzt ein Seniorenheim und auf der anderen Seite der Querstraße eine Anlage mit Ferienwohnungen.

Mascha rieb sich die Hände, unsicher, wo sie anfangen sollte. Nach dem Mittagessen mit Lisa hatte sie sich noch einmal mit frischer Energie an die Telefondaten gemacht, weil sie das ungute Gefühl gehabt hatte, am Vormittag irgendwas übersehen zu haben.

Und sie hatte tatsächlich etwas entdeckt. Deshalb hatte sie Björn zu Helga Sonnleitner geschickt und war nach Zingst gefahren. Der Standort eines Smartphones wurde nämlich im sogenannten Home Location Register erfasst. Dieser Eintrag blieb auch dann bestehen, wenn der Funkkontakt abbrach. Was bedeutete, dass der Netzbetreiber immer wusste, wo sich ein Mobilfunkgerät zuletzt befunden hatte. Laut HLR war Kiras Handy in Zingst gewesen, als es endgültig ausgeschaltet worden war. Leider war die Angabe nicht sonderlich genau, dafür standen die Sendemasten auf dem Darß zu weit auseinander. Aber nach Maschas Berechnungen musste es ganz in der Nähe ihres jetzigen Standorts gewesen sein.

Das Handy hatte sich einen Tag nach Kiras Verschwinden hier eingewählt. Wenn man davon ausging, dass die Kollegin nicht freiwillig untergetaucht war, musste ihr Entführer das Gerät eingeschaltet haben.

Mascha machte ein paar Schritte in die Einfahrt des Seniorenheims, Schnee knirschte unter ihren Stiefeln. Sie ließ ihren Blick über die gelb gestrichene Fassade gleiten. Arbeitete der Unbekannte hier? Oder hatte er jemanden besucht? Oder hatte er einfach nur seinen Wagen hier abgestellt und war dann zum Strand gelaufen?

Er hätte zur Seebrücke spazieren und das Telefon ins Wasser werfen können. So würden sie es nie finden, und falls doch, hätte das Salzwasser längst alle potenziellen Spuren vernichtet.

Allerdings gab es in Sellnitz ebenfalls eine Seebrücke. Warum also so lange mit dem Gerät herumfahren und das Risiko eingehen, damit erwischt zu werden? Kiras Reisetasche hatte der Täter auf dem Friedhofsparkplatz entsorgt, warum also war er für das Handy zehn Kilometer weit gefahren? Und warum hatte er es eingeschaltet, obwohl ihm klar gewesen sein musste, dass es dann geortet werden kann?

Mascha überquerte die kleine Querstraße und näherte sich dem Komplex mit den Ferienwohnungen. Um diese Jahreszeit standen bestimmt die meisten leer. Sie schob die Hände in die Jackentaschen, beugte sich vor und schaute ohne viel Hoffnung unter die Sträucher, die das Grundstück säumten. Sie glaubte nicht, dass sie noch einmal so viel Glück haben würde wie am Friedhof. Zumal nicht gesagt war, dass der Täter das Handy dort entsorgt hatte, wo er es zum letzten Mal eingeschaltet hatte.

Die Haustür öffnete sich, und ein Mann kam auf das blau lackierte, hölzerne Gartentor zu. Er war Anfang vierzig, trug einen eleganten Mantel und für das Wetter vollkommen ungeeignete Lederschuhe. Irgendetwas an ihm kam Mascha bekannt vor.

Er zog das Tor auf, trat auf den Bürgersteig und schloss es wieder. Dann warf er einen Blick in den Himmel, zog Handschuhe aus den Manteltaschen und streifte sie über.

Mascha kramte in ihrer Erinnerung, aber ihr fiel nicht ein, woher sie den Mann kannte.

Er bemerkte ihren Blick. «Kann ich Ihnen helfen?»

Er war attraktiv, hohe Stirn, freundliche Augen, das wellige braune Haar mit Schneeflocken gesprenkelt.

«Ich habe nur gerade das Haus bewundert. Schöne Lage, so dicht am Meer.»

«In der Tat. Machen Sie hier Urlaub?»

«Etwas in der Art.»

«Wenn Sie das nächste Mal kommen, melden Sie sich vorher bei mir, ich mache Ihnen einen guten Preis.» Er fummelte eine Visitenkarte aus der Hosentasche und reichte sie ihr. Dann wandte er sich ab und hastete auf einen schwarzen Jaguar XF Sportbrake zu, stieg ein und startete den Motor.

Neugierig betrachtete Mascha die Karte.

Ferienwohnungen Ostseetraum

Kontakt: René Wendt

Es folgten eine Mailadresse und eine Handynummer. René Wendt? Der Name sagte ihr nichts. Sie steckte die Karte in ihre Jackentasche, und dann fiel es ihr plötzlich ein. René Wendt war der Mann auf dem Foto, das oben rechts an der Pinnwand in Toms Büro hing.

Er war der Eigentümer der Villa, in der die zwei alten Damen wohnten, die von einem Unbekannten terrorisiert wurden. Der Täter war in ihren Keller eingebrochen, und er hatte ihr Stromkabel gekappt. Tom vermutete, dass Wendt versuchte, die beiden Schwestern zu vergraulen, denn kündigen konnte er ihnen nicht, sie hatten lebenslanges Wohnrecht.

Nachdenklich blickte Mascha dem Jaguar hinterher. War es Zufall, dass Wendt dort Ferienwohnungen besaß, wo Kiras Handy sein letztes Lebenszeichen ausgesandt hatte?

Sellnitz, am selben Tag

Als sie sich dem Haus näherten, in dem Helga Sonnleitner wohnte, fiel Björn auf, dass die Zeugin eine Nachbarin von Janine Kaiser war.

Er hatte die junge Buchhändlerin zu Anfang der Ermittlungen befragt, weil ihr Onkel ein Opfer des Darß-Rippers gewesen war, von dem sie erst gedacht hatten, er habe mit den Toten vom Kliff zu tun. Dieser Verdacht hatte sich jedoch zerschlagen.

Außerdem war Kaisers Sohn einer der beiden Jugendlichen gewesen, die die Leiche von Manuel Hertz im Wald entdeckt hatten. Björn hatte von Anfang an den Eindruck gehabt, dass Janine Kaiser ein Geheimnis hütete. Doch selbst wenn es stimmte, hatte es nichts mit ihrem Fall zu tun.

Dennis parkte den Wagen vor dem Haus. Helga Sonnleitner wohnte im ersten Stock. Als sie den Treppenabsatz erreichten, erwartete sie eine füllige Siebzigjährige mit kupferrot gefärbten Haaren und Zigarette im Mundwinkel an der Tür.

«Polizei?», fragte sie überrascht. «Wie komme ich zu der Ehre?»

«Das würden wir gern drinnen mit Ihnen bereden», entgegnete Dennis mit Blick auf die gegenüberliegende Wohnungstür.

«Na dann, immer rein in die gute Stube.»

Sonnleitner führte sie in eine verqualmte Küche, Dennis blieb an die Arbeitsfläche gelehnt stehen. Auch Björn verzichtete darauf, Platz zu nehmen, obwohl sein Bein mal wieder schmerzte.

«Wir haben gehört, dass Sie mit Walter Kublank bekannt waren», begann er.

«Bekannt? Nennt man das bei Ihnen so?» Helga Sonnleitner drückte ihre Zigarette im Aschenbecher aus und setzte sich. «Wir haben zusammengelebt, fast zwanzig Jahre lang. Na ja, etwas weniger, wenn man die Zeiten abzieht, die er im Knast verbracht hat.»

«Wann haben Sie zum letzten Mal von ihm gehört?», wollte Dennis wissen.

Die Frau sah ihn an. «Er ist tot, nicht wahr?»

«Wie kommen Sie darauf?»

«Er hätte sich bei mir gemeldet, wenn er noch leben würde. Walter war eine treue Seele.»

«Aber Sie nicht», hakte Björn ein. «Als er Sie das letzte Mal besuchen wollte, lebten Sie mit einem anderen Mann zusammen.»

«Woher wissen Sie das?»

«Stimmt es?»

Sonnleitner schob den Aschenbecher von sich weg. «Sie haben mit Helge gesprochen.» Es war keine Frage. «Kann sein, dass Walter damals nach dem Bruch bei mir unterschlüpfen wollte. Ich weiß es nicht. Wir waren da schon seit mehr als zwei Jahren nicht mehr zusammen. Und Klaus …» Sie verstummte, zog ein Päckchen Zigaretten aus der Tasche und zündete sich eine neue an.

«Was ist mit Klaus?», half Björn ihr auf die Sprünge.

«Er war da. Was man von Walter nicht gerade sagen konnte.

Der kam und ging und meinte, es wäre besser, wenn ich nicht so genau wüsste, wohin.»

«Gab es vielleicht Streit zwischen Walter Kublank und diesem Klaus?», fragte Dennis.

«Ich glaube nicht, dass die beiden sich je begegnet sind. Davon hätte ich erfahren.» Sie nahm einen tiefen Zug. «Klaus war ein ruhiger Typ, aber er konnte auch aufbrausend sein. Vor allem, wenn er dachte, ein anderer Mann wäre an mir interessiert.»

«Sie sind nicht mehr zusammen?»

Sonnleitner schüttelte den Kopf und blies Qualm in die Luft.

«Wir bräuchten seine Adresse.» Dennis zückte einen Notizblock.

«Die wird Ihnen nichts nützen, der redet nicht mehr, mit niemandem.» Sie zuckte mit den Schultern. «Lungenkrebs.»

«Verstorben?»

«Vor acht Jahren schon.»

Dennis steckte den Block wieder weg. «Und Sie, wann haben Sie zuletzt mit Walter Kublank gesprochen?»

«Herrje, das weiß ich nicht mehr. Ist Ewigkeiten her.»

«Als sein Bruder Sie im Juni 2005 angerufen hat, weil er sich Sorgen machte, wie lange war es da her?»

«Puh.» Sonnleitner zog wieder an der Zigarette. «Mindestens ein Jahr, würde ich sagen. Aber nageln Sie mich nicht drauf fest.»

«Und seither nichts?»

Sie schüttelte den Kopf. «Er ist einer der beiden Toten vom Kliff, stimmt's? Deshalb sind Sie hier. Lieber Himmel, wenn ich gewusst hätte … Der arme Kerl.» Sie drückte die Zigarette aus. «War das alles?»

Fünf Minuten später standen sie wieder auf der Straße.

Björn warf einen Blick zum Nachbarhaus, wo Janine Kaiser lebte, und tatsächlich sah er sie aus der anderen Richtung kommend durch den Schnee stapfen.

«Gib mir eine Minute», bat er Dennis und lief ihr entgegen.

«Herr André.» Sie wirkte ehrlich erfreut, ihn zu sehen. «Wollen Sie zu mir?» Ihr Gesicht wurde ernst. «Ist es wegen Torge?»

«Nein, keine Sorge. Ich bin nicht Ihretwegen hier. Mein Kollege und ich hatten in der Nähe etwas zu erledigen.» Er sah zu Dennis hinüber, der neben dem Wagen stand und mit hastigen Zügen eine Zigarette rauchte.

«Geht es um die Toten am Kliff? Wissen Sie schon etwas Neues?»

«Dazu darf ich nichts sagen, das wissen Sie doch.»

«Natürlich.» Sie senkte den Blick. «Bestimmt werden Sie ständig danach gefragt. Oder Sie müssen sich irgendwelche Geschichten anhören. Jeder bildet sich ein zu wissen, was da passiert ist.» Sie stieß mit der Schuhspitze in den Schnee.

Björn horchte auf. «Haben Sie eine Theorie?»

«Nein, ich habe keine Ahnung», wehrte sie ab. «Wie kommen Sie darauf?»

«Nur ein Gedanke.»

«Ich muss jetzt los», sagte sie, machte aber keine Anstalten weiterzugehen.

«Wir nehmen jeden Hinweis ernst», erklärte Björn mit Nachdruck. «Egal, auf welchem Weg er uns erreicht.» Er suchte ihren Blick, doch sie sah an ihm vorbei. «Oder wie absurd er uns erscheinen mag.»

«Dann will ich Sie mal nicht länger aufhalten.» Kaiser wandte sich ihm zu und sah ihm direkt in die Augen.

Björn war sich sicher, dass sie ihm gern etwas mitgeteilt hätte, sich aber nicht traute. Er öffnete den Mund, um sie zu ermutigen, doch in dem Moment hörte er Dennis rufen.

«Kommst du, Björn? Es ist scheißkalt hier draußen.»

«Sieht so aus, als müssten Sie auch weiter.» Janine Kaiser lächelte.

Björn unterdrückte seinen Frust und streckte der jungen Frau die Hand entgegen. «Wenn Sie etwas loswerden wollen, rufen Sie mich an. Jederzeit. Sie haben ja meine Nummer.»

Am selben Tag

Es dämmerte schon wieder, als Tom vor der ehemaligen Kapitänsvilla mit grün gestrichener Fassade hielt. Er hatte sich Maschas Dienstwagen ausgeliehen, um Romy abzuholen, wollte aber vorher noch auf dem Revier nach dem Rechten sehen.

Drinnen schlug ihm ohrenbetäubender Lärm entgegen. Auf der Theke brummte ein Heizlüfter, eine Pumpe beförderte knatternd das ausgelaufene Heizungswasser aus dem Keller, und von irgendwo war ein Klopfen zu hören. Hoffentlich die Handwerker, die die Heizung in Ordnung brachten.

Paul kam die Kellertreppe hoch, einen Karton mit Akten unter dem Arm.

«Sieht es schlimm aus?», wollte Tom wissen.

«Frag lieber nicht.»

«Oje. Sind viele Akten betroffen?»

«Zum Glück nicht.» Paul stellte den Karton auf der Theke ab. «Die standen alle hoch genug. Aber sie sind bei den Reparaturarbeiten im Weg. Ich helfe den Jungs ein bisschen.» Er nickte Hardy zu, der ebenfalls mit einem Karton hochkam. «Sie sind schließlich den halben Tag mit mir durch den Schnee gestapft.»

«Und? Hat es was gebracht?»

«Leider nicht. Niemand kann sich an Walter Kublank erinnern.» Paul kratzte sich am Kopf. «Was mich nicht wundert. Ist schließlich fast fünfzehn Jahre her.»

«Es könnte aber sein, dass er häufiger in Sellnitz war. Er war einige Jahre mit einer Frau zusammen, die hier wohnt.»

«Okay, wir versuchen es weiter.» Paul wollte wieder nach dem Karton greifen, überlegte es sich jedoch anders. «Da ist noch etwas.»

«Was denn?»

«Ich hatte eine Idee, vermutlich ziemlich verrückt, aber man weiß ja nie.»

«Erzähl mir davon, aber nicht hier.»

Sie gingen in Toms Büro, wo es zwar eiskalt, aber zumindest halbwegs ruhig war. Er hoffte, dass er bald wieder hier würde arbeiten können. «Also, Duke, raus mit der Sprache», forderte er Paul auf.

Der ältere Kollege rieb sich den kurzen grauen Bart. Er ging auf die sechzig zu, war jedoch kräftig und durchtrainiert, weil er leidenschaftlicher Surfer war. Daher kam auch sein Spitzname Duke, nach der hawaiianischen Surflegende Duke Kahanamoku.

«Zu DDR-Zeiten mussten die Gastgeber hier akribisch Gästebuch führen», sagte er. «Und auch heute noch müssen sämtliche Feriengäste der Kurverwaltung gemeldet werden. Eigentlich sollen die Daten drei Monate nach Ablauf des Kalenderjahres gelöscht werden, aber vor fünfzehn Jahren war noch vieles analog. Die Besitzer von Ferienwohnungen und Gästehäusern haben die alten Unterlagen vielleicht noch.»

«Eine gute Idee», sagte Tom zögernd. «Aber ich glaube nicht, dass Kublank seinen richtigen Namen benutzt hat, falls er wirklich irgendwo hier untergekommen ist.»

«War ja auch nur ein Gedanke.»

«Außerdem müsste man herausfinden, welche Unterkünfte es damals bereits gab.»

«Da gibt es Verzeichnisse.»

Tom überlegte. Er hielt es für unwahrscheinlich, dass die Gästebücher sie weiterbrachten. Vielmehr ging er davon aus, dass Kublank sich irgendwo illegal Zutritt verschafft hatte, um sich zu verstecken. Vielleicht in einem Schuppen oder leer stehenden Ferienhaus. Falls überhaupt. Vielleicht war er auch kurz nach seiner Ankunft ermordet worden.

Aber Tom wollte nichts unversucht lassen. «Also gut, schau, was du herausfindest. Aber halte dich nicht zu lange damit auf.»

Am selben Abend

Mascha beendete die Verbindung und warf das Handy aufs Bett. Sie trat ans Fenster, blickte hinaus auf die schneebedeckten Dünen hinter Toms Haus. Seit der Stalker in Untersuchungshaft saß, wohnte sie wieder in Toms Gästezimmer.

Sie umschlang ihren Körper mit den Armen. Obwohl sie gerade nichts weiter getan hatte, als einen Job anzunehmen, fühlte es sich an, als hätte sie ihr eigenes Todesurteil unterschrieben. Oder als wäre eine Zellentür mit einem lauten Krachen hinter ihr zugeschlagen.

Dabei handelte es sich um einen guten Job, einen, um den viele Kollegen sie beneiden würden. Kryptologin beim LKA, nicht mehr als Urlaubsvertretung wie bisher, sondern unbefristet. Spannende Arbeit, aber anders als bei der Kripo mit geregelten Arbeitszeiten und einem guten Gehalt.

Der Preis dafür war, dass sie die meiste Zeit am Schreibtisch verbringen würde. Keine Ermittlungen draußen auf der Straße, keine Zeugenbefragungen, keine Spurensuche am Tatort. Dabei war es genau das, was ihr an ihrem Beruf so viel Spaß machte. Sie hatte immer Ermittlerin werden wollen, keine Bürokraft. Aber einen Job, den man annahm, konnte man auch wieder kündigen. Sie würde einfach schauen, wie es sich entwickelte.

Letztlich hatte sie ohnehin keine Wahl gehabt. Wenn sie

ihrem Chef Oliver Böhm einen Korb gegeben hätte, wären ihre Tage im LKA gezählt gewesen, da war sie sicher. Wohin es sie in dem Fall verschlagen hätte, wollte sie sich gar nicht ausmalen. Schließlich war sie noch immer offiziell strafversetzt.

Und ein Gutes hatte der Job definitiv: Ihr Büro war in der Nähe von Sellnitz, im Vergleich zu Dresden jedenfalls, wo sie vorher gearbeitet hatte. Ihre Kollegen hier auf dem Darß waren ihr ans Herz gewachsen. Nicht nur das, Tom und Romy waren so etwas wie ihre Ersatzfamilie, eine, die sie sich selbst ausgesucht hatte und in der sie geschätzt und respektiert wurde.

Es klopfte.

«Komm rein!»

Tom trat ein. «Lust auf einen Schluck Wein?» Er runzelte die Stirn. «Du siehst aus, als hättest du eine schlechte Nachricht erhalten. Ist alles in Ordnung?»

«Ich habe Oliver gerade zugesagt.»

«Wirklich? Das ist doch gut, oder?»

«Ich denke schon. Allerdings bedeutet es, dass ich morgen nach Schwerin fahren muss.»

Seine Miene wurde ernst. «Du darfst nicht hierbleiben, bis der Fall geklärt ist?»

«Doch. Aber er will, dass ich den Vertrag sofort unterschreibe. Er hat wohl Angst, dass ich es mir anders überlegen könnte.» Sie zuckte mit den Schultern.

«Geht das nicht digital?»

«Keine Ahnung. Er hat mich jedenfalls zu sich bestellt.»

«Aber du kommst wieder, oder?»

«Das war meine Bedingung.»

Tom grinste erleichtert. «Sehr gut. Dann sollten wir auf den neuen Job anstoßen.»

Sie schlichen die Treppe hinunter, um Romy nicht zu wecken. Sie war nur schwer davon abzubringen gewesen, wieder eine Höhle zu bauen, und hatte hart mit Tom verhandelt. Pizza zum Abendessen und drei Kapitel vorlesen hatte sie herausgeschlagen.

Tom hatte den Kamin im Wohnzimmer entzündet, die Flammen knisterten und verbreiteten angenehme Wärme.

Er reichte Mascha ein Glas Merlot. «Auf den neuen Job.»

«Auf den Job.»

Sie stießen an, nippten. Dann ließen sie sich auf dem Sofa nieder.

«Lisa hat erzählt, dass du vorhin in Zingst warst.» Tom stellte sein Glas ab.

«Ich bin einer Spur gefolgt. Aber ohne Ergebnis. Ich war an der Stelle, wo Kiras Handy sich zum letzten Mal ins Netz eingewählt hat. Ich dachte, dass ich dort vielleicht etwas finde, das uns weiterbringt.»

«Sie war in Zingst?», fragte Tom erstaunt.

«Nicht sie, ihr Entführer, nehme ich an. Das Handy wurde einen Tag nach ihrem Verschwinden dort eingeschaltet.»

«Wo genau?»

«In der Nähe eines Parkplatzes direkt am Deich. Es gibt dort ein Seniorenheim und eine Anlage mit Ferienwohnungen. Und die Seebrücke ist auch nicht weit. Leider ist der Radius sehr groß, das hilft uns also nicht weiter.»

«Zu blöd.» Toms Blick wanderte zum Kamin, er starrte in die Flammen.

«Ich hatte dort übrigens eine interessante Begegnung.» Mascha ging in die Diele, nahm die Visitenkarte aus der Jackentasche und kehrte ins Wohnzimmer zurück. «Das ist doch der Typ, dem die Villa gehört, in der die beiden alten Schwestern wohnen, oder?» Sie reichte Tom die Karte.

«Du hast René Wendt getroffen?»

«Offenbar gehören ihm dort einige Ferienwohnungen.» Mascha zog die Knie an. «Er wusste nicht, wer ich bin, hat mich für eine Touristin gehalten. Er meinte, wenn ich das nächste Mal komme, macht er mir einen guten Preis.»

Tom zog eine Augenbraue hoch. «Merkwürdiger Typ.»

«Hat er wirklich etwas mit den Vorfällen in der Villa zu tun?»

«Das wissen wir noch nicht. Ich muss Senior morgen fragen, ob er sich schon wegen seiner Alibis gemeldet hat.»

Mascha griff nach dem Glas und nippte an ihrem Wein. «Er fährt übrigens einen schwarzen Jaguar XF Sportbrake.»

«Ja und?»

«Das ist ein Kombi. Genau wie der Wagen, den die Zeugin zum Zeitpunkt von Kiras Verschwinden hinter dem Hotel gesehen hat.»

Tom sah sie überrascht an. «Du glaubst, Wendt ist für Kiras Verschwinden verantwortlich? Und was für ein Motiv sollte er haben?»

«Das weiß ich doch auch nicht.» Mascha stellte das Glas auf dem Tisch ab. «Ich mache mir einfach Sorgen. Schon wieder ist ein Tag vergangen, und wir wissen nicht, wie es Kira geht, wo sie steckt, wer sie entführt hat.»

«Wir finden sie.» Tom legte ihr den Arm um die Schultern und zog sie zu sich heran.

«Glaubst du das wirklich?»

«Wir müssen daran glauben.»

Sie lehnte sich an ihn. «Ich habe ein ganz schlechtes Gefühl.»

Tom sagte nichts, zog sie nur fester an sich, und sie begriff, dass er auch nicht mehr an einen guten Ausgang glaubte.

Freitag, 31. Januar

Sellnitz auf dem Darß, am Vormittag

Der Schuppen stand am Ende eines lang gezogenen Grundstücks und war von Gestrüpp zugewuchert. Das Dach bog sich unter der weißen Last, zudem hatte der Wind den Schnee gegen die Vorderseite geweht, sodass er hier fast einen Meter hoch lag. In dem winzigen, völlig verdreckten Fenster prangte ein Riss, die ehemals grün gestrichene Tür hing schief in den Angeln.

Der Ort wirkte verlassen, lediglich ein paar Schuhabdrücke verwiesen darauf, dass der Eindruck täuschte.

Tom setzte das Fernglas ab und blickte sich um. Auf dem Feldweg, außer Sichtweite des Schuppens parkten die beiden Streifenwagen, in denen sie hergekommen waren. Und ein RTW, das Tom zur Sicherheit herbestellt hatte. Kein weiteres Fahrzeug weit und breit.

Der Anruf war vor einer Stunde gekommen, als sie gerade mit der Morgenbesprechung beginnen wollten, in Toms Büro auf dem Revier, wo die Heizung zum Glück wieder lief. Ein Mann, der in der Nähe wohnte und auf dem Feldweg täglich seinen Hund ausführte, hatte bemerkt, dass in dem Schuppen manchmal ein Licht zu sehen war. Einmal, so behauptete der Zeuge, habe er sogar das Gesicht einer Frau am Fenster gesehen.

Tom fragte sich, wie er auf diese Entfernung überhaupt eine

Person durch die dreckige Scheibe gesehen haben konnte, geschweige denn, dass es sich um eine Frau handelte.

Die Spuren verrieten jedoch, dass jemand den Schuppen kürzlich betreten hatte. Und der Besitzer, den Tom angerufen hatte, war es nicht gewesen. Tom nahm an, dass der Zeuge seine Beobachtung nicht vom Weg aus gemacht hatte. Vielleicht hatte er die Frau durchs Fenster beobachtet und wollte es nicht zugeben.

Obwohl Tom hoffte, dass es Kira war, glaubte er nicht ernsthaft daran. Der Schuppen war unverschlossen, warum sollte die Kollegin sich freiwillig hier verstecken?

Paul gesellte sich zu ihm. «Und?»

«Nichts zu sehen. Wir gehen rein.»

Sie näherten sich über die Rückseite. Bis auf Mascha war die komplette Soko Sturm vor Ort, sowie Laurel und Hardy. Senior und der vierte Streifenbeamte Babyface hielten im Revier die Stellung. Sehr zu Babyface' Enttäuschung, der gern bei der Aktion dabei gewesen wäre.

An der Rückwand des Schuppens angekommen, teilten sie sich auf. Dennis, Björn und Lisa gingen linksherum, Tom, Paul und die beiden Streifenbeamten umrundeten den Schuppen auf der anderen Seite.

Als sie die Vorderseite erreicht hatten, spähte Tom vorsichtig durch das kleine Fenster, doch drinnen war alles dunkel, er konnte nichts erkennen.

An der Tür zückten sie die Waffen und machten sich bereit. Tom gab Paul ein Zeichen, der an dem rostigen Griff zog. Ohne Erfolg. Er versuchte es noch einmal und stolperte rückwärts, als die Tür plötzlich nachgab.

Sofort sprang Tom in den Raum, die Waffe in beiden Händen, und blickte sich nach allen Seiten um. Die Kollegen, die hinter Tom eingetreten waren, brachten sich ebenfalls in Position.

«Polizei!», rief Tom. «Vortreten und die Hände erheben!»

Nichts rührte sich.

Tom versuchte, im Dämmerlicht etwas zu erkennen. Ein paar verschimmelte Heuballen, verrostete Geräte an der Wand. Und ein aufgerolltes Seil an einem krummen Nagel.

Er machte einen Schritt auf die Heuballen zu und reckte den Hals. Erst bemerkte er nur einen Haufen alter Kartoffelsäcke und eine leere Flasche. Dann fiel ihm auf, dass unter den Säcken ein Büschel blonde Haare hervorlugte.

Rampe bei Schwerin, am selben Vormittag

Mascha legte den Stift weg und lehnte sich zurück. Das war es also, nun war sie offiziell beim LKA Mecklenburg-Vorpommern als Kryptologin angestellt.

«Willkommen im Team», sagte Oliver mit einem breiten Lächeln, als würde er eine neue Mitarbeiterin begrüßen, die er eben erst kennengelernt hatte, und keine Kollegin, die er seit der Akademie kannte.

«Danke.»

Mascha hatte plötzlich einen dicken Kloß im Hals. Oliver hatte so viel für sie getan, hatte sie nach Schwerin geholt, als sie wegen der Nutzung von Polizeiressourcen bei der Suche nach ihrer Mutter in den Innendienst strafversetzt worden war. Und nun hatte er ihr diese Stelle besorgt, was bestimmt nicht einfach gewesen war. Doch anstatt dankbar zu sein, hatte sie das Gefühl, in der Falle zu sitzen.

Oliver schob die Papiere zusammen. «Du hast mich wirklich bis zum letzten Augenblick zappeln lassen. Und du bist eine harte Verhandlungspartnerin.»

Mascha hatte nicht nur zur Bedingung gemacht, dass sie in der Soko Sturm bleiben durfte, bis der Fall geklärt war, sondern auch, dass sie in Zukunft an mindestens zwei Tagen in der Woche von zu Hause aus arbeiten durfte. Oder von wo auch immer.

«Das ist es doch, was du an mir schätzt», gab sie zurück. «Meine Hartnäckigkeit.»

«Wenn du das sagst.» Oliver zupfte an seinem perfekt gebundenen Krawattenknoten.

Wenn Mascha es nicht besser gewusst hätte, hätte sie gedacht, er wäre nervös.

«Musst du sofort nach Sellnitz zurück?», fragte er. «Falls nicht, könnten wir zusammen zu Mittag essen.»

«In der Kantine?» Mascha hob eine Braue.

«Nein, in Schwerin.»

«Sei mir nicht böse, Oliver, aber ich sollte wirklich sofort zurückfahren. Es gibt viel zu tun, und zudem suchen wir noch immer nach der vermissten Kollegin. Aber wir holen das nach. Versprochen.»

«Kein Problem.» Oliver erhob sich, um sie zur Tür zu begleiten. Er verabschiedete sie mit einem Kuss auf die Wange. «Pass auf dich auf.»

«Mach ich doch immer.»

Tief in Gedanken kehrte Mascha zum Parkplatz zurück. Schon vor einer Woche, als Oliver ihr bei einem Abendessen das Jobangebot gemacht hatte, war ihr sein Verhalten merkwürdig vorgekommen. Sie hatte das Gefühl gehabt, dass es um mehr ging als eine Arbeitsstelle. Vor Jahren war Mascha in Oliver verknallt gewesen, aber das war lange vorbei. War es jetzt etwa umgekehrt? Falls ja, würde das ihre Arbeit beim LKA nicht unbedingt leichter machen.

Sellnitz, am selben Vormittag

Tom steckte die Waffe weg und trat auf das Bündel zu. Er wagte kaum zu atmen, so angespannt war er. Inzwischen hatten sich seine Augen an das Dämmerlicht gewöhnt, sodass er deutlich die Konturen eines Körpers unter den Kartoffelsäcken ausmachen konnte.

Hinter sich hörte er einen der anderen leise «Fuck» murmeln.

Lisa trat neben ihn. «Großer Gott», stieß sie hervor. «Ist das … ist sie …»

Tom berührte die Person vorsichtig an der Schulter.

Sie stöhnte, und er stieß erleichtert die Luft aus.

«Hallo», sagte er und schüttelte sie sacht. «Aufwachen!»

Wieder ein Stöhnen, dann rollte sie sich auf den Rücken.

Ein junges Mädchen, kaum älter als sechzehn. Die blonden Haare standen ihr wirr vom Kopf, das Gesicht war schmutzig, eine Platzwunde prangte auf ihrer Stirn.

Tom schluckte die Enttäuschung herunter. Erst jetzt wurde ihm klar, wie sehr er sich gewünscht hatte, dass es Kira war.

Er riss sich zusammen. «Hallo, geht es Ihnen gut?»

«Lassen Sie mich in Ruhe», fauchte sie.

«Polizei», entgegnete er ruhig. «Wir müssen mit Ihnen reden.»

«Ich rede nicht mit den Bullen.»

«Ihren Ausweis, bitte.»

«Leck mich.»

Tom richtete sich auf und wandte sich an Laurel und Hardy. «Würdet ihr euch um sie kümmern? Sie ist vermutlich minderjährig. Checkt ab, ob sie vermisst gemeldet ist.»

«Ich gehe nicht nach Hause.»

«Das klären wir auf dem Revier, okay?» Er drückte sanft ihre Schulter, bevor er sich abwandte.

Während sie durch den Schnee zurück zu den Fahrzeugen stapften, sprach keiner ein Wort.

«Ich hatte so gehofft, es wäre Kira», sagte Lisa, als Paul aufgeschlossen hatte.

«Das haben wir wohl alle.» Tom hob die Schultern. «Lasst uns aufs Revier fahren und noch mal alles durchgehen, was wir haben. Das ist das Beste, was wir für Kira tun können.»

Sie gaben den Sanitätern Bescheid, dass sie nicht gebraucht wurden, und quetschten sich zu fünft in den Streifenwagen, damit Laurel und Hardy den anderen nehmen konnten.

Während sie durch die glitzernde Schneelandschaft zurück nach Sellnitz fuhren, spürte Tom, wie sich etwas Schweres auf seine Brust legte. Er hätte nicht sagen können, warum, aber er war sich mit einem Mal sicher, dass Kira nicht mehr lebte.

Rampe bei Schwerin, am selben Vormittag

Maschas Handy klingelte, als sie gerade den Wagen starten wollte. Eine unbekannte Nummer. Sofort fiel ihr der merkwürdige Anruf aus Berlin wieder ein.

«Ja?», meldete sie sich argwöhnisch.

«Frau Krieger? Bruno Hirsch hier.»

«Herr Hirsch, ich bin so froh, dass Sie sich melden! Ich hatte mir Sorgen gemacht.»

«Ich konnte Sie nicht früher anrufen, tut mir leid.»

«Eine Kollegin von Ihnen hat sich bei mir gemeldet.»

«Ich weiß.» Hirsch seufzte. «Irgendwer hat mich anonym angeschwärzt.»

«Schon wieder?»

«Leider. Ja.»

«Und jetzt?»

«Der Anrufer hat meinen Namen nicht genannt, und ich habe höllisch aufgepasst, dass mich keiner beim Einscannen der Unterlagen sieht. Aber natürlich ist dokumentiert, dass ich die Akten gezogen habe. Ich musste ein sehr unangenehmes Gespräch mit meiner Chefin über mich ergehen lassen.»

«Das tut mir so leid», sagte Mascha. «Ich habe mit niemandem darüber gesprochen, das schwöre ich.»

«Trotzdem hat der Anrufer die Aktennummer genannt, die Sie mir gemailt haben.»

Mascha runzelte ungläubig die Stirn. «Das ist unmöglich.»

«Haben Sie die Unterlagen irgendwo herumliegen lassen? Hatte irgendwer Zugang zu Ihrem Laptop?»

«Ganz bestimmt nicht», versicherte Mascha. Dann stockte sie. Ein schrecklicher Verdacht stieg in ihr auf. «Verflucht», murmelte sie.

«Ist Ihnen was eingefallen?»

«Die Person kann sich auf was gefasst machen.» Mascha schlug mit der Faust gegen das Lenkrad.

«Bitte tun Sie nichts Unüberlegtes», beschwor Hirsch sie. «Im Zweifelsfall machen Sie es nur schlimmer.»

«Keine Sorge.» Sie zögerte. «Ich nehme an, im Augenblick kommen Sie nicht an die Akte ran?»

«Auf keinen Fall. Ich darf nichts machen, was auch nur einen Millimeter vom Erlaubten abweicht. Ich stehe unter Beobachtung. Was irgendwie Ironie des Schicksals ist.» Er lachte bitter. «Wir sind dafür da, die Akten der Behörde, die ihre Mitbürger gnadenlos bespitzelt hat, zu hüten und zugänglich zu machen, und überwachen uns jetzt gegenseitig, damit nichts Unbefugtes damit geschieht.»

«Vermutlich ist es zum Schutz der Privatsphäre der Betroffenen sinnvoll.»

«Meistens, ja.» Hirsch seufzte. «Ich halte in nächster Zeit jedenfalls erst mal die Füße still. Sobald ich eine Chance sehe, Ihnen die Akte mit ungeschwärzten Namen und Daten zu kopieren, melde ich mich. Haben Sie Geduld.»

Geduld war genau das, was Mascha nicht hatte, dafür hatte sie zu lange auf Antworten gewartet. Aber daran ließ sich im Augenblick nichts ändern.

«Seien Sie vorsichtig», bat sie Hirsch, bevor sie das Gespräch beendete.

Frustriert warf sie das Handy auf den Beifahrersitz, lehnte sich zurück und schloss die Augen. Sie wusste genau, wer ihr das angetan hatte. Eine andere Möglichkeit gab es nicht. Und sie hatte auch schon eine Idee, wie sie ihn dafür bezahlen lassen würde. Diesmal hatte er den Bogen endgültig überspannt. Das würde ihm noch leidtun. Er würde ihr nie wieder in die Quere kommen.

Sellnitz, am selben Tag

Der Schnee nervt. Er ist nass und kalt und macht alles dreckig. Ich laufe vorsichtig über die von unzähligen Schuhen blank polierte Fläche und steige in meinen Wagen.

Drinnen werfe ich erst mal eine Tablette ein. Mein Magen spielt schon wieder verrückt. Was kein Wunder ist. Vorgestern wäre mir beinahe alles entglitten. Ich bin um Haaresbreite einer Katastrophe entgangen. Noch immer steigt mein Puls, wenn ich daran zurückdenke. Zum Glück konnte ich die Situation retten. Und das Problem lösen. Von der Seite droht keine Gefahr mehr.

Ich starte den Motor, ich habe einen Termin, will nicht zu spät kommen. Während der Fahrt muss ich an Janine denken. Dieses Problem ist noch nicht gelöst. Was vor allem daran liegt, dass ich nicht einschätzen kann, wie groß es ist. Blufft sie oder weiß sie etwas? Hat sie vielleicht nur einen Verdacht?

Eigentlich kann sie nichts wissen. Ich nehme an, dass sie einfach nervös ist, weil ich ihrem Goldjungen zu nahe gekommen bin. Selbst eine Heulsuse wie sie kann zur Löwin werden, wenn es um ihr Kind geht.

Ich passiere das spießige kleine Polizeirevier, und mir fällt meine Beobachtung von gestern wieder ein. Ich wollte zu Janine, einfach so, mal schauen, was sie so macht, und da habe ich sie mit diesem hinkenden Kommissar gesehen.

Das hat mir gar nicht gefallen. Diesen Gesichtsausdruck bei Janine kenne ich. Die großen Augen, der leicht schief gelegte Kopf. Ich könnte schwören, dass sie kurz davorstand, sich dem Typen anzuvertrauen. Das wäre richtig übel. Selbst wenn sie nichts von damals weiß.

Leider sind mir die Hände gebunden. Zu gern würde ich durchgreifen und einfach alle aus dem Weg räumen, die mir gefährlich werden können. Wer zu schwach ist, sich mir entgegenzustellen, hat es nicht besser verdient. Aber ich muss einen kühlen Kopf bewahren. Ich bin in letzter Zeit zu viele Risiken eingegangen.

Dennoch werde ich das Hinkebein im Auge behalten, nur zu Sicherheit. Denn man weiß ja, wie schnell so jemandem was zustoßen kann.

Am selben Tag

Tom biss hungrig in seinen Döner. Seine Kollegen und er waren doch nicht sofort ins Revier gefahren, sondern hatten einen Abstecher zur Imbissbude gemacht, da sie alle hungrig und frustriert waren. Die Bude lag in einer kleinen Straße am Rand des Ortszentrums. Gleich nebenan war das Haus des Stalkers, den sie am Dienstagabend festgenommen hatten.

Außer dem Inhaber, der hinter der Theke telefonierte, war niemand da, also beschloss Tom, die Gelegenheit zu nutzen und ein paar Dinge zu besprechen. Sie hatten durch die Operation am Schuppen genug Zeit verloren. Außerdem musste er sein Team irgendwie von der Enttäuschung ablenken.

«Mascha hat gestern überprüft, wo sich Kiras Handy zuletzt ins Netz eingewählt hat, und dabei etwas Interessantes entdeckt», sagte er, nachdem er den Bissen mit einem Schluck Cola heruntergespült hatte. Dann erzählte er von Maschas Begegnung mit René Wendt in Zingst.

«Könnte Kira dem Typen bei seinen Sabotageakten in die Quere gekommen sein?», fragte Dennis.

«Ich kann mir nicht vorstellen, dass einer, der alten Frauen die Stromversorgung kappt, eine Polizistin entführt, die ihn dabei erwischt.» Paul tunkte eine Pommes in die Currysoße. «Das ist eine Nummer zu groß für ihn.»

«Vielleicht hat sie ihn bei was anderem überrascht», spekulierte Lisa. «Mascha vermutet doch, dass es um die CD in ihrem Hotelzimmer ging.»

«Und was soll dieser Wendt damit zu tun haben? Glaubst du etwa, er war der Komplize von Walter Kublank?» Paul schüttelte den Kopf und schob die Pommes in den Mund.

«Nein, aber ...»

«Wir sollten nicht wild herumspekulieren», unterbrach Tom, «sondern zunächst lieber ein paar Informationen über Wendt zusammentragen. Ich glaube nicht wirklich, dass er in den Fall involviert ist, aber genau wissen wir das erst, wenn wir ihn als Verdächtigen ausgeschlossen haben. Wir müssen sowieso noch mal mit ihm reden, wegen seiner Alibis für die Sabotage, dann können wir direkt noch ein bisschen nachbohren.»

«Was ist denn mit unserem Richter?», wollte Dennis wissen. «Lassen wir den vom Haken, nur weil er behauptet, Iris Hertz hätte ihn doch nicht erpresst? Vielleicht ist ihm einfach klar geworden, dass ihn seine Aussage zum Mordverdächtigen macht, und er hat sie deshalb zurückgezogen.»

«Das wäre möglich», räumte Tom ein. «Zumal er im Augenblick unser einziger Verdächtiger mit einem überzeugenden Motiv ist. Wir dürfen jedoch nicht aus den Augen verlieren, dass auf den Fotos von der CD weitere Personen zu sehen sind, die wir noch nicht identifiziert haben.»

«Die meisten müssen doch längst tot sein», wandte Paul ein. «Sie sind auf den Bildern schon steinalt, und die wurden vor über vierzig Jahre aufgenommen.»

«Stimmt.» Tom legte seinen Döner ab und griff nach einer Serviette. «Ich habe das vor ein paar Tagen mal durchgerechnet. Wenn man alle Personen abzieht, die zum Zeitpunkt von Kublanks mutmaßlicher Ermordung über neunzig waren, bleiben vier, maximal fünf Männer übrig. Einer davon ist Guido Zernikow.»

«Und der könnte uns sagen, wer die anderen sind», sagte Paul kauend.

«Was er aber nicht tun wird. Er hat ja nicht mal zugegeben, dass er selbst einer der Männer auf den Bildern ist. Zumindest nicht direkt.»

«Und der Verfassungsschutz hat sonst keinen identifiziert?» Paul spießte ein Stück Wurst auf.

«Leider nicht. Ich habe auch die Kollegen beim LKA in Düsseldorf kontaktiert, weil Zernikow ja ursprünglich aus Münster stammt. Aber die haben mir mehr oder weniger deutlich zu verstehen gegeben, dass sie nicht die Kapazitäten haben, um alte Fotos zu vergleichen. Anscheinend haben die Wichtigeres zu tun.»

«Wichtigeres als einen Doppelmord aufzuklären?», fragte Paul empört.

«Fällt halt nicht in ihre Zuständigkeit.» Tom zuckte mit den Achseln.

Paul wollte sich damit offenbar nicht zufriedengeben. «Dann müssen wir dem Richter mehr Druck machen.»

«Der Mann liegt im Krankenhaus», erinnerte Lisa ihn. «Ich mag ihn auch nicht, aber das würde zu weit gehen.»

Paul stopfte sich die Wurst in den Mund und brummte unzufrieden.

«Es gibt da ja noch eine Person, die möglicherweise ein Motiv hatte», sagte Tom. «Nämlich der Ex-Partner von Helga Sonnleitner.»

«Der passenderweise verstorben ist.» Dennis zog seine Zigaretten aus der Tasche.

Tom sah ihm an, dass er gern rausgegangen wäre, um zu

rauchen, aber er musste sich noch einen Augenblick gedulden.

«Nur, weil er nicht mehr lebt, können wir ihn nicht automatisch von der Liste streichen. Er war offenbar sehr eifersüchtig, und falls Kublank und er nach dem Einbruch bei Teschendorf vor fünfzehn Jahren hier in Sellnitz aufeinandergetroffen sind, könnte das zum Konflikt geführt haben.»

«Aber für den Mord an Iris Hertz kann er nicht verantwortlich sein», erinnerte Björn ihn. «Als sie vor sieben Jahren starb, war er schon tot.»

Sie hatten inzwischen die Aussage von Helga Sonnleitner überprüft und den Namen und das Todesdatum des Mannes verifiziert.

«Dann waren es vielleicht doch zwei verschiedene Täter.» Lisa hatte ihren Burger aufgegessen und lehnte sich mit verschränkten Armen zurück.

«Die ihr Opfer zufällig am selben Ort vergraben haben?» Paul verzog skeptisch das Gesicht. «Das glaubst du nicht wirklich, oder?»

«Vielleicht ja auch nicht zufällig», gab Lisa gereizt zurück.

«Ach, und wie dann? Hast du da eine Theorie?»

Tom atmete tief durch. Die Stimmung am Tisch drohte zu kippen, dabei hatte er gehofft, dass das gemeinsame Essen sie aufmuntern würde. Doch offenbar lagen bei allen im Team die Nerven blank.

«Hast du dich schon um die Gästebücher gekümmert?», fragte er Paul, um die Diskussion abzuwürgen.

«Noch nicht. Das erledige ich, sobald wir hier fertig sind.» Er warf Lisa einen entschuldigenden Blick zu. «Sorry, aber es nervt mich, dass wir bei den Ermittlungen auf der Stelle treten. Und dass wir Kira nicht finden.»

Lisa winkte ab. «Geht mir genauso.»

«Dann lasst uns zum Revier fahren.» Tom leerte seine Cola und griff nach der Jacke, die über der Stuhllehne hing.

«Eine Kleinigkeit noch», bat Björn.

«Ja?» Tom ließ die Jacke los.

«Es geht noch mal um Janine Kaiser», begann Björn zögernd.

«Die Frau, mit der du gestern geredet hast?», wollte Dennis wissen.

«Genau. Sie hat mich angesprochen und merkwürdige Fragen gestellt. Ob wir viele Hinweise erhalten würden und so. Sie hat nichts Konkretes gesagt, aber ich hatte den Eindruck, dass sie mir etwas mitteilen wollte.»

«Du hattest doch von Anfang an ein komisches Gefühl bei ihr», erinnerte sich Paul.

«Genau. Ich könnte schwören, dass sie etwas weiß. Vielleicht glaubt sie, jemanden schützen zu müssen. Oder sie ist sich nicht sicher, ob es wichtig ist.»

«Oder es geht um ihren Sohn und die Geschichte mit der Pistole», sagte Dennis. «Bestimmt fragt sie sich, ob er Ärger kriegen könnte.»

«Das glaube ich nicht.» Björn schüttelte den Kopf. «Sie hat von den Toten am Kliff gesprochen, nicht von dem Selbstmord.»

«Das ist leider alles zu vage», sagte Tom und griff wieder nach seiner Jacke. «Aber wenn du glaubst, es könnte etwas bringen, sprich noch einmal mit ihr.»

Björn hatte eine Schwäche für vermeintlich hilfsbedürftige Frauen, aber er hatte auch einen guten Riecher. Und man wusste ja nie.

Dierhagen, am selben Tag

Bis Dierhagen hielt Mascha durch, obwohl es ihr unfassbar schwerfiel. Als sie den großen Parkplatz mit der Fischbude erreichte, bog sie kurz entschlossen ab. Es ging nicht anders, selbst die Vier Jahreszeiten von Vivaldi, die laut aus den Boxen dröhnten, schafften es nicht, sie zu beruhigen, obwohl es damit fast immer klappte. Im Gegenteil, der Sturm, das Presto aus dem Sommer, heizte ihren Zorn noch an.

Sie stellte Vivaldi aus und rief Holgers Nummer auf. Es dauerte lange, bis er endlich abhob.

«Was willst du?», fauchte er sie statt einer Begrüßung an.

«Das kannst du dir ja wohl denken.» Ihre Stimmte zitterte vor Wut, sie hoffte, dass er es nicht bemerkte.

«Soll das hier ein Ratespiel werden? Darauf habe ich keinen Bock, Mascha.»

«Du hast mir hinterhergeschnüffelt.»

«Ach ja?»

«Und dann, feige wie du bist, anonym beim Stasi-Unterlagen-Archiv in Berlin angerufen.»

«So ein Blödsinn.»

«Wage nicht, es abzustreiten», fuhr sie ihn an. «Hast du eigentlich mal darüber nachgedacht, dass dein lächerlicher Feldzug gegen mich auch anderen Menschen schadet? Das ist so erbärmlich.»

«Feldzug?» Holger lachte auf. «Jetzt übertreibst du aber ein bisschen, Mascha.»

«Wie soll ich es denn sonst nennen?», fragte sie spitz.

«Ich versuche bloß, die Familie zusammenzuhalten.»

«Ist das dein Ernst? Du schützt die Familie, indem du deine Schwester anonym denunzierst?»

«Ich halte dich bloß davon ab, einen dummen Fehler zu begehen. Dir ist es doch scheißegal, welche Folgen deine dämliche Recherche für uns alle hat.»

«Folgen? Ich will bloß die Wahrheit wissen.»

«Und wenn sie dir nicht gefällt?»

«Dann bleibt es immer noch die Wahrheit.»

«Klar doch. Und die steht über allem, ja? Denkst du eigentlich auch manchmal an unsere Eltern? An das, was du ihnen damit antust?»

«Holger, ich tue ihnen nichts an. Ich tue niemandem etwas an, ich möchte nur wissen, wer meine leibliche Mutter ist und warum ich zur Adoption freigegeben wurde. Ich verstehe nicht, wo das Problem liegt.»

«Du kapierst es einfach nicht.»

«Nein, ich kapier's nicht, da hast du recht.» Mascha holte Luft und beobachtete, wie ein Kleinwagen über den festgefrorenen Schnee auf den Parkplatz schlitterte. «Und vielleicht will ich das auch gar nicht. Fest steht, dass du in meinen Sachen herumgeschnüffelt hast, nachdem ich dich besoffen von der Straße aufgeklaubt habe. Und das ist echt mies von dir.» Mascha lehnte sich zurück, sie war plötzlich ganz ruhig. «Vor ein paar Monaten hast du etwas Ähnliches getan, erinnerst du dich? Du hast Tatortfotos auf den Instagram-Account des Sellnitzer Reviers hochgeladen, und zwar von meinem Handy. Ich konnte die Katastrophe gerade noch abwenden. Damals habe ich dir gesagt, dass du das nie wieder tun sollst, weil du es sonst bereuen wirst.»

«Du drohst mir?» Wieder lachte er, doch es klang nervös. «Was willst du denn machen? Suspendiert bin ich schon. Was ich dir und deinem Landei-Kumpel Engelhardt zu verdanken habe.»

«Was du dir selbst und deinen Alleingängen zu verdanken hast», verbesserte sie ihn.

«Zeig mich doch an.»

«Warum sollte ich dich anzeigen? Nein, Holger, so billig kommst du nicht davon.»

«Was soll das heißen, was hast du vor?» Jetzt klang er beinahe panisch.

«Das wirst du schon sehen, Bruderherz.»

Sellnitz, am selben Tag

Tom betrat das Büro, in dem die vier Streifenbeamten und Paul ihre Schreibtische hatten. In dem Raum war es extrem warm, so als versuchten die Kollegen, auf Vorrat zu heizen, falls die Anlage wieder ausfiel. Außer Paul war nur Babyface im Raum. Der muskelbepackte junge Mann tippte mit erstaunlicher Geschwindigkeit einen Bericht.

Mascha war noch immer nicht aus Schwerin zurückgekehrt. Sie hatte eine Nachricht geschrieben, dass sie noch etwas zu erledigen habe. Hauptsache, sie blieb nicht über Nacht weg. Er freute sich darauf, bei einem Glas Wein mit ihr über den Fall zu reden, und über ihren Rückschlag vom Morgen.

Das Mädchen aus dem Schuppen war von ihrem Vater abgeholt worden. Sie war erst fünfzehn und bereits zum zweiten Mal von zu Hause abgehauen. Ihre Mutter war gestorben, der Vater hatte wieder geheiratet und mit der neuen Frau Zwillinge bekommen. Offenbar fühlte das Mädchen sich zurückgesetzt. Leider hatte Tom weder die Zeit noch die Möglichkeit, ihre Aussage zu überprüfen, das war Sache des Jugendamtes. Ihm blieb nur zu hoffen, dass sich die Familie irgendwie zusammenraufte.

«Du wolltest mich sprechen, Duke?» Er trat an Pauls Schreibtisch und stockte. Neben der Tastatur sowie rechts und links vom Telefon stapelten sich Kladden, Hefte und Notizbücher in allen möglichen Farben und Größen. Einige der wackeligen Türme ragten bis zu den Fotos von Hawaii hinauf, die über dem Bildschirm hingen.

«Lieber Himmel, was ist das denn, Duke?»

«Gästebücher aus fünf Jahrzehnten.» Der Kollege zuckte mit den Schultern. «Ich habe Babyface gestern erzählt, was wir brauchen, und er hat einen Aufruf auf Facebook gestartet. Leider hat er den Zeitraum nicht genau eingegrenzt, deshalb musste ich erst mal ein bisschen sortieren.»

Tom blickte zu dem Streifenkollegen hinüber, der verlegen grinste.

«War 'ne ganz schöne Arbeit, die ganzen Empfangsquittungen auszustellen», sagte er.

«Jedenfalls sind die Leute hilfsbereit, wie es scheint.» Paul zuckte mit den Schultern. «Und ich bin vorhin auch noch herumgefahren und habe ein paar Adressen abgeklappert.»

«Und?» Tom lehnte sich vorsichtig an die Schreibtischplatte. «Schaffst du das allein?»

«Die meisten Bücher sind solche, in die Feriengäste ein paar nette Worte schreiben, wenn es ihnen gefallen hat», erklärte Paul. «Die können wir wohl vergessen. Ich glaube kaum, dass Walter Kublank sich in einem davon verewigt hat.»

Paul sprach beiläufig, doch Tom wusste, dass der Kollege ihn nicht gerufen hätte, wenn er nicht auf etwas gestoßen wäre. «Mach's nicht so spannend», drängte er.

«Ich bin über einen gewissen Martin Müller gestolpert, der zwei Nächte in Sellnitz verbracht hat. Und zwar genau die beiden Nächte nach dem Einbruch bei dem Anwalt.»

«Martin Müller?»

«Ziemlich auffällig, oder?»

«Es soll Menschen geben, die tatsächlich so heißen.»

«Dieser aber nicht. Ich habe das Geburtsdatum und die angegebene Adresse abgeglichen.»

«Das ist wirklich bemerkenswert.» Tom hatte nicht ernsthaft erwartet, dass bei der Aktion etwas herumkommen würde, vor allem nicht so schnell. «Kann ich den Eintrag sehen?»

Paul reichte ihm ein dickes, in Leder gebundenes Buch, das in der Mitte aufgeschlagen war. In akkurater Handschrift waren dort die Gäste vom Juni 2005 aufgelistet, mit Namen, Geburtsdaten und Heimatadressen. Martin Müller stammte demnach aus Hamburg.

«Könnte auch sein, dass es sich um ein Versehen handelt», sagte Tom. «Vielleicht ein Zahlendreher im Geburtsdatum.»

«Wäre natürlich möglich», räumte Paul ein. «Aber das glaube ich nicht.»

«Jedenfalls sollten wir mit dem Vermieter reden. Vielleicht erinnert er sich ja an den Gast. Vor allem, wenn der womöglich plötzlich verschwunden oder ohne sein Gepäck abgereist ist.» Tom reichte Paul das Buch zurück. «Gute Arbeit!»

Paul nahm es entgegen. «Interessiert dich denn gar nicht, wo dieser mysteriöse Martin Müller untergekommen ist?»

Tom runzelte die Stirn. «Sollte es das?»

Paul grinste. «Er hat ein Zimmer in einer etwas außerhalb von Sellnitz gelegenen Pension namens Meeresbrise angemietet. Die existiert aber nicht mehr.»

«Aha.»

«Sie wurde von zwei Schwestern geführt. Agnes und Waltraud Bülow.»

Am selben Tag

Draußen schneite es schon wieder. Für andere Menschen hatte der Anblick wahrscheinlich etwas Romantisches, Dayita nervte er bloß. Schnee bedeutete glatte Straßen, dreckige Schuhe und ständig kalte Füße und Finger.

Zudem wurde es noch früher dunkel wegen der dicken Wolkendecke, und das drückte auf ihre Stimmung. Sie griff nach ihrem Kaffeebecher, doch der war leer. Na wunderbar. Wenn sie neuen haben wollte, musste sie ihn selbst kochen, ihre Mitarbeiterin Edda war längst heimgegangen. Dayita war allein in dem kleinen Ladenlokal, in dem die Redaktion des Sellnitzer Wochenblatts untergebracht war, und bereitete die Samstagsausgabe vor.

Sie stand auf, um sich ein bisschen die Beine zu vertreten. Immerhin hatte sie heute keinen Muskelkater, was vielleicht daran lag, dass sie es gestern Abend etwas ruhiger hatte angehen lassen auf dem Fitnessbike. Man musste ja nicht gleich von null auf hundert starten. Jedenfalls war sie stolz auf sich, weil sie sich schon zum zweiten Mal diese Woche aufgerafft hatte.

Statt eines weiteren Kaffees goss sie sich ein Glas Wasser ein und kehrte an den Schreibtisch zurück. Ihr Blick fiel auf den anonymen Brief, den sie gut sichtbar zwischen all dem Kram positioniert hatte, der sich mysteriöserweise auf allen freien Flächen ansammelte, egal wie oft sie ihn wegräumte. Sie hatte ihn mit in die Redaktion gebracht, um Edda zu fragen, ob sie eine Ahnung hatte, wovon die Rede war oder wer ihn verfasst haben könnte.

Doch Edda hatte bloß mit den Schultern gezuckt. «Kriegen wir nicht ständig solchen Mist geschickt?»

In gewisser Weise stimmte das, das Sellnitzer Wochenblatt erhielt jede Woche Dutzende von Zuschriften mit Kommentaren zu den Artikeln oder Aufforderungen, sich eines bestimmten Themas anzunehmen. Doch die meisten kamen heutzutage per Mail. Und sie hatten normalerweise einen Absender.

Anonyme Briefe, noch dazu handgeschrieben, waren Dayita, seit sie in Sellnitz arbeitete, noch nicht untergekommen. Sie nahm das Schreiben aus dem Umschlag und überflog es erneut.

Sehr geehrte Frau Kumar,

Sie sollten sich die Gesetzeshüter hier in Sellnitz einmal genauer anschauen. Sie werden feststellen, dass nicht alle eine weiße Weste haben.

Hochachtungsvoll,
H.B.

Die Initialen waren auffällig. Wenn Menschen unerkannt bleiben wollten, unterschrieben sie normalerweise gar nicht. Oder mit Floskeln wie «ein wohlmeinender Freund». H.B. schien sich nicht vollständig verstecken zu wollen, fast, als wäre es eine Aufforderung, sie oder ihn ausfindig zu machen.

Was für ein Unsinn! Dayita faltete das Schreiben und stopfte es zurück in den Umschlag. Es war albern, sich derart den Kopf zu zerbrechen über eine solche Lappalie.

Dann stockte sie, betrachtete die Anschrift. Über ihrem Namen prangte das Wörtchen «An», und das «A» sah aus wie ein «H». Rasch nahm Dayita das Schreiben wieder aus dem Umschlag. Tatsächlich, der erste Buchstabe der Initialen sah genauso aus. Demnach war es gar kein «H».

«A. B.» also. Dayita seufzte. Und wennschon. Das brachte sie nicht einen Schritt weiter. Energisch schob sie den Brief zurück in den Umschlag und stopfte ihn in ihre Handtasche. Genug Miss Marple gespielt für heute, sie musste sich wieder an die Arbeit machen.

Am selben Tag

Sie krochen im Schneckentempo über die Landstraße, so dicht fiel der Schnee. Tom fragte sich, ob es nicht besser gewesen wäre, die Schwestern am nächsten Tag aufzusuchen. Oder am Telefon zu befragen. Aber jetzt waren sie fast da, also würden sie es auch durchziehen.

Paul lenkte den Streifenwagen vorsichtig auf den unbefestigten Weg, der auf die kleine Anhöhe führte, auf der das Haus lag. Das Fahrzeug geriet ins Schlittern, und Tom fürchtete schon, dass Mascha wieder mit dem Pick-up ausrücken musste. Doch Paul gab Gas und brachte den Wagen zurück auf die Spur.

«Hoffentlich kommen wir nachher wieder hier raus», murmelte Tom mit Blick auf das Schneetreiben.

«Keine Sorge, das kriegen wir hin.» Paul grinste ihn an. «Und wenn ich die Karre bis zur Landstraße schieben muss. Ich habe keine Lust, hier draußen zu übernachten.»

«Mal den Teufel nicht an die Wand.»

Vor ihnen tauchten die erleuchteten Fenster der alten Holzvilla zwischen den Bäumen auf. Paul wendete in der Einfahrt, sodass sie in Fahrtrichtung standen. Dann stiegen sie aus. Tom betrachtete das alte Haus mit den Erkern und Türmchen nachdenklich, versuchte sich vorzustellen, wie hier in längst vergangenen Sommern Feriengäste in Liegestühlen Limonade getrunken und Kinder im Garten Ball gespielt hatten.

«Kommst du?», fragte Paul.

Tom riss sich los, sie traten durch das quietschende Gartentor und liefen über den knirschenden Schnee. Irgendwer hatte den Weg bis zum Eingang freigeschaufelt, doch es lag bereits wieder eine zentimeterdicke Schicht. Als sie den Windfang erreicht hatten, klopften sie sich den Schnee von den Jacken, bevor sie klingelten. Sie hatten sich angekündigt, trotzdem dauerte es eine ganze Weile, bis die Tür geöffnet wurde und Waltraud Bülow, die ältere der beiden Schwestern, sie kritisch beäugte.

Wie schon bei seinem ersten Besuch vor drei Wochen, als es um den Einbruch im Keller gegangen war, staunte Tom darüber, wie elegant die Frau gekleidet und zurechtgemacht war. Diesmal war das enge Strickkleid violett und mit einer Brosche versehen. Der akkurat geschnittene Bob saß perfekt, die Augen waren dezent geschminkt.

«Na, dann kommen Sie mal rein.» Sie trat zurück.

Wieder ging sie voran in einen schicken, aber arg in die Jahre gekommenen Salon, wo ihre Schwester in demselben Lehnstuhl mit verschlissenem Samtbezug saß wie beim letzten Mal. Agnes Bülow war kleiner als Waltraud und hatte weichere Gesichtszüge. Sie war ähnlich elegant gekleidet, aber an ihr wirkte es weniger formell.

«Die Herren von der Polizei», erklärte Waltraud ihr überflüssigerweise.

Tom begrüßte Agnes Bülow und setzte sich dann auf die Kante des Sofas, auf das ihre Schwester deutete. Unter sich spürte er die Sprungfedern durch den fadenscheinigen Bezug.

«Sie waren so freundlich, meinem Kollegen Ihre alten Gästebücher auszuhändigen», kam er gleich zur Sache.

«Herr Hendricks hat darauf bestanden, sie mitzunehmen»,

antwortete Waltraud Bülow in tadelndem Tonfall. Sie war stehen geblieben, ebenso wie Paul. «Dabei kann ich mir beim besten Willen nicht vorstellen, was Sie damit wollen.»

«Wir haben eine Frage zu einem der Einträge», fuhr Tom fort, ohne sich von ihrem Einwurf aus dem Konzept bringen zu lassen. Er nickte Paul zu, der das Buch unter seiner Jacke hervorzog und die entsprechende Seite aufschlug.

«Vom zwölften bis vierzehnten Juni 2005 haben Sie hier in Ihrer Pension einen Gast namens Martin Müller beherbergt. Ist das richtig?»

«Wenn es da drinsteht, wird es wohl stimmen.»

«Erinnern Sie sich vielleicht an den Mann?»

«Liebe Güte, was glauben Sie denn?» Waltraud Bülow ließ sich auf einem Sessel nieder. «Juni 2005, sagen Sie? Das ist fast fünfzehn Jahre her. Mein Gedächtnis funktioniert noch ganz gut, aber an jeden einzelnen Gast in all den Jahrzehnten erinnere ich mich nicht, junger Mann.»

Das hatte Tom befürchtet, trotzdem bohrte er nach. «Bestimmt erinnern Sie sich an spezielle Gäste. Oder an besondere Vorfälle.»

«Und mit diesem Gast war etwas Besonderes?» Waltraud Bülows Gesichtsausdruck bekam etwas Lauerndes.

«Möglicherweise ist er überstürzt abgereist. Oder er hat sein Gepäck zurückgelassen.»

«Na, daran würden wir uns erinnern», schaltete Agnes Bülow sich ein.

«Es gab also keine besonderen Vorkommnisse im Zusammenhang mit diesem Herrn Müller?», fragte Tom ohne viel Hoffnung. «Oder mit einem anderen Gast im Juni 2005?»

Die beiden Frauen sahen sich an, dann schüttelte Waltraud Bülow den Kopf. «Was hat es denn auf sich mit diesem Mann?», wollte sie wissen. «Haben wir etwa einen Kriminellen beherbergt?»

«Wie kommen Sie darauf?»

«Na, weil Sie von der Polizei sind.»

Tom sah Paul an, der mit den Schultern zuckte. Das war wohl eine Sackgasse. Was hatte er auch erwartet? Er wollte sich erheben, zumal die Federn unangenehm drückten, doch Paul wollte offenbar noch nicht aufgeben.

«Der Mann war in Zimmer elf untergebracht», sagte er. «Vielleicht hilft das ja Ihrem Gedächtnis auf die Sprünge.»

Tom glaubte zu sehen, wie sich die Augen von Agnes Bülow für den Bruchteil einer Sekunde weiteten, aber im nächsten Moment hätte er schon nicht mehr sagen können, ob er sich das nur eingebildet hatte.

«Tut mir leid», erklärte Waltraud Bülow energisch. «Aber ich erinnere mich wirklich nicht.»

«Und Sie?», wandte sich Tom an ihre Schwester.

«Waltraud hat Ihnen ja erzählt, dass mein Gedächtnis nicht mehr so richtig funktioniert», sagte sie mit einem entschuldigenden Lächeln. «Ich werfe alles durcheinander, kriege die einfachsten Sachen nicht mehr hin. Letztens habe ich mir mit der Gesichtscreme die Zähne geputzt.» Sie hob die Schultern. «Wenn Waltraud es nicht mehr weiß, dann erinnere ich mich ganz bestimmt nicht.»

Am selben Abend

Janine steckte den Schlüssel ins Schloss und trat einen Schritt zurück. Obwohl sie lange darüber nachgedacht hatte, wurde sie das Gefühl nicht los, etwas richtig Dummes zu tun. Etwas, das sie womöglich für den Rest ihres Lebens bereuen würde.

Sie straffte die Schultern. Egal, sie würde das jetzt durchziehen. Vielleicht passierte ja auch gar nichts, und sie wachte morgen früh in ihrem eigenen Bett auf.

Sie hatte überlegt, wie sie herausfinden konnte, was sie tat, wenn sie nachts durch die Gegend irrte, und dabei war ihr die Idee gekommen, sich selbst zu tracken.

In den vergangenen Nächten hatte sie den Wohnungsschlüssel in der Küche versteckt, um sich selbst daran zu hindern, das Haus zu verlassen, aber sie wusste, dass das auf Dauer keine Lösung war. Sie musste der Ursache für ihren Fluchttrieb auf den Grund gehen, egal, wie schmerzhaft es war. Und sie hoffte, dass der Weg, den sie beim Schlafwandeln nahm, ihr irgendetwas darüber verriet.

Heute war Freitag, Torge übernachtete bei seinem Freund Lasse, sie hatte also freie Bahn. Niemand würde sie vermissen, wenn sie am Morgen nicht zu Hause war, zumindest so lange nicht, bis sie den Laden öffnen musste.

Janine hatte die App getestet, sie funktionierte perfekt. Es war schon erstaunlich, wie genau sie jeden ihrer Schritte aufzeichnete. Sie zog ihren Kapuzenpulli an und steckte das Handy in die Reißverschlusstasche. Heute würde sie in Klamotten schlafen, nur zur Sicherheit. Hauptsache, sie schlief überhaupt ein. Sie war so nervös, dass ihr ganzer Körper kribbelte.

Egal, sagte sie sich. Wenn es diese Nacht nicht klappte, würde sie es morgen wieder versuchen. Früher oder später würde es sie hinaustreiben, davon war sie fest überzeugt.

Es war noch früh, aber sie würde dennoch bald ins Bett gehen. Je schneller sie einschlief, desto schneller würde es losgehen. Als sie die Schuhe sorgfältig neben die Wohnungstür stellte, musste sie an den Polizisten denken. Gestern war sie kurz davor gewesen, ihm alles zu erzählen. Aber das konnte sie nicht. Sie hatte keine Beweise, und wem würde man wohl glauben, wenn Aussage gegen Aussage stand?

Nein, das Risiko war einfach zu groß. Am Ende landete sie wieder in einer Klinik, und man nahm ihr Torge weg. Sie war auf sich allein gestellt, aber sie war fest entschlossen.

Wustrow, am selben Abend

Mascha schloss die Tür des Hotelzimmers hinter sich, lehnte sich an und schloss die Augen. Was für ein Scheißtag. Nach dem stressigen Telefonat mit Holger war sie nur wenige Kilometer weitergekommen, als ihr ein SUV die Vorfahrt genommen und ihren Wagen gerammt hatte. Sie hatte sich auf der schneenassen Fahrbahn gedreht und war gegen einen Laternenmast geprallt.

Zum Glück war sie unverletzt, und auch dem anderen Fahrer war nichts passiert. Aber der BMW aus dem Fuhrpark des LKA war Schrott. Bis vor Ort alles geregelt war, hatte es fast zwei Stunden gedauert. Am Schluss hatte sie mit Oliver telefoniert, der den kaputten Wagen am Morgen abholen lassen wollte.

Mascha hätte mit einem Taxi nach Sellnitz fahren können, aber sie brauchte Ruhe und etwas Zeit für sich. Sie stellte sich unter die Dusche, bevor sie wieder in ihre Klamotten schlüpfte, andere hatte sie ja nicht dabei. In der Minibar fand sie eine einsame Bierdose. Der erste Schluck tat unendlich gut, sie spürte, wie die Anspannung nachließ.

Sie nahm ihr Handy, setzte sich aufs Bett und wählte Toms Nummer.

«Mascha, wo steckst du?», meldete er sich. Seine Stimme klang besorgt.

«Frag nicht.»

«Lieber Himmel, ist etwas passiert?»

Mascha stellte auf laut und legte das Telefon auf dem Nachttisch ab, dann nahm sie einen weiteren Schluck Bier. «Ich hatte einen Unfall. Irgend so ein Idiot hat mir die Vorfahrt genommen.»

«Scheiße. Bist du verletzt?»

«Keine Sorge, ich habe nicht einmal einen Kratzer. Aber der Wagen ist hin.»

«Wo bist du?»

«In einem Hotel in Wustrow.»

«Ich kann dich abholen.»

«Mit dem Bus?» Sie nahm einen weiteren Schluck.

«Ich könnte mir noch einmal den Pick-up ausleihen.»

Mascha musste lächeln. Er würde es wirklich tun, er würde kommen und sie holen, und das zu wissen, fühlte sich gut an.

«Nicht nötig», sagte sie. «Morgen früh wird der BMW abtransportiert, dann muss ich hier sein. Danach lasse ich mich von dem Abschlepper nach Sellnitz bringen.»

«Okay, wie du meinst. Aber es geht dir wirklich gut, ja?»

«Ehrenwort. Ich bin nur angenervt.»

«Das verstehe ich.»

Er würde es noch besser verstehen, wenn sie ihm von Holger erzählte. Aber das wollte sie lieber nicht tun. Zumindest nicht am Telefon.

«Und wie war dein Tag?», fragte sie stattdessen.

«Auch beschissen.» Tom erzählte von der Stürmung des Schuppens am Morgen, dann von Pauls kleinem Ermittlungserfolg, der sie jedoch nicht weitergebracht hatte.

«Wenn dieser Martin Müller in Wahrheit Walter Kublank war, gäbe es eine weitere Verbindung zwischen unserem Fall und diesem René Wendt», sagte sie nachdenklich.

«Der hat das Haus aber erst fünf Jahre nach Kublanks mutmaßlicher Ermordung gekauft.»

«Trotzdem.» Mascha drehte gedankenverloren die Bierdose in ihrer Hand. Sie hatte das Gefühl, etwas zu übersehen, eine Verbindung, die das rätselhafte Beziehungsgeflecht zwischen all den Personen erklärte, die in den Fall involviert waren. Der Anwalt Dirk Teschendorf, der Richter Guido Zernikow und seine Neonazi-Kumpel, das Ehepaar Hertz, René Wendt. Und nun auch noch die beiden betagten Schwestern Agnes und Waltraud Bülow.

Normalerweise war Mascha gut darin, Muster zu erkennen, wo andere nur Chaos sahen. Aber in diesem Fall funktionierte es nicht. Vielleicht fehlte ihr das entscheidende Puzzleteil.

«Bist du noch dran?», hörte sie Tom fragen.

«Ich habe nachgedacht.»

«Das habe ich auch. Ich finde, wir sollten … Romy, ich dachte du schläfst längst!»

Mascha hörte leises Gemurmel, dann wieder Toms Stimme. «Tut mir leid, aber ich muss Schluss machen. Es gibt da ein Problem mit einem Monster hinter der Gardine.»

«Oh weh, hast du deine Dienstwaffe griffbereit?»

«Klar, immer.» Er lachte leise. «Wir sehen uns morgen, ja? Schlaf gut.»

«Du auch», antwortete Mascha, doch er hatte bereits aufgelegt.

Sellnitz, am selben Abend

Ein grelles Licht stach Janine in die Augen. Ein lodernder Feuerball, der genau auf sie zuflog. Sie riss die Arme hoch, aber zu spät, schon explodierte das Licht in ihrem Gesicht.

Sie taumelte zur Seite, hörte einen hässlichen Heulton, dann ein Quietschen. Und wieder kam etwas mit rasender Geschwindigkeit auf sie zu. Sie schrie.

Dann war sie plötzlich wach, blickte sich verwirrt um.

Sie stand auf einer zugeschneiten Straße, Bäume mit vom Schnee schweren Ästen erhoben sich zu beiden Seiten, dahinter gähnte undurchdringliche Finsternis. Ein paar Meter von ihr entfernt stand ein Fahrzeug mit laufendem Motor, das Licht der Scheinwerfer war genau auf sie gerichtet.

Panik durchflutete sie. Großer Gott, was machte sie hier? Und was war mit dem Wagen los, warum fuhr er nicht weiter?

Ohne den Blick von den Scheinwerfern abzuwenden, bewegte sie sich seitlich auf den Wald zu. Sie kam nur langsam voran, denn der Schnee am Rand der Fahrbahn war tief, und sie konnte kaum etwas sehen, weil das grelle Licht sie blind gemacht hatte. Als sie es endlich wagte, den Kopf zu drehen, bemerkte sie einen zugeschneiten Weg, der von der Straße abzweigte.

Ohne zu zögern, rannte sie los.

Sie war noch nicht weit gekommen, als hinter ihr auf der Landstraße der Motor aufheulte. Sekunden später war der Wald taghell. Der Wagen folgte ihr, und er kam erschreckend schnell näher.

Samstag, 1. Februar

Sellnitz, am Morgen

Björn streckte den steifen Rücken durch und blinzelte in die Sonne. Nach den dunkel verhangenen Tagen mit ständigem Schneefall tat das warme Licht gut, auch wenn der Schnee so blendete, dass er die Augen zukneifen musste. Normalerweise konnte Björn dem Winter nicht viel abgewinnen, aber dieses Wetter zauberte ihm trotz der Rückschläge der letzten Tage ein Lächeln ins Gesicht.

«Hoffentlich wird es bald wieder wärmer», sagte Dennis neben ihm, der dem Anblick offenbar wenig abgewinnen konnte.

Er war für eine Zigarettenpause nach draußen gegangen, und Björn hatte ihn begleitet, um ein bisschen frische Luft zu schnappen.

Sie hatten in aller Frühe bereits eine kurze Besprechung abgehalten und sich danach an die Arbeit gemacht. Vor einer halben Stunde war Mascha zu ihnen gestoßen. Sie hatte gestern Abend einen Unfall gehabt und in Wustrow übernachtet.

Dennis drückte die Zigarette aus. «Lass uns wieder reingehen.» Er wandte sich ab.

Björn wollte ihm schon folgen, als er eine vertraute Gestalt bemerkte, die zögernd auf das Revier zukam.

«Torge? Was machst du denn hier? Willst du zu uns?»

Der Junge nickte stumm. Er sah blass aus, gleichzeitig glühten seine Wangen, als hätte er Fieber.

Björn wandte sich an Dennis. «Geh ruhig vor, ich kümmere mich.» Er trat auf Torge zu. «Dann komm mal mit rein. Du siehst verfroren aus, ich glaube, wir machen dir erst mal einen heißen Kakao, was hältst du davon?»

Björn hatte halb damit gerechnet, dass der Vierzehnjährige empört ablehnen würde, er war schließlich kein kleines Kind mehr. Doch er nickte dankbar.

Fünf Minuten später saßen sie an Pauls Schreibtisch, Torge mit einem Kakao, Björn mit frischem Kaffee. Paul und Senior hatten sich diskret aus dem Büro verzogen, damit sie in Ruhe reden konnten.

«Also, was ist los?», fragte Björn, nachdem der Junge an seinem Kakao genippt hatte.

«Ich möchte meine Mutter vermisst melden.»

Heilige Scheiße. Björn hatte erwartet, dass Torge seine Aussage über den Vorfall im Wald korrigieren wollte. Aber doch nicht so was.

Sofort meldete sich sein schlechtes Gewissen. Er hatte Janine Kaiser angemerkt, dass ihr etwas Sorge bereitete und sie jemanden suchte, dem sie sich anvertrauen konnte. Er hätte hartnäckiger sein müssen.

«Erzähl mir, was passiert ist.»

«Das weiß ich ja nicht.»

Björn zwang sich zu Geduld. Er warf einen Blick auf das Handy, mit dem er das Gespräch aufzeichnete. Eigentlich hätte eine Aufsichtsperson dabei sein müssen. Aber da Torge nicht vernommen wurde, sondern eine Vermisstenanzeige aufgeben wollte, galten andere Regeln.

«Wann hast du deine Mutter zum letzten Mal gesehen?», fragte er.

«Gestern Nachmittag, bevor ich zu Lasse bin.»

«Das ist dein Schulfreund, richtig?»

Torge nickte. «Ich habe bei ihm übernachtet, und heute wollten wir zusammen zum Fußballtraining.»

«Aber?», hakte Björn nach, als der Junge nicht weitersprach.

«Mir ging's heute Morgen nicht gut, mein Hals kratzt, und der Kopf tut mir weh. Deshalb hat Lasses Mutter mich nach Hause gefahren.»

Er war also wirklich krank. Jetzt bemerkte Björn auch, dass seine Augen glasig waren. Der Junge gehörte ins Bett. Aber zuvor musste er noch ein paar Fragen beantworten.

«Und als du heimkamst, hast du gemerkt, dass deine Mutter nicht da ist.»

«Genau, und im Laden ist sie auch nicht. Aber ihr Auto steht vor der Tür.»

«Ich nehme an, du hast versucht sie anzurufen?»

«Es geht immer nur die Mailbox ran.»

Obwohl Björn am liebsten sofort die Fahndung eingeleitet hätte, zwang er sich, alle Optionen durchzugehen. Er konnte nicht nur wegen seines Bauchgefühls Alarm schlagen, weil eine Frau nicht dort war, wo ihr Sohn sie vermutete. Janine hatte einen freien Abend gehabt, womöglich rekelte sie sich gerade mit ihrem Liebhaber im Bett.

«Könnte deine Mutter bei einer Freundin übernachtet haben?», fragte er vorsichtig.

«So wie beim letzten Mal, meinen Sie?»

Björn setzte sich gerade auf. «Deine Mutter ist nicht zum ersten Mal verschwunden?»

«Vor ein paar Tagen war sie morgens auch nicht zu Hause. Ich konnte sie nicht erreichen, hab mir Sorgen gemacht. Irgendwann vormittags rief sie mich an und meinte, sie hätte bei einer Freundin geschlafen. Meine Mum hat aber keine Freundin. Keine jedenfalls, bei der sie übernachtet.»

«Vielleicht war es ja keine Freundin», sagte Björn.

«Sie denken, sie hat die Nacht mit irgendeinem Typen verbracht?»

«Könnte doch sein, oder?»

«Aber sie hat keinen Freund.»

«Womöglich ist es noch frisch, und sie ist bisher nicht dazu gekommen, es dir zu erzählen.»

Torge kaute nachdenklich an seinem Fingernagel. «Aber warum geht sie dann nicht ans Telefon, wenn sie sieht, dass es meine Nummer ist?»

Eine berechtigte Frage, das musste Björn einräumen. «Ich weiß es nicht. Eventuell hat sie das Telefon leise gestellt.» Er stellte die Aufnahme aus und erhob sich. «Ich werde versuchen, deine Mutter ausfindig zu machen. Und du solltest nach Hause ins Bett, ich glaube, du hast Fieber. Ich werde einen Kollegen bitten, dich heimzufahren.»

Torge erhob sich ebenfalls. «Ist nicht nötig.»

«Doch, das ist es. Ich lasse niemanden mit Fieber raus in den Schnee.»

Am selben Tag

Anneke kniff die Augen zusammen. Sie hätte die Sonnenbrille mitnehmen sollen. Außerdem war es megaanstrengend, durch den tiefen Schnee zu laufen, so hatte sie sich das nicht vorgestellt.

David hatte mal wieder recht gehabt, es war eine Schnapsidee gewesen, abseits der geräumten Wege zu joggen, Traumwetter hin oder her. Aber sie hatte ja unbedingt ihren Kopf durchsetzen müssen.

Sie drosselte das Tempo, atmete tief ein und aus. Schön war es trotzdem, die klare Luft, die glitzernde Landschaft, die Stille. Und weit war es auch nicht mehr. Noch ein kleines Stück, dann kam der Abzweig zur Landstraße. Dort würde sie schneller vorankommen, auch wenn die Strecke nicht so toll war.

Sie näherte sich dem Bodden. Ganz dicht am Ufer war die Oberfläche gefroren, Schilf ragte aus der dünnen Eisschicht heraus. Daneben bemerkte Anneke kleine weiße Hügel. Zugeschneite Kajaks, die bäuchlings auf dem Boden lagen. Unter einem lugte etwas hervor, das aussah wie ein schneebepudertes Stück Stoff.

Schon kam der Abzweig zur Landstraße in Sicht. Anneke hielt inne, blickte über die Schulter zurück. Von hier aus war der Stoff nicht zu sehen. Hatte sie sich getäuscht?

Kurz entschlossen drehte sie um, stapfte die letzten Schritte durch den vollkommen unberührten Schnee. Das Stück Stoff sah aus wie der Ärmel einer Jacke.

Neugierig bückte sie sich und griff unter den Rand des Kajaks. Es anzuheben, war schwerer als gedacht. Offenbar war es festgefroren. Endlich löste es sich mit einem Ruck, und im selben Moment ließ Anneke es wieder fallen und taumelte rückwärts. Ihr war plötzlich speiübel. Sie wankte zu einer dünnen Birke, stützte sich daran ab und erbrach sich in den Schnee.

Sellnitz, am selben Tag

René Wendt war auf die Minute pünktlich und sah, wie schon beim letzten Mal, aus, als wäre er auf dem Weg zu einem Geschäfts-Lunch in Berlin oder München. Vor allem die handgenähten Lederschuhe erschienen Tom bei dem Wetter äußerst unpassend. Er fragte sich, wie der Mann es schaffte, dass sie so glänzten, als wären sie frisch aus dem Laden.

«Schön, dass Sie gekommen sind», begrüßte er den Besucher.

«Hatte ich eine Wahl?»

Tom ignorierte die schnippische Frage. «Das ist mein Kollege Paul Hendricks.» Er deutete erst auf Paul, dann auf den Besprechungstisch. «Nehmen Sie doch Platz. Kaffee? Tee?»

Wendt setzte sich. «Einen Cortado kriege ich bei Ihnen wohl nicht, oder?»

«Sie wissen ja, dass die Polizei chronisch unterfinanziert ist», entgegnete Paul trocken und ließ sich ihm gegenüber nieder. «Eine Siebträgermaschine steht da nicht so weit oben auf der Liste.»

«Dann lieber nur Wasser.»

Tom füllte ein Glas und kam damit an den Tisch. «Sie haben nichts dagegen, wenn ich unser Gespräch aufzeichne?» Er legte sein Handy ab.

Eine Sekunde rang Wendt mit sich, dann zuckte er mit den Schultern. «Meinetwegen.»

Tom schaltete auf Aufnahme. «Herr Wendt, Sie wissen, warum Sie hier sind. Es geht um Ihre Alibis für den neunten und den dreiundzwanzigsten Januar dieses Jahres. An den Tagen wurde in die Villa eingebrochen, die Ihnen gehört und in der die Schwestern Agnes und Waltraud Bülow leben. In einem Fall drang jemand in den Keller ein und warf Einmachgläser auf den Boden, im anderen wurde die Hauptstromleitung gekappt. Sie haben bereits eingeräumt, dass Sie die Bewohnerinnen gern los wären, was aber aufgrund des beim Kauf vereinbarten lebenslangen Wohnrechts nicht möglich ist. Also?»

«Ich habe inzwischen meinen Kalender konsultiert», sagte Wendt steif. «Am Neunten habe ich zu Hause Papierkram erledigt. Allein. Meine Frau hat ihre Mutter besucht.»

Tom fiel etwas ein. «Haben Sie Kinder?»

«Einen Sohn. Er ist fünf. Aber er war mit meiner Frau unterwegs.»

«Dann haben Sie einen Kindersitz im Auto?»

Wendt blinzelte verwirrt. «Ja, und?»

«Nur eine Frage. Es gibt also niemanden, der Ihr Alibi bestätigen kann?»

«Ich habe ein paar Telefonate geführt, allerdings mit dem Handy, die beweisen also nichts. Leider.»

«Und was ist mit dem Dreiundzwanzigsten?»

Wendt lächelte zufrieden. «Da war ich auf einer Baustelle in Ahrenshoop. Besichtigung mit einem Geschäftspartner, gemeinsames Mittagessen, dann Besprechung mit dem Architekten und abends Einladung beim Bürgermeister. Ich war nicht eine Sekunde allein, wie Sie sehen.»

Tom ließ sich seine Enttäuschung nicht anmerken. Er hätte den arroganten Schnösel gern in seine Schranken verwiesen.

«Wir brauchen die Namen der Personen, die Ihre Aussage bestätigen können.»

«Wenn es sein muss.»

«Ich frage mich», schaltete sich Paul ein, «warum Sie so scharf auf die Villa sind, wo Sie doch sonst nur Ferienobjekte in Neubauten besitzen.»

«Ich denke, das ist allein meine Angelegenheit.»

«Klar doch.» Paul hob die Hände. «Es wundert mich bloß. Und Sie wissen ja, wie das ist, wenn Polizisten sich wundern, die Frage lässt sie einfach nicht mehr los.»

«Was genau wollen Sie damit sagen?», fuhr Wendt ihn an.

Paul blieb ganz ruhig. «Ich meine, nur weil Sie persönlich ein Alibi für die Tatzeiten haben, heißt das nicht, dass Sie die Sabotage nicht womöglich in Auftrag gegeben haben. Und solange wir das Gefühl haben, dass Sie uns nicht die volle Wahrheit erzählt haben, bohren wir weiter.»

Wendt warf Tom einen verunsicherten Blick zu. Der lehnte sich zurück und überließ Paul das Feld. Er hatte offenbar einen Nerv bei dem Mann getroffen, konnte nicht schaden, wenn er ein bisschen weiterstocherte.

Wendt machte eine wegwerfende Handbewegung. «Das mit der Villa hat rein sentimentale Gründe. Deswegen habe ich mich ja auch auf die besonderen Bedingungen im Rahmen des Kaufs eingelassen.»

«Erzählen Sie. Waren Sie als Kind dort in Urlaub?»

«Nein.» Wendt zögerte. «Mein Urgroßvater hat die Villa erbauen lassen.»

Tom warf Paul einen anerkennenden Blick zu. Da hatte der Kollege einen guten Riecher gehabt.

«Leider verlor er 1923 sein gesamtes Vermögen», fuhr Wendt fort. Jetzt, wo er einmal angefangen hatte, sprudelten die Worte nur so aus ihm heraus. «Hyperinflation, Sie wissen schon. Er musste verkaufen. An den Großvater von Agnes und Waltraud Bülow, der die Pension weiterführte. Als mein Urgroßvater sich finanziell erholt hatte, baute er ein neues Haus, ein Hotel im Zentrum von Sellnitz. Anfang der Fünfzigerjahre kam dann die Aktion Rose.» Wendt sah Tom und Paul fragend an.

Tom nickte. Senior hatte ihm davon erzählt. Bei der Aktion Rose waren die Besitzer von Hotels und Pensionen mit absurden Beschuldigungen verhaftet und enteignet worden, weil der Staat Urlaub für alle ermöglichen wollte, streng geregelt nach sozialistischen Vorgaben selbstverständlich.

Wendt seufzte. «Meine Familie verlor zum zweiten Mal alles und floh in den Westen.»

«Und Sie möchten den Besitz nun zurück in die Familie holen», sagte Tom. «Aber warum die Villa, warum nicht das Hotel?»

«Weil es das nicht mehr gibt. Es wurde noch zu DDR-Zeiten abgerissen, denn es war baufällig, und es war kein Geld da, um es zu sanieren.»

«Also blieb Ihnen nur die Villa.» Paul nickte. «Klingt nach einem guten Grund, die lästigen Bewohnerinnen endlich loszuwerden.»

«Ich habe damit nichts zu tun!»

«Nicht direkt, nein. Sie sind nicht der Typ, der sich selbst die Finger schmutzig macht.» Paul blickte ihn abschätzig an.

«Es wäre besser, wenn Sie uns hier und jetzt die volle Wahrheit sagen würden», schaltete Tom sich ein. «Wenn Sie jemanden mit der Sabotage beauftragt haben, finden wir das sowieso heraus.»

«Aber ich …» Wendt brach ab. Er trank von seinem Wasser. «Ich habe nie an so etwas gedacht, das müssen Sie mir glauben.»

«An was?»

«Die Stromleitung zu kappen. Das ist lebensgefährlich.»

«An was dachten Sie denn?»

Wendt senkte den Kopf. «Es gibt da einen Typen. Der arbeitet manchmal für mich. Als eine Art Hausmeister. Er macht kleine Reparaturen in den Wohnungen, hängt Lampen auf, wechselt Birnen. So was halt. Ich habe ihn gebeten, bei den Schwestern noch mal nachzuhaken.»

«Und wie?»

«Das habe ich ihm überlassen. Er sollte auf sie einwirken, sich das mit dem Seniorenheim noch einmal zu überlegen. Ich konnte doch nicht ahnen, dass der Mann zu solch rabiaten Mitteln greift.»

Dobin am See, am selben Tag

Holger stieg aus dem Wagen und zündete sich eine Zigarette an. Wie immer, wenn er seine Eltern besuchte, tat er das mit gemischten Gefühlen. Sein Vater behandelte ihn stets ein wenig von oben herab, und selbst wenn er ihn lobte, hatte es einen missbilligenden Beigeschmack, als hätte er eigentlich mehr erwartet. Dabei hatte Holger stets versucht, sein Bestes zu geben.

Seine Mutter stand ganz im Schatten ihres Mannes. Sie versuchte zu vermitteln, aber es war klar, wer in der Familie das Sagen hatte.

Er nahm einen tiefen Zug und betrachtete das kleine Einfamilienhaus. Heute war es ihm besonders schwergefallen, sich auf den Weg nach Dobin zu machen, doch seine Mutter hatte extra für ihn gekocht, er wollte sie nicht enttäuschen.

Dabei würde er mit Sicherheit wieder unzählige Fragen über sich ergehen lassen müssen. Ob es schon Fortschritte gebe, was er unternommen habe, um wieder zum Dienst zu können. Holger hatte seinem Vater nicht erzählt, dass er suspendiert war, aber er wusste es trotzdem. Die alten Seilschaften funktionierten noch immer. Womöglich wusste er sogar, dass der Besuch bei der Psychologin nicht ganz so glatt gelaufen war, wie Holger gehofft hatte. Er war sich sicher gewesen, die Frau einwickeln zu können, aber das hatte nicht wirklich gut funktioniert.

«Ich denke, wir haben heute schon erste Fortschritte gemacht», hatte sie am Ende des Termins verkündet. «Ich freue mich darauf, Sie nächste Woche wiederzusehen.»

Holger war vor Schreck die Kinnlade heruntergeklappt. «Nächste Woche?» Er hatte sich eingebildet, dass mit einem Termin alles vom Tisch sein würde.

«Ja.» Sie hatte breit gelächelt. «Dann arbeiten wir weiter an Ihrer Aggressionsbewältigung.»

Es hatte ihn unendliche Anstrengung gekostet, das Lächeln zu erwidern und ihr die Hand zu schütteln.

Vor der Tür hatte er einige Male gegen die Wand geboxt, um seinem Ärger Luft zu machen.

Aber das war nicht alles. Das Telefonat mit Mascha ging ihm nicht aus dem Kopf. Er hatte damit gerechnet, dass sie ihn verdächtigen würde, sie an die Stasi-Behörde verpfiffen zu haben. Aber das war ihm egal gewesen, weil sie ihm ja nichts nachweisen konnte.

Dass sie womöglich gar keine Beweise brauchte, hatte er gar nicht in Betracht gezogen. Er rauchte hastig, fragte sich dabei, wie ihre Rache aussehen würde. Schließlich warf er die Kippe wütend auf den Boden und trat sie aus.

Er wollte aufs Haus zumarschieren, doch dann fiel ihm ein, dass seine Mutter ihn womöglich bereits durchs Küchenfenster entdeckt hatte. Also bückte er sich, hob die Kippe auf und warf sie in die Mülltonne. Dann machte er sich bereit.

Am selben Tag

Halt!», rief Tom und deutete auf den Abzweig. «Hier müssen wir rein.»

Hardy setzte den Blinker und riss das Steuer herum, der Streifenwagen schlitterte auf den Feldweg.

Tom steckte das Handy weg, mit dem er navigiert hatte. Er war froh, dass die Straßen inzwischen vom Schnee befreit waren, sonst hätte das Manöver womöglich wieder im Acker geendet. Dieser Weg war allerdings nicht geräumt.

Mit Blaulicht und Sirene ging es über verharschten Schnee und zugefrorene Pfützen. Tom klammerte sich an den Türgriff, während das Heck des Wagens immer wieder ausscherte. Hinten saßen Mascha, Lisa und Laurel in angespanntem Schweigen.

Endlich kam zwischen Hecken und vereinzelten Bäumen der Bodden in Sicht und kurz darauf auch das junge Pärchen, das den Notruf abgesetzt hatte. Der Mann hatte seiner Begleiterin den Arm um die Schultern gelegt. Die beiden hatten beim Spazierengehen eine menschliche Hand gefunden, so zumindest hatte es die Kollegin in der Leitstelle aus dem Gestammel am Telefon herausgehört.

Tom sprang aus dem Wagen, noch bevor er ganz stand. «Kriminalhauptkommissar Engelhardt», stellte er sich vor. «Sie sind Anneke Pauli? Können Sie mir sagen, was passiert ist?»

Der Mann nickte der Frau zu. Sie trug Sportkleidung unter der Daunenjacke und hatte das lange rotblonde Haar zu einem Pferdeschwanz zusammengebunden.

«Ich war joggen», berichtete sie mit zittriger Stimme. «David hat noch gesagt, dass es verrückt wäre bei dem Schnee, aber ich wollte das schöne Wetter nutzen. War allerdings doch ziemlich anstrengend.»

«Und dann?», drängte Tom. Er blickte sich suchend um, konnte jedoch nichts erkennen außer ein paar Kajaks, die umgedreht am Ufer lagen. Von einem war der Schnee heruntergerutscht, ansonsten fiel ihm nichts auf. Laurel und Hardy hatten angefangen, das Gelände abzusperren, indem sie Flatterband zwischen den Sträuchern befestigten. Lisa telefonierte mit ihren Kollegen von der KTU.

«Ich wollte zurück zur Straße laufen», antwortete die Frau, «als ich sah, dass unter einem der Boote etwas hervorschaute. Erst wollte ich gar nicht nachsehen, aber dann bin ich doch hin. Es war ein Stück Stoff, sah aus wie der Ärmel einer Jacke. Ich habe das Boot ein Stück angehoben …» Sie schluckte hart. «… und da habe ich sie gesehen.»

«Sie?»

«Die Hand.»

«Eine Hand, sonst nichts?», fragte Mascha.

«Ich habe das Boot sofort wieder fallen lassen, keine Ahnung, ob da mehr war.» Sie presste die Finger vor den Mund, als müsste sie sich übergeben.

«Wie lange ist das ungefähr her?»

«Keine Ahnung. Eine Stunde?»

«So lange?»

«Ich habe David angerufen, ich hab's allein nicht ausgehalten. Erst als er kam, habe ich den Notruf gewählt.»

Tom wandte sich an den Mann. «Haben Sie sich das auch angesehen?»

«Nein, ich bin da nicht hin, ich dachte, ich sollte besser keine Spuren zerstören.» Er sah mit einem Mal verunsichert aus. «War das falsch?»

«Nein, Sie haben alles richtig gemacht.» Wieder blickte Tom zu den Kajaks hinüber. «Welches ist es?»

«Das rote, das ein Stück abseits liegt.» Die Frau sah kurz hin, wandte sich aber sofort wieder ab und drückte sich enger an ihren Begleiter.

«Danke», sagte Tom. «Ich muss Sie bitten, noch zu bleiben, bis meine Kollegen Ihre Personalien aufgenommen haben, dann können Sie nach Hause fahren.»

Er wandte sich ab und streifte Handschuhe über, lief an Maschas Seite auf das Kajak zu, obwohl er am liebsten in die andere Richtung davongerannt wäre. Mit jedem Schritt schnürte sich seine Kehle weiter zu, bis er das Gefühl hatte, kaum noch Luft zu bekommen. Jeder Atemzug war ein Kraftakt.

Als sie das Kajak erreicht hatten, sah er Mascha an. «Bereit?»

«Nein. Aber es muss ja wohl sein.»

Er drückte kurz ihren Arm, dann bückte er sich, packte das Kajak und hob es an. Bevor er selbst darunter schauen konnte, hörte er Mascha laut aufstöhnen.

Am selben Tag

Björn saß über den Aussagen der Nachbarn und Bekannten des Ex-Richters Guido Zernikow und versuchte, sich zu konzentrieren. Vergeblich. Seine Gedanken wanderten immer wieder zu Mascha, Lisa und Tom. Er hoffte, bald von ihnen zu hören, damit die Ungewissheit ein Ende hatte.

Dennis und Paul schien es nicht besser zu gehen. Dennis war schon zum dritten Mal eine rauchen gegangen, und Paul wippte unruhig mit dem Fuß, während er den Bericht über die Befragung von René Wendt in den Laptop tippte.

Björns Handy klingelte. Endlich!

Er griff danach, doch die Nummer kannte er nicht.

«Björn André hier», meldete er sich.

«Claudia Penske, ich arbeite im Krankenhaus in Sellnitz», meldete sich eine Frauenstimme.

«Krankenhaus?», fragte Björn verblüfft. Er bemerkte Pauls fragenden Blick und zuckte mit den Schultern. «Wie kann ich Ihnen helfen, Frau Penske?»

«Heute Nacht ist bei uns eine Patientin eingeliefert worden, vermutlich mit einer Psychose. Sie hatte keine Papiere bei sich, und wir haben sie erst mal sediert, wollten den Morgen abwarten, bevor wir die Polizei einschalten.»

Björns Anspannung ließ etwas nach. Ein Routinefall. «Ist sie inzwischen ansprechbar?»

«Sie war vorhin kurz wach und wirkte vollkommen ruhig und klar. Leider ist sie sofort wieder eingeschlafen, sodass wir bisher nicht mit ihr sprechen konnten. Deshalb haben wir eben noch einmal gründlich ihre Sachen durchgesehen, in der Hoffnung, einen Hinweis auf ihre Identität zu finden, damit wir ihre Angehörigen verständigen können. Dabei sind wir auf Ihre Visitenkarte gestoßen, Herr André.»

«Wirklich?», fragte Björn überrascht. Er war eigentlich Polizist in Teterow, nicht auf dem Darß, und nur für die Ermittlungen im Fall der beiden Toten vom Kliff hier.

Eine Ahnung stieg in ihm auf. Er hielt das Telefon zu und sah Paul an. «Ich muss ins Krankenhaus.»

«Hat es mit dem Fall zu tun?»

«Ich weiß es nicht», antwortete er ehrlich. Dann wandte er sich wieder an die Krankenschwester. «Ich komme vorbei. Auf welche Station muss ich?»

Am selben Tag

Fassungslos starrte Mascha das vertraute und doch im Tod so fremde Gesicht an. Die bläulich weiße Haut, die blicklosen blauen Augen, das blutverklebte blonde Haar.

Sie zitterte so sehr, dass ihre Zähne klapperten. Gleichzeitig drehte sich die Welt um sie herum in so atemberaubendem Tempo, dass ihr schwindelig wurde. Es fühlte sich an, als würden Stunden und Tage im Zeitraffer vergehen, und nur da, wo sie stand, wäre die Zeit stehen geblieben.

«Scheiße», murmelte Tom neben ihr. «Scheiße, scheiße.»

«Es ist Kira, großer Gott», flüsterte Mascha. «Wir haben sie im Stich gelassen.»

Tom ließ das Boot vorsichtig herunter und sah sie an. In seinen Augen glitzerten Tränen. «Kriegst du das hin?»

«Gib mir eine Minute.»

«Klar.»

Sie trat vom Boot weg ans Ufer des Bodden und kämpfte gegen den Drang, laut zu schreien. Sie hatte in ihrer Laufbahn schon viele Leichen gesehen. Frische, halb verweste, vollkommen skelettierte. Und sie hatte auch schon Menschen tot gesehen, die sie im Leben gekannt hatte. Aber noch nie hatte es ihr so den Boden unter den Füßen weggezogen. Und noch nie hatte das Gefühl der Schuld so schwer auf ihr gelastet.

Doch sie durfte dem nicht nachgeben. Das Mindeste, was

sie jetzt noch für Kira tun konnte, war, ihr Gerechtigkeit zukommen zu lassen. Ihren Mörder zu ergreifen und vor Gericht zu bringen. Und dafür brauchte sie einen kühlen, klaren Kopf. Zum Trauern würde später noch Zeit sein.

Mascha streckte die Schultern durch und atmete einige Male tief ein und aus. Dann drehte sie sich zu Tom um. «Lass uns loslegen.»

Am selben Tag

Eine Stunde später war das stille Ufer nicht wiederzuerkennen. Kriminaltechnik und Rechtsmedizin waren vor Ort, und selbst der Staatsanwalt hatte eine Geburtstagsfeier verlassen, um sich ein Bild zu machen.

Tom hatte den Rest der Soko nur schwer davon abbringen können, ebenfalls zum Fundort zu kommen. Er hatte verstanden, dass sie dabei sein wollten, doch im Büro waren sie eine größere Hilfe. Nur Lisa war vor Ort, half mit blassem Gesicht und stoischer Miene ihren Kollegen von der KTU, Spuren zu sichern.

Tom beobachtete, wie einer der Techniker die Leiche freigab und Dominik Westphal auf das Kajak zueilte, dicht gefolgt von Manfred Süderholz. Der Staatsanwalt beugte sich kurz über die Tote und klopfte dann dem Rechtsmediziner auf die Schulter, bevor er sich abwandte und auf Tom und Mascha zuschritt.

«Was für ein Mist», sagte er und streifte die Lederhandschuhe ab. «Ich hoffe, dass Sie den Dreckskerl schnell erwischen, Tom. Und ich brauche wohl nicht zu betonen, dass Sie jede erdenkliche Hilfe von mir erhalten. Was auch immer es ist.»

«Danke», presste Tom hervor.

«Nicht dafür.» Er steckte die Handschuhe in die Manteltasche. «Ich muss jetzt wieder los, meine Schwiegermutter wird heute siebzig. Aber rufen Sie jederzeit an, der Fall hat absolute

Priorität.» Er nickte Mascha zu, dann marschierte er zu seinem Wagen.

Als er wegfuhr, kam ihm ein Kastenwagen mit einer großen Satellitenantenne auf dem Dach und dem Logo eines Privatsenders auf der Seite entgegen.

«Und da sind auch schon die Aasgeier», murmelte Tom verärgert. «Ich frage mich, wie die so schnell davon erfahren haben.»

«Ignorier sie», sagte Mascha. «Laurel und Hardy werden dafür sorgen, dass sie hinter der Absperrung bleiben.»

«Leichter gesagt als getan.» Tom dachte voller Grauen an die bevorstehende Pressekonferenz. Auch wenn Kiras Chef zugesagt hatte, den Redeanteil zu übernehmen, würde er als Soko-Leiter die Fragen zum Stand der Ermittlungen beantworten müssen. Nur, dass er keine Antworten hatte.

Er beobachtete, wie sich zwei weitere Fahrzeuge näherten, wie der Staatsanwalt am Wegesrand hielt und noch einmal ausstieg. Mit ausgebreiteten Armen schritt er auf die Journalisten zu. Fast hätte man meinen können, er genoss den Auftritt. Aber Tom wollte nicht ungerecht sein, es war gut, dass er ihnen die Presse vom Leib hielt.

«Hey, alles okay?» Mascha legte ihm die Hand auf die Schulter.

«Nur ein kleiner Durchhänger. Geht schon wieder.»

«Dann lass uns mit Süderholz reden, vielleicht kann er schon was zur Todesursache sagen.»

Die Kriminaltechniker hatten das Boot zur Seite gelegt, nachdem sie alles vermessen, Fotos gemacht und Spuren an der Außenseite gesichert hatten. Die Leiche lag jetzt frei auf dem schmalen schneefreien Streifen Ufer und wirkte so noch verletzlicher.

Tom konnte kaum hinsehen, trotzdem zwang er sich, auf die Details zu achten. Die zerrissene Jeans, die blutigen Finger, die große Platzwunde am Hinterkopf, die Professor Süderholz gerade untersuchte.

Er bemerkte Mascha und Tom und erhob sich, zog die Kapuze des Overalls vom Kopf, sodass sein schütteres graues Haar zum Vorschein kam.

«Mein Beileid.» Der sonst so spröde Rechtsmediziner wirkte ehrlich bestürzt.

«Danke.» Noch nie hatte irgendwer Tom am Fundort einer Leiche sein Beileid ausgesprochen. «Können Sie schon etwas sagen?»

«Todesursache war vermutlich ein Schlag auf den Hinterkopf mit einem schweren Gegenstand.»

«Was ist mit den Abwehrverletzungen?»

«Sie meinen die Hände?» Süderholz rieb sich über die Stirn. «Die sind älter, teilweise bereits verschorft. Ich muss sie mir aber noch genauer ansehen.»

Mascha räusperte sich. «Wie lange ist sie schon tot?»

«Das ist eine schwierige Frage.» Süderholz warf einen Blick auf die Leiche, bevor er sich wieder ihr zuwandte. «Sie war ja quasi tiefgefroren hier draußen. Ich gehe davon aus, dass sie ein oder zwei Tage, bevor die Schneefront kam, getötet und hier abgelegt wurde. Aber das ist bloß eine vorläufige Schätzung.» Der Rechtsmediziner zog die Kapuze wieder über. «Ich mach dann mal weiter.»

Tom bedankte sich und zog Mascha außer Hörweite. «Ein oder zwei Tage vor dem Schnee bedeutet Dienstag oder Mittwoch.» Es fiel ihm schwer, gegen den Kloß in seinem Hals anzureden. «Bis dahin hat sie also noch gelebt.» Er ballte die Faust. «Verdammt, wir hätten sie finden müssen!»

Mascha nickte mit grimmiger Miene. «Mir ist gerade noch ein ganz anderer Gedanke gekommen», sagte sie. «Das Bootshaus, zu dem Nils Braake mich gefahren hat, ist nur etwa zweihundert Meter von hier entfernt. Und wir haben ihn am Dienstagabend festgenommen. Er könnte es also doch gewesen sein.»

Am selben Tag

Dayita stellte ihren Golf im Tiefschnee neben der von unzähligen Fahrzeugen aufgewühlten Fahrspur ab und stieg aus. Weiter vorn schien etwas zu passieren, also beschleunigte sie ihre Schritte, aktivierte dabei die Aufnahmefunktion ihres Handys.

Dann sah sie, dass Staatsanwalt Dominik Westphal eine Erklärung abgab. Sie reckte den Arm mit dem Handy in die Luft und quetschte sich zwischen den Kollegen hindurch in die erste Reihe.

«… und deshalb können wir im Augenblick noch nicht mehr sagen», endete Westphal gerade.

Na wunderbar. Offenbar war bereits Presse aus dem ganzen Land vor Ort, aber sie, die hier lebte, kam zu spät.

«Ist es die vermisste Polizistin?», rief einer der Reporter.

«Kein Kommentar.»

Weitere Fragen prasselten auf den Staatsanwalt ein, doch er ignorierte sie und marschierte auf einen Mercedes am Wegesrand zu. Die meisten Presseleute wandten sich daraufhin ab, und Dayita nutzte die Gelegenheit, um Westphal den Weg abzuschneiden.

«Herr Westphal», sagte sie, etwas atemlos von ihrem Sprint durch den Schnee. «Dayita Kumar, Sellnitzer Wochenblatt.»

«Ich weiß, wer Sie sind.» Der Staatsanwalt betrachtete sie

abschätzend. «Und für Sie gelten dieselben Regeln wie für alle anderen.»

«Auch wenn ich gar nichts über die Tote wissen will?»

Er runzelte die Stirn. «Lassen Sie die Spielchen.»

«Ich habe vor einigen Tagen eine sehr interessante Information erhalten, zu der ich gerne eine Stellungnahme von Ihnen hätte. Es geht um die Sellnitzer Polizei.»

Jetzt hatte sie seine Aufmerksamkeit. «Was für eine Information?»

«Offenbar hat jemand auf dem Revier Dreck am Stecken.»

Andere Reporter hatten bemerkt, dass der Staatsanwalt mit einer Kollegin unter vier Augen sprach, und näherten sich neugierig.

Westphal wandte sich ihnen zu und hob die Hand. «Abstand halten!», befahl er. Dann senkte er die Stimme. «Dreck am Stecken, was soll das heißen? Um wen geht es?»

«Dazu kann ich nichts sagen.»

«Und was für eine Stellungnahme erwarten Sie dann von mir?», blaffte er.

Dayita blieb ruhig. «Ich dachte, Sie wissen vielleicht, was gemeint ist», sagte sie leichthin und ließ ihn dabei nicht aus den Augen.

Er schnaubte ärgerlich. «Ich weiß nicht genau, was Sie im Schilde führen, Frau Kumar. Aber ich warne Sie. Wenn Sie irgendeinen der hart arbeitenden Kollegen grundlos diffamieren, wird das Konsequenzen haben. Und jetzt entschuldigen Sie mich, ich habe zu tun.»

Am selben Tag

Claudia Penske erwartete Björn vor dem Zimmer. Die Krankenschwester war fast einen Kopf kleiner als er und sprühte vor Energie.

«Danke, dass Sie gekommen sind, Herr André.»

Björn wäre lieber am Fundort am Bodden und würde bei der Suche nach Kiras Mörder helfen. Doch da Tom das nicht wollte, lenkte der Besuch im Krankenhaus ihn wenigstens etwas vom Grübeln ab. Hoffte er zumindest.

«Wie geht es der Patientin?», fragte er.

«Sie ist eben wieder aufgewacht. Als ich ihr erzählt habe, dass Sie auf dem Weg sind, war sie sehr erleichtert.»

«Was genau ist denn passiert in der vergangenen Nacht?»

«Ein Autofahrer hat sie aufgegabelt.» Penske schob sich eine Strähne ihrer kurzen blonden Haare hinter das Ohr. «Offenbar irrte sie auf der Landstraße herum, wirkte orientierungslos. Der Mann wollte aussteigen, um ihr zu helfen, doch bevor er dazu kam, rannte sie plötzlich in den Wald. Er ist ihr hinterher, weil er dachte, sie stünde unter Drogen und könnte bei der Kälte da draußen erfrieren. Beim Wegrennen ist sie gestürzt, er hat ihr aufgeholfen und sie hergebracht.»

«Und sie war nicht ansprechbar?»

«Ich hatte heute Nacht keinen Dienst, aber die Kollegin hat erzählt, dass sie wirres Zeug geredet hat. Sie wirkte total verängstigt. Wir haben sie sediert und ihr Blut abgenommen. Kein Alkohol und auch sonst keine Drogen.»

Björn nickte. «Kann ich sie jetzt sehen?»

«Klar.» Claudia Penske klopfte an die Zimmertür und öffnete. «Ihr Besuch ist da», verkündete sie fröhlich, dann trat sie zurück, um Björn vorbeizulassen.

Er trat ein und schloss die Tür hinter sich. In dem Zimmer war nur ein Bett, darin saß Janine Kaiser. Sie trug ein Krankenhausnachthemd, in ihrer Hand steckte ein Venenkatheter.

«Herr André», begrüßte sie ihn mit einem schwachen Lächeln. «Tut mir leid, dass ich Ihnen solche Umstände bereite.»

«Alles gut», versicherte Björn und zog sich einen Stuhl heran. «Wie geht es Ihnen?»

«Gut. Glaube ich.» Dann runzelte sie die Stirn. «Oh Gott, wie spät ist es? Ich muss den Laden öffnen.»

«Ich denke, das sollten Sie heute nicht tun.»

«Weiß Torge Bescheid? Er ist bei einem Freund, aber …»

«Torge ist krank, aber er wird versorgt.»

«Krank? Herrje, ich muss sofort …» Sie wollte aufstehen, doch Björn hielt sie am Arm fest.

«Beruhigen Sie sich, Frau Kaiser. Es ist bloß eine Erkältung. Und Torge ist nicht allein. Ihre Nachbarin kümmert sich um ihn.»

Sie runzelte die Stirn. «Welche Nachbarin?»

«Helga Sonnleitner. Sie sagt, sie hätte früher, als er noch klein war, häufiger auf Torge aufgepasst.»

«Stimmt.» Janine Kaiser lächelte erleichtert.

Björn zog einen Block hervor. «Erinnern Sie sich an vergangene Nacht?»

Die Buchhändlerin blickte verlegen zum Fenster. «Da waren Lichter, ich dachte, jemand verfolgt mich.»

«Sie waren zu Fuß auf der Landstraße unterwegs.»

Sie sagte nichts, ihr Blick war noch immer abgewandt.

«Frau Kaiser, wissen Sie, was Sie da draußen gemacht haben?»

«Ich bin weggelaufen.»

«Lieber Himmel, wovor denn?»

«Wenn ich das wüsste.» Sie wandte sich ihm zu. «Ich muss Ihnen was erzählen.» Sie rieb mit dem Finger über die Haut neben dem Katheter. «Aber Sie müssen mir versprechen, es niemandem zu sagen.»

Björn atmete einmal tief ein und aus. «Ich bin Polizist, Frau Kaiser, das kann ich nicht. Wenn Sie mir von einer Straftat berichten, muss ich dem nachgehen.»

«Es geht nicht um eine Straftat. Zumindest … also gut, versprechen Sie mir, es niemandem zu erzählen, solange es nicht mit einem Verbrechen in Zusammenhang steht?»

«Selbstverständlich.»

Janine Kaiser räusperte sich. «Ich habe das seit vielen Jahren», begann sie. «Es ist eine Art Schlafwandeln, nur dass ich auf der Flucht bin, wovor, kann ich nicht sagen. Es ist eine Krankheit, oder besser gesagt, das Symptom einer psychischen Störung. Poriomanie nennt man das, oder auch Fugue. Zwanghaftes Weglaufen in Verbindung mit Amnesie. Bei mir passiert es nachts. Ich wache morgens auf, manchmal zu Hause mit dreckigen Schuhen, manchmal an fremden Orten, und ich weiß nicht, wie ich dorthin gekommen bin.»

«Wie schrecklich», murmelte Björn mitfühlend. Jetzt wusste er endlich, warum er die ganze Zeit das Gefühl gehabt hatte, dass mit der Buchhändlerin etwas nicht stimmte.

«Vor vielen Jahren war ich in einer Klinik in Behandlung deswegen», erzählte sie weiter. «Danach ging es lange gut, ich dachte schon, ich hätte es überwunden. Aber vor einiger Zeit hat es wieder angefangen.»

«Und man kann nichts dagegen tun?»

Janine Kaiser seufzte. «In meinem Fall ist die Ursache höchstwahrscheinlich ein traumatisches Ereignis, das ich verdrängt habe. Wenn ich mich daran erinnern würde …»

Björn horchte auf. «Und Sie haben keinen Verdacht, worum es sich handeln könnte?»

«Nein.» Sie fing wieder an, die Haut um den Katheter zu bearbeiten. «Angeblich könnte Hypnose helfen. Aber bisher bin ich davor zurückgeschreckt.»

«Ich möchte Ihnen nichts vorschreiben», sagte Björn. «Aber ich denke, Sie sollten schleunigst etwas unternehmen. Sie hatten Glück, dass gestern Nacht nichts Schlimmeres passiert ist. Und dass der Autofahrer Sie hier abgeliefert hat.»

Sie starrte ihn an. «Das Auto, das mich verfolgt hat …»

«Der Mann wollte Ihnen helfen.»

Sie schloss die Augen, riss sie wieder auf. «Mein Handy!» Sie blickte suchend zum Nachttisch, aber dort lag nichts.

«Vielleicht bei Ihren Anziehsachen?» Björn erhob sich und trat an den Tisch, auf dem sorgfältig gefaltet die Kleidung lag, und sah sie durch. Kein Handy.

«Ich muss es im Wald verloren haben.» Kaiser klang unglücklich.

«Machen Sie sich keine Gedanken darüber, es ist nicht wichtig.»

«Doch!»

Björn sah sie überrascht an.

«Ich habe gestern Abend eine Tracking-App aktiviert. Ich dachte, es könnte meiner Erinnerung auf die Sprünge helfen, wenn ich weiß, wohin ich nachts laufe.»

«Sie denken, es ist immer derselbe Ort?»

«Ich glaube, ich laufe eine bestimmte Strecke ab. Aber vielleicht bilde ich mir das auch nur ein.» Sie schien noch etwas hinzufügen zu wollen, presste dann aber die Lippen zusammen.

«Verstehe», murmelte Björn nachdenklich.

Als er zurück ans Bett treten wollte, zuckte ein stechender Schmerz durch sein Bein, und er konnte sich gerade eben noch abfangen.

«Alles in Ordnung?», fragte Janine Kaiser besorgt.

Björn winkte ab und setzte sich wieder. «Ich werde den Mann, der Sie hergebracht hat, fragen, wo genau er Sie aufgelesen hat», versprach er. «Vielleicht finde ich Ihr Telefon.»

Er verabschiedete sich von Janine Kaiser und humpelte aus dem Zimmer. Kaum hatte er die Tür geschlossen, kehrten seine Gedanken zu Kira zurück, und das Herz wurde ihm schwer. Er hatte die junge Frau kaum gekannt, dennoch bedrückte ihn ihr gewaltsamer Tod zutiefst.

Am selben Tag

Ich beobachte, wie der Typ über den Parkplatz hinkt. Ich habe keine Ahnung, wen er im Krankenhaus besucht hat, aber ich könnte schwören, dass es Janine war. Es macht mich wahnsinnig, nicht zu wissen, worüber sie mit ihm geredet hat.

Höchstwahrscheinlich ging es um den Jungen, um die Sache mit der Leiche im Wald. Ich weiß, dass er und sein Freund anfangs nicht die volle Wahrheit erzählt haben. Vielleicht stimmt ihre Version noch immer nicht ganz.

Aber was, wenn nicht? Was, wenn diese dämliche Kuh dem Kerl ihr Herz ausgeschüttet hat?

Wütend zerdrücke ich das Päckchen mit den Tabletten. Ich will mir nicht von einem abgehalfterten Dorfbullen die Zukunft versauen lassen. Das werde ich nicht zulassen.

Hinkebein steigt ins Auto. Ich reiße die Packung auf und werfe zwei Tabletten ein. Ich könnte Janine fragen, was der Kerl von ihr wollte. Aber woher soll ich wissen, dass sie mir die Wahrheit sagt?

Nein, im Augenblick kann ich nichts machen, außer die beiden im Auge zu behalten. Zumindest sind Hinkebeins Kumpel derzeit anderweitig beschäftigt. Die tote Kollegin wird sie eine Weile auf Trab halten. Rührend, wie am Boden zerstört sie sind. Und wie wild entschlossen, den Täter zu schnappen.

Sollen sie es doch versuchen.

Bützow, am Nachmittag

Oliver wartete auf dem Parkplatz der JVA. Lässig lehnte er an der Dienstlimousine, die Arme vor der Brust verschränkt. Hinter ihm erhoben sich die zwei markanten, burgähnlichen Türme des orangeroten Ziegelbaus mit der wechselhaften Geschichte.

Mascha parkte neben ihrem Chef. Lisa hatte ihr den Wagen aus dem Fuhrpark der Kriminaltechnik geliehen.

«Was für eine grauenvolle Sache», sagte Oliver, als sie zu ihm trat. Er nahm sie in die Arme. «Tut mir so leid für dich, Mascha.»

Sie machte sich los. Zu viel Mitgefühl sorgte bloß dafür, dass sie ihre professionelle Distanz verlor. Und die brauchte sie, um diesen Horrortag irgendwie durchzustehen.

Sie schob die Hände in die Jackentasche. «Lass uns reingehen.»

Mascha hatte darauf bestanden, Nils Braake noch heute zu vernehmen. Am liebsten hätte sie Tom dabeigehabt, aber der wurde vor Ort gebraucht und wollte zudem später nach Greifswald in die Rechtsmedizin fahren.

Sie meldeten sich an, wurden durch die Schleuse geleitet und saßen fünf Minuten später in einem Raum mit vergittertem Fenster und warteten.

«Ich möchte, dass du mir das Reden überlässt», bat Mascha.

«Kein Problem.» Oliver strich über seine Krawatte. «Ich habe dir nicht geglaubt, als du gesagt hast, dass Braake eure Kollegin entführt hat.»

«Es hätte nichts geändert.»

«Vielleicht hätte ich mehr tun können. Ich hätte …»

Die Tür wurde aufgestoßen, der Häftling hereingeführt und gegenüber von Oliver und Mascha am Tisch platziert.

«Wenn irgendwas ist, rufen Sie einfach», sagte der Justizbeamte. «Ich stehe direkt vor der Tür.»

«Keine Sorge, wir kommen klar», entgegnete Oliver.

Die Tür schloss sich, Mascha betrachtete den Arzt. In den wenigen Tagen, die er in Untersuchungshaft verbracht hatte, hatte er sich so verändert, dass sie ihn kaum wiedererkannte. Das attraktive Gesicht war eingefallen, die Augen lagen tief in den Höhlen. Der selbstbewusste, charismatische Mediziner war nur noch ein Schatten seiner selbst.

«Herr Braake», sagte sie, um einen ruhigen Tonfall bemüht. «Das ist mein Chef Oliver Böhm. Wer ich bin, wissen Sie ja wohl noch.»

«Die Polizistin, ja.»

«Wissen Sie auch, warum ich hier bin?»

«Wegen der Frauen. Wegen dem, was ich ihnen angetan habe.» Er senkte den Blick. «Es tut mir so leid. Es war wie ein Zwang, verstehen Sie. Ich …»

«Was genau haben Sie denn getan?», unterbrach Mascha.

«Das wissen Sie doch.» Braake warf einen verunsicherten Blick zu Oliver.

«Erzählen Sie es mir.» Mascha hätte ihn am liebsten direkt mit dem Mord an Kira konfrontiert, es fiel ihr schwer, ihre brodelnden Gefühle im Zaum zu halten beim Anblick des Mannes, der sie mutmaßlich getötet hatte. Aber wenn sie ein Geständnis hören wollte, musste sie die richtige Atmosphäre dafür schaffen. Vertrauen aufbauen.

«Ich habe mir eine Software im Darknet besorgt, um die Kamera und das Mikro ihrer Computer zu hacken. Ich wollte sie sehen. Ihre Körper. Ihre ... Narben. Anfangs dachte ich, das würde mir genügen, aber dann merkte ich, dass ich ihnen näher sein wollte. Deshalb bin ich in die Wohnung eingestiegen.»

«Und Sie haben etwas mitgenommen, ein Spielzeug.»

«Ein Souvenir, ja.»

«Das Sie bei der nächsten Frau zurückgelassen haben.»

«Ich fand das irgendwie ... ich weiß auch nicht. Ich wollte eine Verbindung zwischen ihnen herstellen, denke ich.»

«Und dann hat das auch nicht mehr genügt.»

Braake sank noch tiefer in sich zusammen. «Diese Frau, Nele. Als ich mitbekam, dass sie ausgerechnet in Sellnitz ein Ferienhaus gemietet hatte, war das wie ein Wink des Schicksals.»

«Sie haben sie ausgezogen, gefesselt und ihre Narben fotografiert.»

«Aber ansonsten habe ich sie nicht angerührt!» Wieder sah Braake zu Oliver hinüber, als suche er einen Verbündeten. «Ich könnte niemals einer Frau wehtun, das müssen Sie mir glauben.»

Oliver gab ein verächtliches Schnalzen von sich.

«Sie haben Nele Deters wehgetan», sagte Mascha ruhig, aber mit Nachdruck. «Und Sie haben sie schwer traumatisiert.»

«Das tut mir leid.» Er faltete die Hände auf dem Tisch und senkte den Blick.

Mascha kam mit einem Mal der Verdacht, dass er schon für seinen Auftritt vor Gericht übte. Vielleicht war er gar nicht so am Boden zerstört, wie es schien, sondern spielte bloß eine Rolle.

«Erzählen Sie mir von Kira», forderte sie ihn auf.

Überrascht sah er sie an. «Das ist diese verschwundene Kollegin von Ihnen, oder?»

«Sagen Sie es mir.» Mascha ballte die Faust unter dem Tisch.

«Ich hab's Ihnen doch schon gesagt, ich bin ihr nie begegnet.»

«Das stimmt nicht. Sie war im Hotel, als Sie meine Plüschente gestohlen haben.»

Braake hatte Maschas Schnatterinchen, ihren Talisman, den sie seit ihrer Kindheit besaß, aus ihrem Hotelzimmer gestohlen und bei seinem letzten Opfer auf dem Bett deponiert. Allerdings vermutete Mascha bloß, dass Kira ihm dabei in die Quere gekommen war.

«Das ist nicht wahr!» Er sprang auf.

«Ganz ruhig», sagte Oliver und hob die Hand. «Setzen Sie sich wieder.»

Braakes Blick schoss zwischen ihm und Mascha hin und her, dann ließ er sich auf den Stuhl sinken. «Es ist nicht wahr», wiederholte er.

Mascha verschränkte die Arme. «Lügen Sie mich nicht an.»

«Ich lüge nicht.»

«Und ich glaube Ihnen nicht.»

Braake vergrub das Gesicht in den Händen, dann sah er ihr in die Augen. «Es ist die Wahrheit, das müssen Sie mir glauben. Ich habe den Namen Ihrer Kollegin zum ersten Mal gehört, als Sie mich nach ihr gefragt haben. An dem Abend, als … als ich mit Ihnen zum Bootshaus gefahren bin. Ich schwöre es.»

Zu ihrer eigenen Überraschung war Mascha geneigt, ihm zu glauben. Braake war ein Stalker, ein Widerling mit einer krankhaften Fixierung auf Narben. Zwar war er bereit, Gewalt anzuwenden, um sein Ziel zu erreichen, aber er war kein Mörder.

Andererseits wusste sie nicht, wozu er in der Lage war, wenn er sich in die Ecke gedrängt fühlte.

Sie lehnte sich zurück. «Wir haben Kiras Leiche gefunden», sagte sie. «Ganz in der Nähe des Bootshauses.»

Braakes Augen weiteten sich entsetzt. «Ich war das nicht!»

«Ich brauche Ihnen bestimmt nicht zu erklären, was bei der Polizei los ist, wenn eine Kollegin ermordet wird. Alle sind auf der Jagd nach ihrem Mörder. Wir werden jeden Stein umdrehen. Und wir haben bereits unzählige Spuren vor Ort gesichert. Wenn es auch nur den winzigsten Hinweis darauf gibt, dass Sie mich hier gerade anlügen …»

«Sie können mir das nicht anhängen», ging Braake dazwischen, die Augen verzweifelt aufgerissen. «Ich habe dieser Frau nichts angetan, ich schwöre es. Ich kannte sie nicht einmal.»

Greifswald, am selben Tag

Tom zog in der engen Umkleidekabine Kittel, Überzieher und Handschuhe an, bevor er den Sektionssaal betrat. Professor Süderholz stand allein am Tisch, den Kopf über die Leiche gebeugt, und sprach etwas in ein Mikrofon, das von der Decke herabhing. Als er Tom bemerkte, stoppte er die Aufnahme.

«Sie sind zu früh», sagte er statt einer Begrüßung. «Es ist Wochenende, ich bin allein, und die Tote wurde erst vor einer Stunde hergebracht.»

«Bitte sagen Sie mir einfach, was Sie bisher herausgefunden haben.»

Tom bemerkte, dass der Rechtsmediziner die Leiche bereits ausgezogen hatte. Die Beutel mit den Kleidungsstücken lagen ordentlich beschriftet auf der Anrichte neben dem Spülstein zur Abholung bereit. Die Experten im LKA würden versuchen, weitere Spuren daran zu sichern.

Zögernd trat er näher. Am liebsten hätte er gar nicht hingeschaut. Es kam ihm unangemessen vor, dass seine Kollegin nackt vor ihm auf dem Tisch lag, seinen Blicken schutzlos ausgeliefert.

«Wie Sie meinen», sagte Süderholz und deutete auf den Kopf. «Ich habe mir die Wunde näher angesehen und bin mir ziemlich sicher, dass sie todesursächlich war. Genau weiß ich es aber erst, wenn ich sie aufgeschnitten habe.»

«Tatwaffe?»

«Ein harter, abgerundeter Gegenstand. Eine Taschenlampe, ein Stück Rohr, etwas in der Art. Wenn ich die Wunde vermessen habe, kann ich wahrscheinlich mehr zur Größe sagen.»

«War sie sofort tot?», fragte Tom mit trockener Kehle.

«Zumindest bewusstlos», antwortete Süderholz.

Tom zwang sich, das Gesicht zu betrachten. Wie oft hatte Kira ihn genervt mit ihren herablassenden Bemerkungen und unpassenden Kommentaren. Wie gerne hätte er jetzt einen aus ihrem Mund gehört. «Die Lippen sind aufgesprungen.»

«Flüssigkeitsmangel, nehme ich an. Sie ist unterernährt, hat offenbar über einen längeren Zeitraum zu wenig Nahrung zu sich genommen.» Süderholz sah Tom an. «Seit wann wurde sie vermisst?»

«Seit dem vierzehnten Januar.»

Der Rechtsmediziner rechnete. «Dann waren es ziemlich genau zwei Wochen bis zu ihrem Tod. Ich gehe davon aus, dass sie in der Zeit extrem wenig gegessen hat. Und viel zu wenig getrunken.»

«Aber sie hat gegessen?»

«Sie muss zumindest Wasser bekommen haben. Sonst hätte sie nicht so lange überlebt. Wie das mit dem Essen aussieht, kann ich erst sagen, wenn ich den Inhalt von Magen und Darm analysiert habe.»

Tom betrachtete die hervorstehenden Hüftknochen, sah dann wieder den Professor an. «Sie haben von zwei Wochen gesprochen, Sie bleiben also bei Ihrer ersten Einschätzung, was den Todeszeitpunkt angeht?»

«Ich habe noch nicht alle Untersuchungen diesbezüglich abgeschlossen, aber …»

«Diese Frage ist enorm wichtig für uns, weil wir am Dienstagabend einen Tatverdächtigen festgenommen haben. Wenn Kira erst in der Nacht zu Mittwoch oder noch später starb, kann er es nicht gewesen sein.»

«Wie gesagt, kann ich mich in dem Punkt noch nicht festlegen. Meine bisherige Schätzung lautet zwischen Dienstagnachmittag und Mittwochabend. Dem habe ich im Augenblick nichts hinzuzufügen. Da müssen Sie sich leider noch ein wenig gedulden.»

Tom dachte an die Pressekonferenz, die für den nächsten Vormittag angesetzt war. «Wie lange?»

Süderholz legte den Kopf schief. «Ich weiß, dass Sie unter extremem Druck stehen, aber wir wollen doch beide, dass meine Ergebnisse hieb- und stichfest sind, oder? Also lassen Sie mir die Zeit, die ich brauche. Ich beeile mich, versprochen.»

«Selbstverständlich.» Tom trat einen Schritt zurück. «Entschuldigen Sie bitte, ich wollte nicht drängeln.»

«Schon gut.»

«Haben Sie sonst noch irgendwas, das uns weiterhelfen könnte?»

«Möglicherweise.» Süderholz deutete auf Kiras linke Hand. «Sehen Sie sich das an.»

Tom betrachtete die blutigen Finger, die ihm bereits am Fundort aufgefallen waren. Jetzt sah er, dass die Nägel abgebrochen waren. Das eingetrocknete Blut schien von einem tiefen Schnitt in ihrem linken Handballen herzurühren.

Der Rechtsmediziner griff nach der Hand und hielt sie hoch. «Da sind kleine Fasern drin, sehen Sie?»

Tom beugte sich vor, nickte.

«Ich vermute, sie stammen von ihrem eigenen T-Shirt.» Der Arzt legte die Hand wieder ab und deutete auf die Beweisbeutel. «An dem fehlt nämlich ein Streifen.»

«Sie hat sich selbst die Hand verbunden?»

«Das ist auch meine Annahme.»

«Könnte es passiert sein, als sie versucht hat, sich aus ihrem Gefängnis zu befreien? So wie die abgebrochenen Fingernägel?»

«Die Spekulationen überlasse ich Ihnen, Herr Engelhardt. Fest steht, dass sie sich diese Verletzung nicht mit bloßen Händen beigebracht haben kann. Sie muss eine Art Werkzeug verwendet haben. Vielleicht finde ich davon auch noch Rückstände in der Wunde.»

«Sehr gut.» Aus unerfindlichen Gründen tröstete es Tom, dass Kira offenbar hart um ihr Leben und ihre Freiheit gerungen hatte. Sie hatte sich nicht kampflos in ihr Schicksal ergeben. Und vielleicht halfen die Spuren dieses Kampfes ihnen ja dabei, ihren Mörder zu ergreifen.

Sellnitz, am Abend

Mascha drehte sich auf die andere Seite, obwohl sie wusste, dass es nichts helfen würde. Seit Stunden versuchte sie, wenigstens etwas zur Ruhe zu kommen, aber an Schlaf war nicht zu denken.

Jedes Mal, wenn sie die Lider schloss, sah sie Kiras aufgerissene Augen, die sie vorwurfsvoll anstarrten.

«Warum hast du mich im Stich gelassen?», fragten sie. «Warum hast du es nicht geschafft, mich rechtzeitig zu finden?»

Mascha stöhnte auf und warf die Bettdecke zur Seite. Sie tastete nach ihrem Pulli und zog ihn über, dann tapste sie leise die Treppe hinunter. Sie würde Tee kochen und sich die Akte vornehmen. Wenn es mit dem Schlafen nicht klappte, konnte sie wenigstens etwas Sinnvolles tun.

Sie schrak zusammen, als sie eine Gestalt erblickte, die in der dunklen Küche am Fenster stand, den Blick auf die Straße geheftet. Rasch knipste sie das Licht an. «Lieber Himmel, Tom, was machst du hier?»

Er drehte sich um. «Das könnte ich dich auch fragen.»

«Kann nicht schlafen.»

«Ich auch nicht.»

Mascha bemerkte die tiefen Falten auf seiner Stirn. «Ich muss immerzu an Kira denken, wie sie da unter dem Boot liegt», sagte sie. «Und daran, dass es meine Schuld ist.»

«Ist es nicht.»

«Doch. Ich hätte sie finden müssen.» Tränen schossen Mascha in die Augen. «Ich habe versagt, ich bin eine miese Polizistin und eine noch miesere Kollegin.»

«Komm her», sagte er sanft und streckte die Hand nach ihr aus.

Sie ließ sich in seine Umarmung ziehen. Als sie sich an ihn lehnte, brach der Damm, und sie begann, hemmungslos zu weinen. «Das ist alles so schrecklich», schluchzte sie. «Ich kann nicht mehr, ich halte das nicht aus.»

«Alles gut», murmelte er. «Lass es raus.»

Sie weinte, bis sie keine Tränen mehr hatte.

Er drückte sie noch eine Weile an sich, dann hielt er sie von sich weg. «Besser?»

«Ein bisschen.» Sie rieb sich über das nasse Gesicht. «Ich habe dich vollgeheult.»

«Kein Problem, Romy macht das auch immer.»

Gegen ihren Willen musste Mascha lächeln. «Was würde ich nur ohne dich tun, Tom Engelhardt?»

«Zehn Meter Küchenrolle vollheulen?»

Sie boxte ihn gegen die Brust. «Mach dich nur lustig über mich.»

«Das würde mir nicht im Traum einfallen.» Er strich ihr über die noch immer feuchte Wange. «Ich versuche doch bloß, dich ein wenig aufzumuntern. Wir müssen einen Mörder fassen. Und ohne dich schaffe ich das nicht.»

Sonntag, 2. Februar

Sellnitz, am Morgen

Tom wartete, bis alle am Besprechungstisch saßen. Keiner der Kollegen sah aus, als hätte er viel geschlafen. Lisa hatte dunkle Ringe unter den geröteten Augen, Paul stierte trübsinnig vor sich hin. Selbst Björn, der fast immer gelassen blieb, war unrasiert, und sein Gesicht wirkte grau.

Erstaunlicherweise hatte Tom noch etwas Ruhe gefunden, nachdem Mascha sich in seinen Armen ausgeweint hatte. Auf wundersame Weise hatte es ihm Trost geschenkt, ihr helfen zu können.

Lisa hatte Kaffee gekocht, Paul eine extragroße Tüte vom Bäcker mitgebracht, aus der es verführerisch duftete, doch offenbar stand niemandem der Sinn danach.

Tom war ausgehungert, weil er zum Frühstück nichts heruntergebracht hatte, aber allein der Gedanke an Essen schnürte ihm den Magen zu. Er musste ständig an Kiras hervorstehende Rippen denken und sich selbst mit aller Kraft daran hindern, sich nicht auszumalen, wie sehr sie gelitten haben musste in den letzten beiden Wochen ihres Lebens.

«Also, Leute», begann er. «Bevor wir richtig loslegen, habe ich eine schlechte Nachricht.»

«Noch eine?», entfuhr es Dennis.

Tom ignorierte ihn. «Offenbar hat einer von Kiras Stralsunder Kollegen gegenüber der Presse eine abschätzige Bemerkung gemacht und irgendwas über Inkompetenz und Amateure auf dem Darß gefaselt.»

«Wie bitte?», rief Paul entsetzt.

«Ich weiß nicht genau, wie das abgelaufen ist, jedenfalls hat sich die Presse mit Vergnügen auf diesen Brocken gestürzt.»

«Hab's schon gesehen», murmelte Björn mit finsterer Miene.

«Kiras Chef steht voll hinter uns, dennoch müssen wir uns auf einen Shitstorm gefasst machen.» Tom seufzte. «Das meiste werde ich wohl auf der Pressekonferenz nachher abbekommen, es könnte aber auch sein, dass jemand hier anruft. Oder versucht, irgendwen aus der Soko vor der Tür abzufangen. Bitte ignoriert das alles, so gut es geht.»

Er warf einen raschen Blick zu Mascha, die stumm auf den Bildschirm ihres Laptops starrte. Bestimmt dachte sie, dass der Kollege in Stralsund nicht ganz unrecht hatte. Aber solche Gedanken brachten sie nicht weiter. Sie mussten Kiras Mörder finden, nur darauf kam es an.

«Ich war gestern Nachmittag noch in der Rechtsmedizin. Da hatte Professor Süderholz allerdings gerade erst mit der Obduktion angefangen.» Er berichtete kurz, was er erfahren hatte.

«Was ist mit Braake?», fragte Björn, an Mascha gewandt. «Ich nehme an, er hat kein Geständnis abgelegt?»

Sie schüttelte den Kopf, streckte die Schultern durch. «Ich glaube auch nicht, dass er es war. Er passt einfach nicht ins Profil.»

«Aber du warst doch diejenige …»

Mascha unterbrach Lisa. «Ich weiß. Das war ein Fehler. Vielleicht hätten wir Kira rechtzeitig gefunden, wenn ich nicht so auf Braake fixiert gewesen wäre.»

«Hatten wir denn einen anderen Verdächtigen?», wollte Paul wissen.

«Was ist mit diesem Wendt?», fragte Lisa.

«Wir sollten nicht spekulieren», entschied Tom. «Ich kann Maschas Zweifel nachvollziehen, aber wir brauchen handfeste Beweise. Sobald Süderholz die Tatzeit besser eingrenzen kann, sind wir hoffentlich einen Schritt weiter.»

«Was ist mit den Spuren an der Leiche?», fragte Dennis.

«Die meisten müssen noch ausgewertet werden. Aber ein Fremdhaar wurde bereits analysiert.» Tom sah auf seine Notizen. «Es hat dasselbe Profil wie das an der Reisetasche vom Friedhofsparkplatz.»

«Aber dann haben wir doch unseren Täter!» Dennis schlug mit der Faust auf den Tisch.

«Nur dass wir das Profil nicht zuordnen können.»

«Jedenfalls stammt es nicht von Braake», sagte Mascha. «Dessen DNA wurde mit der an der Tasche abgeglichen.»

«Stimmt», bestätigte Tom. «Das untermauert deine Theorie.»

«Wir haben also einen Täter, der noch nicht aktenkundig ist», murmelte Björn nachdenklich.

«Wenn es tatsächlich nicht Nils Braake ist», sagte Lisa, «ist es dann ein Zufall, dass die Leiche ausgerechnet in der Nähe des Bootshauses versteckt wurde? Oder weiß der Täter von dem Stalker und wollte ihm die Tat anhängen?»

«Heilige Scheiße», murmelte Paul.

Tom starrte Lisa an. Der Gedanke war ihm noch gar nicht gekommen.

«Die Story stand im Internet», sagte Björn. «Nicht mit allen Details, aber das Bootshaus wurde erwähnt, da bin ich sicher. Und auch, dass der Festgenommene Frauen gestalkt hat. Ein perfekter Sündenbock also.»

«Dann müsste der Unbekannte allerdings sehr schnell gehandelt haben», wandte Tom ein. «Selbst wenn er die Meldung unmittelbar nach der Festnahme gelesen hat, hatte er weniger als vierundzwanzig Stunden, um seine Idee in die Tat umzusetzen. Zumal ja Kollegen noch bis spät in der Nacht Spuren am Bootshaus gesichert haben.»

«Aber möglich wäre es», sagte Paul. «Und wenn es sich so abgespielt hat, war es sehr clever von ihm, die Leiche unter dem Boot am Ufer zu verstecken, und nicht im Bootshaus, weil das ja gründlich durchsucht worden war.»

«Okay, wir behalten diese Möglichkeit im Auge. Haben wir sonst noch etwas?»

«Nur eine Kleinigkeit.» Lisa tippte auf ihrem Handy herum. «Ein Kollege hat mir gerade eine Nachricht geschickt.»

«Nicht schlecht, wenn man einen kurzen Draht zur KT hat», bemerkte Dennis.

Tom warf ihm einen raschen Blick zu, nicht sicher, ob seine Worte eine unterschwellige Kritik enthielten.

Lisa schien davon jedenfalls nichts wahrzunehmen. «An Kiras Hose und Jacke wurde lehmhaltiger Boden sichergestellt», berichtete sie. «Den gibt es am Boddenufer eigentlich nicht, sondern, ich zitiere, ‹Braunerde-Potsol aus sandigen Flussablagerungen›.»

«Was auch immer das sein mag», murmelte Paul.

«Genau genommen gibt es auf dem gesamten Darß keinen Lehm, schreibt mein Kollege. Außer als Baustoff.»

«Dann wurde sie womöglich gar nicht auf dem Darß festgehalten», mutmaßte Dennis.

«Oder in einem Gebäude, in dem Lehmziegel verbaut wurden.»

«Das ist auf jeden Fall interessant.» Irgendwas regte sich in Toms Hinterkopf, aber die Erinnerung war zu vage, er kam nicht darauf. Er warf einen Blick auf die Uhr. «Ich muss gleich los, die Pressekonferenz beginnt in einer halben Stunde. Bitte macht die Besitzer der Kajaks ausfindig, die müssen befragt werden. Außerdem brauchen wir einen Zeugenaufruf. Vielleicht hat irgendwer im infrage kommenden Zeitraum ein Auto auf dem Uferweg gesehen. Spuren gibt es ja leider nicht, die hat der Schnee überdeckt.»

«Soll ich nachsehen, ob verzeichnet ist, wo in Sellnitz mit Lehmziegeln gebaut wurde?», fragte Paul.

«Versuch es.» Tom schob seine Notizen zusammen. «Und fragt René Wendt nach seinem Alibi. Nur zur Sicherheit.»

«Was ist mit Verstärkung?», wollte Paul wissen. «Immerhin wurde eine Kollegin ermordet.»

«Ich habe schon mit Bartelsen darüber gesprochen.» Joost Bartelsen war Kommissariatsleiter in Anklam und Toms Vorgesetzter. «Wir kriegen auf jeden Fall Hilfe. Es steht aber noch nicht fest, ob jemand herkommt oder ob uns die Kollegen von ihrem Schreibtisch aus zuarbeiten.»

«Na toll», knurrte Paul.

«Hauptsache, wir kriegen niemanden aus Stralsund», ergänzte Dennis düster. «Die scheinen dort nicht sehr gut auf uns zu sprechen zu sein.»

Am selben Tag

Björn setzte einen Haken hinter die Nummer sieben und studierte den nächsten Namen. Er hatte sich die Mitgliederliste des Kajak-Klubs ausgedruckt, die der Vorsitzende ihnen gemailt hatte, und telefonierte sie ab, um die Besitzer der Kajaks ausfindig zu machen, die am Ufer lagen.

Neben ihm am Besprechungstisch tippte Dennis am Zeugenaufruf. Paul arbeitete an seinem Schreibtisch im anderen Büro, Mascha war unterwegs zu einer Befragung, und Lisa war wieder hinaus zum Fundort gefahren, wo ihre Kollegen noch immer Spuren sicherten. Er beneidete sie nicht. Da draußen hatte sie ständig die Stelle vor Augen, wo Kira gelegen hatte, das musste noch deprimierender sein, als die Mitgliederliste abzutelefonieren.

Es klopfte, Babyface steckte den Kopf zur Tür herein. Der große, muskelbepackte Mann, dessen Gemüt selten etwas trübte, ließ die Schultern hängen und blickte deprimiert drein. Er hatte Kira gerngehabt.

«Ihr habt Besuch», sagte er. «Ein Herr Nowak. Er sagt, er wäre herbestellt worden.»

Björn blickte fragend zu Dennis, der ratlos mit den Schultern zuckte.

«Okay», sagte Björn und erhob sich. «Schick ihn rein, ich kümmere mich.»

«Ich verziehe mich an Toms Schreibtisch», sagte Dennis und zog samt Laptop um.

Ein kräftig gebauter Mann Mitte fünfzig betrat das Büro. Trotz der Schneekälte draußen trug er bloß ein ausgeleiertes T-Shirt, die Jacke hing lässig über seinem Arm. Sein graues Haar wurde von einer knallroten Schirmmütze bedeckt, die zu klein für seinen Kopf war.

«Ich bin Kriminaloberkommissar Björn André.» Björn streckte dem Mann die Hand entgegen.

«Rolf Nowak.»

«Setzen Sie sich doch.» Björn deutete auf einen Stuhl. «Darf ich fragen, wer Sie herbestellt hat?»

«Den Namen habe ich mir nicht gemerkt.» Nowak zog die Mütze ab, strich sich über die Haare und setzte sie wieder auf. «Es geht wohl um die alten Ladys in der Villa.»

Jetzt begriff Björn. «Sie sind der Hausmeister von Herrn Wendt.»

Der Mann lachte. «Hausmeister, so kann man das auch nennen. Eher Mädchen für alles.»

Björn nahm gegenüber von Nowak Platz und streckte sein Bein aus. Offenbar hatte niemand daran gedacht, den Zeugen abzubestellen. Sie hatten im Augenblick Wichtigeres zu tun, als sich um die Sabotageakte in der Villa zu kümmern. Aber jetzt war der Mann da, also konnte er auch rasch seine Aussage aufnehmen.

Er legte sein Handy auf den Tisch. «Sie haben sicherlich nichts dagegen, wenn ich unser Gespräch fürs Protokoll aufzeichne.»

«Ich habe nichts zu verbergen.» Nowak presste seine fleischigen Hände auf die Oberschenkel.

«Wie Sie ja schon wissen, geht es um die alte Villa. Haben

Sie dort auch schon mal Arbeiten durchgeführt? Etwas repariert vielleicht?»

«Nee. Nie. Die alten Tanten lassen ja keinen rein ins Haus. Wendt regt sich ständig darüber auf, dass sie alles verkommen lassen. Aber ihm sind die Hände gebunden.»

«Sicherlich darf er seinen Besitz in Ordnung halten, auch wenn die beiden Damen Wohnrecht haben», sagte Björn.

«Aber sie informieren ihn ja nie, wenn was kaputt ist.»

«Und das ärgert ihn verständlicherweise.»

«Sie sagen es.»

«Deshalb wäre er die Schwestern gern los.»

«Er meint, in einem Heim wären sie viel besser aufgehoben. Und wenn Sie mich fragen, da hat er recht. Stellen Sie sich mal vor, denen passiert was. Oder sie hantieren mit einem der alten Öfen herum, und der Teppich fängt Feuer.»

Björn betrachtete den Mann aufmerksam. «Und deshalb hat Herr Wendt Sie gebeten, den Frauen diese Gefahren eindringlich vor Augen zu führen.»

«So hat er es nicht ausgedrückt, aber …»

«Wie hat er es denn ausgedrückt?»

Wieder zog Nowak seine Kappe ab, drehte sie in den Händen. «Genau weiß ich es nicht mehr, aber er hat so was gesagt wie ‹Lege den Ladys noch mal die Vorteile eines Seniorenheims nahe›.»

«Und das haben Sie getan. Wie?»

Der Mann warf einen Blick zu Dennis, der sein Tippen unterbrochen hatte und den Zeugen neugierig über den Bildschirm hinweg musterte, dann sah er Björn an. «Ich habe ihnen gezeigt, was alles passieren kann.»

Björn beugte sich vor. «Was denn?»

«Das wissen Sie doch schon.»

«Ich möchte es gern aus Ihrem Mund hören.»

«Ich hab die Kellertür aufgebrochen, war kein großes Ding, das Schloss ist ein Witz. Und dann habe ich ein paar Einmachgläser aus dem Regal gefegt, damit sie auch wissen, dass jemand im Haus war.»

«Das ist Einbruch.»

«Ich habe doch nichts geklaut.»

Björn ignorierte den Einwand. «Was haben Sie noch getan?»

Rolf Nowak seufzte und setzte die Kappe wieder auf. «Das mit der Stromleitung war vielleicht nicht so eine gute Idee. Aber mir ist nichts Besseres eingefallen.»

Björn hätte den Mann am liebsten gepackt und geschüttelt. Wie dumm konnte man sein?

«Haben Sie sonst noch was gemacht?»

«Nein, ich schwöre.»

«Sie waren also nur diese beiden Male dort?»

Nowak zögerte. «Ich war noch mal da, das war aber vor der Sache mit dem Stromkasten. Ich hab mich im Dunkeln durch den Wald rangeschlichen, wollte einen Stein durchs Fenster werfen oder so was. Aber dazu kam es nicht. Weil da nämlich jemand war.»

«Im Haus?»

«Nein, im Wald. Da stand eine Frau und starrte die Villa an.»

Am selben Tag

Der große Saal im Strandhotel platzte aus allen Nähten. Offenbar interessierten sich nicht nur die regionalen, sondern auch die überregionalen Medien für den Mord an Kira Blanck.

Sie war jung und attraktiv gewesen und noch dazu Polizistin. Eine Eins-a-Story, die sich niemand entgehen lassen wollte, dachte Tom zynisch.

Er stand an der Wand und wartete auf seinen Auftritt. Auf einem Podium waren drei Stühle aufgestellt worden, auf dem Tisch davor standen unzählige Mikros. Tom wünschte, er wäre weit weg. Öffentliche Auftritte waren nicht sein Ding. Er hatte im Laufe der Zeit mehr als genug Pressekonferenzen abgehalten und konnte damit umgehen, aber das änderte nichts daran, dass er lieber hinter den Kulissen arbeitete als im Rampenlicht zu stehen.

Dominik Westphal gab ihm ein Zeichen, und sie begaben sich auf ihre Plätze. Der Geräuschpegel im Saal sank merklich, die Stimmung wurde angespannt.

Daniel Neuhoff, Kiras Chef, räusperte sich und tippte einmal ans Mikro. Tom war ihm heute zum ersten Mal persönlich begegnet, und er hatte überrascht registriert, dass der Kollege deutlich jünger war, als er angenommen hatte. Tom schätzte ihn auf Anfang, höchstens Mitte vierzig, also war er nur wenige Jahre älter als er selbst.

«Guten Tag», sagte er nun. «Wie Sie bereits wissen, wurde unsere Kollegin Kira Blanck gestern hier in Sellnitz tot aufgefunden. Zu dem Zeitpunkt wurde sie bereits seit über zwei Wochen vermisst. Sie wurde für die Soko Sturm abgestellt, die hier auf dem Darß einen Doppelmord aufklären soll.»

Neuhoff fasste die Suche nach Kira zusammen und kam dann dazu, wie die Leiche aufgefunden worden war. «Derzeit werden noch immer Spuren am Fundort gesichert, deshalb können wir Ihnen keine weiteren Details mitteilen», schloss er. «Bitte haben Sie etwas Geduld.»

Kaum hatte er sich zurückgelehnt, begann das Feuerwerk der Fragen.

«Haben Sie schon einen Tatverdächtigen?»

«Hat ihr Tod mit den Ermittlungen zu tun?»

«Wissen Sie schon, was die Todesursache war?»

Neuhoff schüttelte den Kopf. «Tut mir leid, dazu kann ich nichts sagen.»

«Was sagen Sie zu den Vorwürfen gegen Ihr Revier, Herr Engelhardt?»

Die Frage kam aus der ersten Reihe, von einem Mann in Jeans und Lederjacke. Für einen Moment war es totenstill, alle Augen richteten sich auf Tom.

Noch bevor der reagieren konnte, ergriff der Staatsanwalt das Wort. «Selbstverständlich sind die Vorwürfe gegen Kriminalhauptkommissar Engelhardt und sein Team vollkommen haltlos.»

«Aber warum wurde Frau Blanck dann nicht früher gefunden?» Diesmal war es jemand aus einer der hinteren Reihen, den Tom nicht erkennen konnte.

«Etwas mehr Respekt für die Arbeit der Polizei, wenn ich bitten darf», entgegnete Westphal scharf. «Sie können sicher sein, dass die Beamten jeden Stein umgedreht haben, um ihre Kollegin zu finden.»

«Sie hätten besser die Boote umdrehen sollen», scherzte jemand geschmacklos.

Tom platzte der Kragen. Bevor Westphal sich wieder vordrängeln konnte, beugte er sich übers Mikro. «Ein Mensch ist gestorben», fuhr er den Reporter an. «Eine junge Frau, eine Polizistin. Und, was mich betrifft, auch eine Freundin. Kira Blanck hat wenige Tage vor ihrem Verschwinden durch ihren mutigen Einsatz einer Kollegin das Leben gerettet, die beim Sichern von Spuren am Kliff verschüttet wurde. Ich erwarte, verdammt noch mal, etwas mehr Respekt. Und jetzt verschwenden Sie nicht länger meine Zeit und lassen Sie mich meine Arbeit machen.»

Er sprang auf, schnappte sich seine Jacke und stürmte aus dem Raum, ohne die fassungslosen Blicke zu beachten, die ihm nach draußen folgten.

Ahrenshoop, am selben Tag

Der kleine Spielplatz in Ahrenshoop war mit matschig-grauem Schnee bedeckt, doch das schien weder die beiden Kinder noch den älteren Mann, der sie beaufsichtigte, zu stören. Ein Mädchen, etwa in Romys Alter, schaukelte und sang dabei laut, ihr etwa zwei Jahre älterer Bruder feuerte Schneebälle von einem hölzernen Spielturm und machte dabei Kampfgeräusche.

Der Mann stand etwas abseits und sah den beiden zu.

«Herr Ströppke?», sprach Mascha ihn an.

Er drehte sich um. «Sie müssen die Kommissarin sein.» Er streckte ihr die Hand entgegen. «Tut mir leid, dass ich für meine Aussage nicht nach Sellnitz kommen konnte. Aber Sonntag ist Opatag, und die zwei wollen Sie nicht auf dem Revier herumtollen haben, das können Sie mir glauben.»

Mascha winkte ab. «Kein Problem.»

Klaus Ströppke hatte vorhin angerufen, weil er am vergangenen Mittwoch eine Beobachtung an den Kajaks gemacht hatte.

Mascha schob die Hände in die Jackentaschen. Trotz Sonne war es verdammt kalt, der eisige Wind schnitt ihr ins Gesicht. «Dann erzählen Sie mal.»

«Ich habe in den Nachrichten von dem Leichenfund gehört», begann er. «Tut mir sehr leid wegen Ihrer Kollegin.» Er schwieg abwartend, doch Mascha nickte nur.

«Als ich hörte, dass die Leiche am Dienstag oder Mittwoch

unter dem Kajak abgelegt wurde, fiel mir etwas ein. Ich war nämlich am Mittwochmorgen sehr früh da draußen. Ich bin Fotograf, nicht beruflich, ist mein Hobby. Seit ich in Rente bin, habe ich viel Zeit und bin fast jeden Tag mit meiner Kamera unterwegs. Der Himmel und das Meer sehen jedes Mal anders aus, und ich finde ständig neue Motive. Aber das interessiert Sie sicherlich nicht.» Er zog die Mütze ab und strich sich über den Kopf. In der Mitte war sein Schädel kahl, rechts und links reichten die grauen Haare bis fast auf die Schultern. «Also, am Mittwochmorgen wollte ich am Bodden fotografieren und …»

«Opa!», unterbrach das Mädchen. «Anschubsen!»

«Das kannst du doch selbst, Frieda.»

«Aber nicht so hoch.»

Er sah Mascha an. «Entschuldigen Sie bitte.» Dann trat er an die Schaukel und gab dem Mädchen einen Schubs.

Mascha gesellte sich zu ihm, und während er in regelmäßigen Abständen die Schaukel anstieß, erzählte er weiter.

«Ich hatte das große Tele dabei und wollte schauen, ob ich ein paar Wasservögel erwische. Hat aber nicht so richtig geklappt. Irgendwann war ich dann durchgefroren und bin zurück zum Wagen gelaufen. Dabei kam ich an den Kajaks vorbei. Ich dachte noch, dass es bestimmt nicht gut ist, wenn sie den ganzen Winter da draußen liegen, und dann sah ich jemanden, der sich daran zu schaffen machte.»

«Ein Mann oder eine Frau?»

«Ein Mann, glaube ich. Er hatte eine Kapuze auf dem Kopf und mir den Rücken zugewandt, aber von der Statur her … jedenfalls hielt ich ihn für einen Mann.»

«Und was genau machte er?»

«Er zog eins der Kajaks ein Stück vom Ufer weg. Ich dachte,

er wollte es ins Trockene bringen. Für den Abend war ja Schnee angekündigt.»

«Stand ein Fahrzeug in der Nähe?»

«Ich habe keins bemerkt. Aber ich habe auch nicht darauf geachtet.»

Der Junge kam angerannt und betrachtete Mascha neugierig. «Wer bist du?»

«Eine Bekannte, mit der ich kurz etwas besprechen muss», antwortete sein Großvater ausweichend. «Geh wieder auf deine Burg.»

«Aber ich brauche neue Kanonenkugeln, du musst mir helfen.»

«Fang schon mal an, Louis, ich komme gleich.»

«Meine Finger sind kalt. Und die Handschuhe sind ganz nass.» Louis streckte seinem Großvater die Hände entgegen.

«Lieber Himmel, ich glaube, wir müssen so langsam nach Hause gehen.»

«Ich will aber mehr Kanonenkugeln abschießen!»

«Wir brauchen noch fünf Minuten.» Ströppke gab dem Mädchen einen weiteren Schubs.

«Aber ...»

«Schluss jetzt. Ich habe gesagt, in fünf Minuten.»

Der Junge verzog das Gesicht. «Dann gehe ich eben so lange rutschen.»

«Auch rutschen!», rief nun das Mädchen.

Seufzend hielt Ströppke die Schaukel an und half ihr herunter.

«Ab mit dir.» Ströppke wandte sich wieder Mascha zu. «Haben Sie Kinder?»

Mascha dachte an Romy. «Nein.» Sie räusperte sich. «Können Sie die Kleidung des Mannes beschreiben?»

«Ich bin nicht sicher. Dunkle Hose und eine dicke Daunenjacke.»

«Farbe?»

«Irgendwas Knalliges. Gelb? Rot? Ich weiß es nicht mehr. Ich konnte ja nicht wissen, dass es wichtig ist. Glauben Sie, ich habe den Mörder gesehen?»

«Vermutlich war es tatsächlich bloß der Besitzer des Kajaks», wiegelte Mascha ab.

«Opa! Die Frieda lässt mich nicht rutschen!»

Sie wandten sich den Kindern zu. Der Junge stand oben auf der Leiter, das Mädchen lag am Ende der Rutsche auf dem Bauch und rührte sich nicht von der Stelle.

«Mach deinem Bruder Platz, Frieda!», rief ihr Opa.

«Er muss erst bezahlen.»

«Muss ich nicht!», brüllte Louis.

«Musst du wohl!»

«Tut mir leid, Frau Krieger. Ich muss eingreifen, bevor sie sich in die Wolle kriegen. Aber wir sind ja auch fertig, oder?»

«Eine letzte Frage habe ich noch. Wie viel Uhr war es, als Sie den Mann gesehen haben?»

«Das muss gegen elf gewesen sein, ich habe auf die Uhr gesehen, bevor ich mich auf den Rückweg gemacht habe, und das war um zehn vor.»

Mascha bedankte sich und sah zu, wie Ströppke zur Rutsche eilte und sich das Mädchen schnappte, das in lautes Protestgeheul ausbrach, während ihr Bruder mit einem triumphierenden Schrei nach unten sauste.

Klaus Ströppke warf sich seine Enkelin über die Schulter, deren Geheul sofort in glückliches Quietschen umschlug. Er winkte Mascha zum Abschied, sie grüßte ebenfalls und kehrte zum Wagen zurück.

Kaum hatte sie den Motor gestartet, drehte sie die Heizung voll auf. Während sie nach Sellnitz fuhr, dachte sie nach. Falls Klaus Ströppke tatsächlich den Täter gesehen hatte, war es nicht Nils Braake gewesen, denn der saß am Mittwochvormittag bereits in U-Haft. Dann verloren sie ihren einzigen Verdächtigen und konnten wieder bei null anfangen.

Sellnitz, am selben Tag

Björn stieg aus dem Wagen und blickte sich um. Auf dem Waldweg vor ihm erkannte er matschige Reifenabdrücke, rechts und links zwischen den Bäumen war die Schneedecke bis auf ein paar Tierspuren weitgehend unberührt.

Was in aller Welt machte er hier? Er hätte bei der Suche nach Kiras Mörder helfen und die Streifenbeamten noch einmal rausschicken sollen, um nach dem Handy der Buchhändlerin zu suchen. Die hatten allerdings gestern schon keinen Erfolg gehabt. Außerdem machte der Rest der Soko gerade verspätete Mittagspause. Bis die Kollegen mit Essen fertig waren, wäre er zurück auf dem Revier.

Er schob die Hände in die Jackentaschen und folgte den Reifenspuren. Möglicherweise hatte Janine Kaiser das Handy schon auf der Flucht und nicht erst beim Sturz verloren.

Mit dem lädierten Bein brauchte Björn einige Minuten, bis er die Stelle erreichte, wo die Reifenabdrücke endeten und der Wagen gewendet worden war. Im Wald neben dem Weg war der Schnee schmutzig und platt gedrückt, es sah aus, als hätte hier jemand auf dem Boden gelegen.

Ein mulmiges Gefühl überkam Björn. Der Zeuge hatte ausgesagt, dass Janine mehr oder weniger freiwillig mitgekommen sei, nachdem er sie eingeholt hatte, doch ihm kam es eher so vor, als hätte sie sich mit Händen und Füßen gewehrt. Sicherheitshalber machte er ein paar Fotos mit dem Handy, bevor er sich einen Stock schnappte und sich daranmachte, das Laub unter dem Schnee vorsichtig hin und her zu schieben.

Nach einer Viertelstunde gab er auf. Kein Handy. Vielleicht hatte Janine Kaiser es bereits viel früher irgendwo an der Landstraße verloren.

Björn streckte den Rücken durch, entlastete sein schmerzendes Bein und fragte sich, ob der Rest der Geschichte stimmte, die sie ihm erzählt hatte. So oder so hatte sie massive psychische Probleme und brauchte dringend Hilfe. Schon allein wegen ihres Sohnes. Doch er hatte ihr versprochen, ihr Geheimnis zu wahren, solange es nicht mit einer Straftat in Verbindung stand. Und das tat es nicht. Zudem wirkte Torge nicht so, als gäbe es zu Hause größere Schwierigkeiten. Trotzdem nahm Björn sich vor, auf sie einzuwirken, sich in Therapie zu begeben. Ihre nächtlichen Abenteuer waren gefährlich.

Auf dem Rückweg zu seinem Auto fiel ihm ein, dass er ja ihre Nummer gespeichert hatte. Mit etwas Glück war der Akku ihres Handys noch nicht ganz leer. Er drückte auf Wählen und horchte. Tatsächlich, von irgendwoher kam leise ein Klingelton.

Björn stapfte in den Wald zurück, horchte wieder. Und dann sah er es, zwei Meter abseits der Stelle, wo der Autofahrer sie eingeholt hatte. Björn humpelte hin und hob es auf. Der Akku hatte nur noch sieben Prozent. Er warf einen Blick auf die Uhr und erschrak. Es war viel später, als er gedacht hatte. Als er sich umschaute, bemerkte er zudem, dass es bereits wieder dämmerte.

Bevor er zurück zum Wagen eilte, betrachtete er noch einmal die Spuren im Wald. Was war hier wirklich geschehen? Hatte der Zeuge die Wahrheit gesagt? Oder war Janine Kaiser aus gutem Grund vor ihm weggelaufen?

Am selben Abend

Als Mascha den Wagen vor Toms Haus erblickte, beschlich sie sofort ein ungutes Gefühl. Ein fremdes Kennzeichen, Fahrer und Beifahrer waren im Licht der Straßenlaterne gut zu erkennen. Presse, nahm sie an.

Sie wollte Tom vorwarnen, doch der saß neben Romy auf der Rückbank und spielte mit ihr «Ich sehe was, das du nicht siehst», und sie wollte nicht stören. Ein Fehler.

Sie parkte den Dienstwagen in der Einfahrt hinter dem zugeschneiten Bulli und stieg aus. Als Tom und Romy ihr nach draußen folgten, gingen bei dem fremden Fahrzeug die Türen auf. Ein Mann und eine Frau stiegen aus. Die beiden waren Anfang fünfzig, sie rundlich, er groß und hager. Mascha trat ihnen entgegen. Irgendetwas kam ihr sonderbar vor, die beiden wirkten auf sie nicht wie Journalisten.

Die Frau stürmte an Mascha vorbei und baute sich vor Tom auf. «Sie sind schuld, dass meine Tochter tot ist», fuhr sie ihn an. «Sie haben meine Kira auf dem Gewissen.»

Tom starrte sie entgeistert an. «Frau Blanck», stammelte er. «Es tut mir unendlich leid, dass …»

Doch sie ließ ihn gar nicht ausreden. «Mörder!», schrie sie ihn an.

«Papa!», rief Romy verängstigt. Tränen schimmerten in ihren Augen.

Tom presste sie an sich und wandte sich wieder an die Frau. Doch bevor er etwas sagen konnte, ging Mascha dazwischen.

«Bring Romy rein», sagte sie leise. «Sie sollte das nicht mitbekommen.»

Tom zögerte, dann nickte er, nahm seine Tochter auf den Arm und eilte auf das Haus zu.

Die Frau wollte ihm folgen, doch Mascha packte sie am Arm und zerrte sie zurück. «Sie bleiben hier! Sie haben kein Recht, das Grundstück zu betreten. Wenn Sie etwas mit uns zu klären haben, müssen Sie mit mir vorliebnehmen!»

«Ich muss gar nichts! Sie und Ihre Kollegen haben meine Tochter diesem Monster ausgeliefert, Sie sind schuld daran, dass sie tot ist.»

«Ich verstehe Ihren Schmerz», sagte Mascha, so ruhig wie möglich. «Und es steht Ihnen zu, über uns zu denken, was Sie wollen. Meinetwegen können Sie uns auch beschimpfen. Aber Sie tun das nie wieder vor dem Kind, verstanden? Dieses Mädchen hat seine Mutter verloren, sie ist traumatisiert und verletzlich, also wagen Sie es nicht, ihren Vater vor ihren Augen als Mörder zu beschimpfen, sonst kriegen Sie es mit mir zu tun.»

«Drohen Sie mir etwa?»

«Ich warne Sie. Halten Sie sich von dem Haus fern, verstanden?»

«Wagen Sie es nicht ...»

«Ich meine es ernst. Ich verstehe Ihren Zorn. Aber ich akzeptiere nicht, dass Sie ihn an einem Kind auslassen. Haben Sie mich verstanden?»

Die Frau öffnete den Mund, doch in dem Moment legte ihr Mann ihr die Hand auf die Schulter. «Lass es gut sein, Britta.»

Sie machte sich los. «Lass mich ...»

«Bitte. Mach es nicht schlimmer. Wir bekommen Gerechtigkeit für Kira. Aber nicht so.» Er zog sie in seine Arme.

Sie wehrte sich, doch er ließ nicht los. Plötzlich erschlaffte ihr Körper, und sie begann, laut zu schluchzen.

Der Mann wiegte sie sacht und sah Mascha über ihre Schulter hinweg an. «Glauben Sie nicht, dass die Sache damit vorbei ist. Sie haben versagt. Sie hätten mehr tun müssen, um unsere Tochter zu finden. Es ist Ihre Schuld, dass sie tot ist, und dafür werden Sie bezahlen.»

Am selben Abend

Kann ich ein Eis?»

«Heute nicht mehr, Romy.» Tom setzte sie auf dem Boden ab, erleichtert darüber, dass sie sich wieder beruhigt hatte.

«Aber …»

«Ich fürchte, wir haben keins mehr in der Truhe. Können wir das vielleicht morgen nachholen?»

Romy legte nachdenklich den Finger ans Kinn. Über ihre Wangen liefen noch immer Tränenspuren, aber der Vorfall draußen schien vergessen. Tom hatte versucht, ihr so kindgerecht wie möglich zu erklären, warum die beiden Fremden derart aufgebracht waren.

«Du bist auch manchmal ungerecht, wenn du traurig bist», hatte er gesagt. «Dann beschimpfst du mich oder deinen besten Freund Elias, obwohl der gar nichts dafür kann.»

Sie hatte ernsthaft genickt. «Hatte ihre Tochter einen Unfall?»

«Wir wissen noch nicht genau, woran sie gestorben ist», hatte Tom ausweichend erklärt und dann schnell das Thema gewechselt.

«Ab jetzt, Schlafanzug anziehen!», sagte er nun und deutete zur Treppe.

«Und Abendbrot?»

«Ich dachte, du hast bei Marianne gegessen.»

«Dann aber noch vorlesen.»

«Klar.»

«Und Kissenschlacht.»

«Fünf Minuten.»

Mascha kam ins Haus und schüttelte sich fröstelnd.

«Alles okay?», fragte er.

Sie nickte.

«Willst du auch bei der Kissenschlacht mitmachen?», fragte Romy von der Treppe.

«Heute nicht, Romy. Ich bin müde.»

«Papa ist nicht müde.»

«Was für ein Glück für dich.»

Tom betrachtete Mascha. Sie sah wirklich erschöpft aus. Und niedergeschlagen. Bestimmt hatte sie sich noch einiges von Kiras aufgebrachten Eltern anhören müssen.

Er trat zu ihr, fasste sie sanft an den Schultern. «Danke, dass du das übernommen hast.»

«Es war mir ein Bedürfnis. Wer Romy zum Weinen bringt, kriegt es mit mir zu tun.»

Tom musste lächeln. Einen Moment lang sahen sie sich schweigend in die Augen.

«Küsst ihr euch jetzt?», fragte Romy.

Tom räusperte sich verlegen. «Wie kommst du denn darauf?»

«Weil Erwachsene das so machen.»

Mascha lachte auf und sah Romy an. «Und, wie würdest du das finden?»

«Gut.» Sie schlang ihre Arme um das Treppengeländer. «Aber nicht zu lange, sonst wird mir langweilig.»

Mascha wandte sich wieder Tom zu und hob die Augenbrauen. Seine Kehle fühlte sich mit einem Mal ganz trocken an, sein Herz flatterte nervös. Langsam beugte er sich vor, drückte seine Lippen auf Maschas, und im selben Moment explodierte etwas in seiner Brust.

Mascha erwiderte seinen Kuss, er zog sie an sich. Viel zu schnell machte sie sich wieder von ihm los.

«Und jetzt vorlesen!», forderte Romy.

«Zu Befehl», murmelte Tom mit rauer Stimme.

Er strich Mascha sanft über die Wange, dann folgte er seiner Tochter ins Kinderzimmer.

Montag, 3. Februar

Sellnitz, am Morgen

Da bist du ja endlich!», rief Paul, als Tom um halb acht das Revier betrat. «Ich warte schon seit einer Ewigkeit.»

Tom hatte Romy in den Kindergarten gebracht und kurz mit ihrer Erzieherin Nicole gesprochen. Mascha war währenddessen zu Fuß zum Revier gelaufen, weil sie frische Luft brauchte. Und vielleicht auch einen Moment für sich.

Tom spürte noch immer ihre Lippen auf seinen. Gestern Abend, nachdem Romy ihn endlich freigegeben hatte, hätte er gern an ihren Kuss angeknüpft. Doch da war Mascha bereits auf dem Sofa eingeschlafen. Er war enttäuscht gewesen, zugleich aber auch erleichtert. Er wollte nichts überstürzen, wollte nicht das Gefühl haben, dass sie sich bloß gegenseitig trösteten, einander halfen, den Kummer und die Schuldgefühle irgendwie zu ertragen.

Er hatte eine Wolldecke über ihr ausgebreitet, leise die Zimmertür geschlossen und war ins Bett gegangen. Doch es hatte lange gedauert, bis auch er in den Schlaf gefunden hatte.

Er schüttelte die Erinnerung ab und wandte sich an Paul. «Warum hast du nicht angerufen?»

«Hab ich doch. Mehrmals.»

Tom zog sein Handy aus der Hosentasche. Sechs Anrufe in Abwesenheit. «Sorry, Duke, ich hatte es gestern Abend leise gestellt.»

«Jetzt bist du ja da.»

«Worum geht es?»

«Lass uns in dein Büro gehen.»

Als sie eintraten, waren alle anderen bereits um den Tisch versammelt.

«Hast du es ihm gesagt?», fragte Björn und hörte auf zu tippen.

«Noch nicht.»

«Hey, jetzt aber endlich raus mit der Sprache», sagte Tom ungeduldig. «Was ist los?»

Paul nahm einen Ausdruck vom Tisch. «Ich war heute schon früh wach und habe die Zeit genutzt, um mir die Fotos und Videos von den Zeugen anzusehen, die sich verspätet gemeldet haben. Du weißt schon, die Leute, die am Tag von Kiras Verschwinden in Sellnitz waren und unserem Aufruf gefolgt sind.»

Tom nickte. «Und?»

Wortlos reichte Paul ihm den Ausdruck. Das Foto zeigte einen Mann, der gerade durch das Friedhofstor auf den Parkplatz trat. Obwohl das Bild ein wenig unscharf war, handelte es sich zweifelsfrei um René Wendt.

«Und das wurde an dem Tag aufgenommen?», fragte Tom. «Sicher?»

«Ziemlich genau zwei Stunden nachdem Senior Kira vor dem Hotel abgesetzt hat», bestätigte Paul.

«Fuck.»

«Wir haben schon versucht, ihn zu erreichen», schaltete Björn sich ein. «Aber er geht nicht ans Telefon. Und in seinem Büro in Lübeck hieß es, er sei geschäftlich auf dem Darß unterwegs.»

«Versucht es weiter. Wir müssen dringend mit ihm reden.»

Tom betrachtete erneut das Foto. Natürlich war es möglich, dass Wendt zufällig an dem Tag den Friedhof besucht hatte, auf dessen Parkplatz Kiras Entführer ihre Tasche entsorgt hatte. Schließlich stammte seine Familie aus Sellnitz.

Genau wie es Zufall sein konnte, dass er dort Ferienwohnungen besaß, wo sich ihr Handy zum letzten Mal ins Netz eingewählt hatte. Und dass er einen Kombi mit Kindersitz auf der Rückbank fuhr und genau so ein Wagen zum Zeitpunkt von Kiras Entführung hinter dem Hotel gesehen wurde.

Aber was, wenn nicht?

Am selben Vormittag

Interessiert betrachtete Dayita die alte Holzvilla. Mit ihren Erkern und Türmchen war sie ein Relikt aus einer längst vergangenen Epoche. Genau wie ihre beiden Bewohnerinnen.

Sie schlug die Wagentür zu und trat näher. Schon merkwürdig, dass sie seit mehr als zwei Jahren in Sellnitz wohnte, aber heute zum ersten Mal hier stand. Sie war halt kein Outdoor-Mensch. Keine Strandspaziergänge oder Radtouren hatten sie hier vorbeigeführt.

Edda hatte sie auf die Schwestern gebracht. Dayita hatte ihr von der alten Frau in der Postfiliale und von ihrem Verdacht bezüglich des anonymen Briefs erzählt. Als sie dann noch erwähnt hatte, dass die Initialen unter dem Schreiben höchstwahrscheinlich nicht H.B., sondern A.B. lauteten, war ihre Mitarbeiterin schnell auf den Namen Agnes Bülow gekommen. Sie hatte Dayita die beiden Schwestern beschrieben, und Dayita war sicher, dass es sich bei Agnes um die Briefschreiberin handeln musste.

Sie schob das Gartentor auf und schritt langsam auf das Haus zu. Sie hatte sich noch nicht überlegt, wie sie es angehen wollte. Sollte sie die alte Dame direkt mit ihrem Verdacht konfrontieren oder einen anderen Grund vorschieben? Sie würde es spontan entscheiden, schließlich machte sie so etwas nicht zum ersten Mal. Normalerweise spürte sie instinktiv, welche

Methode am ehesten zum Ziel führte, sobald sie die betreffende Person vor sich hatte.

Zur Haustür, die von einem Windfang geschützt wurde, ging es ein paar säuberlich vom Schnee befreite Stufen hinauf. Dayita klingelte und wartete. Im Haus rührte sich nichts. Sie versuchte es erneut.

Als sie schon umkehren wollte, hörte sie Schritte, dann wurde die Tür vorsichtig geöffnet.

«Ja, bitte?» Die Frau, die Dayita argwöhnisch beäugte, war groß und schlank und elegant gekleidet. Es musste sich um Waltraud Bülow handeln, die ältere Schwester.

«Guten Tag, Frau Bülow.» Dayita setzte ein strahlendes Lächeln auf. «Mein Name ist Dayita Kumar, ich bin die Chefredakteurin des Sellnitzer Wochenblatts. Ich bereite einen Artikel über die lange Geschichte unseres schönen Ostseebads als Ferienort vor, und da dürfen Sie und Ihre Schwester als Zeitzeugen nicht fehlen.»

«Wir stehen nicht zur Verfügung.» Die alte Dame wollte die Tür schließen.

Blitzschnell stellte Dayita ihren Fuß in den Spalt. «Könnte ich kurz mit Ihrer Schwester sprechen?»

«Die hat ebenfalls kein Interesse.»

«Dennoch würde ich gern …»

«Nehmen Sie bitte Ihren Fuß weg.» Waltraud Bülows Stimme klang harsch und befehlsgewohnt.

Dayita konnte sich gut vorstellen, wie sie zu DDR-Zeiten ein strenges Regiment über die Feriengäste geführt hatte. Schuhe abstreifen, pünktlich zum Essen erscheinen, keinen Lärm in der Mittagszeit machen, sie hatte bestimmt dafür gesorgt, dass alle Regeln eingehalten wurden.

«Wie schade», rief sie mit erhobener Stimme über Waltrauds Schulter hinweg. «Ich hätte wirklich gern mit Ihrer Schwester Agnes gesprochen. Aber da kann man wohl nichts machen.»

«Was fällt Ihnen ein!» Waltraud Bülow schob sie erstaunlich kraftvoll zurück. «Lassen Sie uns in Ruhe.»

Doch Dayita hatte erreicht, was sie wollte. Über den dämmrigen Flur näherte sich eine zweite Frau. Sie war kleiner als Waltraud und ging leicht gebeugt. Es war die alte Dame aus der Postfiliale.

«Was ist denn los, Waltraud?», fragte sie.

«Hallo, Agnes», rief Dayita. «Ich würde gern mit Ihnen sprechen.»

Die Frau sah sie erschrocken an. Dayita wusste nicht, ob Agnes Bülow sie erkannt oder einfach nicht mitbekommen hatte, dass jemand an der Tür war.

«Ich bin Dayita Kumar», sagte sie sicherheitshalber. «Vom Sellnitzer Wochenblatt.»

Die alte Frau blieb stehen und wiegte beunruhigt den Kopf hin und her.

«Lassen Sie meine Schwester in Ruhe», fauchte Waltraud Bülow. «Sie sehen doch, dass es ihr nicht gut geht.» Sie drehte sich um. «Geh zurück in die Küche, Agnes, ich kläre das.»

Tatsächlich wandte ihre Schwester sich ab und schlurfte mit hängenden Schultern davon.

«Sie sollten sich schämen», fuhr Waltraud Dayita an.

«Was hat sie denn?»

«Demenz. Sie hat gute Tage, an denen sie sich ganz normal verhält, und schlechte, an denen sie vollkommen verwirrt ist und nicht einmal ihren eigenen Namen kennt. Sind Sie jetzt zufrieden?»

«Das tut mir wirklich leid.» Dayita trat einen Schritt zurück.

Sie wusste, wann sie verloren hatte. «Bitte entschuldigen Sie die …»

Waltraud Bülow knallte wortlos die Tür zu.

Auf dem Weg zurück zum Auto hatte Dayita das Gefühl, beobachtet zu werden. Bestimmt stellte Waltraud sicher, dass sie auch wirklich wegfuhr. Da brauchte sie sich keine Sorgen zu machen. Dayita würde verschwinden und nicht wieder herkommen. In der Redaktion würde sie als Erstes den Brief vernichten. Sie war auf die wirren Fantasien einer dementen alten Frau hereingefallen. Wie peinlich! Nur gut, dass sie noch nicht zu vielen Leuten davon erzählt hatte.

Aber sie hatte den Staatsanwalt damit konfrontiert. Was für eine Blamage. Zum Glück hatte der im Augenblick andere Sorgen, als sich mit irgendwelchen vollkommen haltlosen Beschuldigungen auseinanderzusetzen.

Am selben Vormittag

Das war verdammt knapp. Beinahe wäre ich dieser nervigen Zeitungstante in die Arme gelaufen. Mist, Mist. Zum Glück habe ich im letzten Moment den Wagen vor der Villa gesehen. Trotzdem ärgerlich. So was darf nicht passieren. Ich war unvorsichtig.

Seit die sterblichen Überreste der Polizistin gefunden wurden, bin ich im Dauerstress. Ständig kreisen mir dieselben Fragen im Kopf herum: Habe ich an alles gedacht? Habe ich auch wirklich keine Spuren hinterlassen? Wäre es besser gewesen, die Leiche auf Nimmerwiedersehen verschwinden zu lassen?

Mir ist klar, dass es sinnlos ist, mir darüber den Kopf zu zerbrechen. Was geschehen ist, ist geschehen. Und es war richtig so. Wenn ich heil aus dieser Scheiße rauskommen will, darf ich nicht zimperlich sein. Trotzdem kommt es mir vor, als stünde ich auf einem sinkenden Schiff, und jedes Mal, wenn ich ein Leck stopfe, dringt an einer neuen Stelle Wasser ein.

So wie jetzt mit dieser Kumar. Ich frage mich, was sie bei den Schwestern wollte. Wahrscheinlich war der Anlass vollkommen harmlos, aber das beruhigt mich nicht.

Jedenfalls kann ich mich noch immer auf meinen Instinkt verlassen. Ich hatte den ganzen Morgen schon das Gefühl, dass ich dringend nachsehen sollte, ob in der Villa alles in Ordnung ist. Hätte ich es ignoriert, hätte ich die Journalistin nicht gesehen.

Es gefällt mir ganz und gar nicht, dass ich die Wahrheit nicht herausfinden kann, ohne aus der Deckung zu kommen. Und dass ich nicht einfach kurzen Prozess machen kann. Das wäre viel leichter. Stattdessen muss ich abwägen und taktieren. Genau wie bei Kommissar Hinkebein. Am Samstag habe ich ihn vom Krankenhaus aus verfolgt, in der Hoffnung, dass sich eine Gelegenheit ergibt, ihn auszuschalten. Zumindest vorübergehend. Wie leicht stolpert jemand wie er vor ein herannahendes Auto.

Aber leider ist der Kerl auf direktem Weg aufs Revier zurückgekehrt. Nichts zu machen. Vorläufig jedenfalls nicht.

Ich konzentriere mich wieder auf die alte Villa, betrachte sie von meinem Beobachtungsposten im Wald aus. Hinter den Fenstern ist alles still. Aber vielleicht trügt der Schein. Kann ich wirklich sicher sein, dass von hier keine Gefahr droht, dass die beiden Alten nicht gerade jetzt zum Telefonhörer greifen, um irgendwem ihr Geheimnis anzuvertrauen?

Jedenfalls will ich nicht länger abwarten. Wer zu lange zaudert, hat schon verloren. Wenn ich verhindern will, dass alles, was ich mir aufgebaut habe, den Bach runtergeht, muss ich schnell und entschlossen handeln.

Ich betrachte das Haus, denke zurück an jene Nacht. Im Grunde ist das, was ich tue, Notwehr, denn nichts von dem, was damals geschah, war meine Schuld. Ich habe kein Unrecht getan, bloß anderen bei einem Problem geholfen. Und ich sehe nicht ein, dass ich jetzt für meine Gutmütigkeit bezahlen soll.

Plötzlich kommt mir ein Gedanke. Heilige Scheiße, warum bin ich da nicht schon viel früher draufgekommen? Die perfekte Lösung für mein Problem, schnell, gründlich und sauber.

Wenn ich es richtig anstelle, wird niemand auch nur im Traum darauf kommen, dass ich irgendwas damit zu tun habe. Ich werde handeln, noch heute.

Noch einmal lasse ich meinen Blick über die Fassade der alten Villa wandern. Über die mit Schneemützen bedeckten Erker und Türmchen, die abblätternde Farbe, die Spitzengardine am Küchenfenster. Fast tut es mir leid. Auch um die alten Ladys. Aber Sentimentalität kann ich mir nicht erlauben.

Am selben Tag

Hört euch diese Schlagzeile an, Leute!»

Tom, der an seinem Schreibtisch saß und gerade ein Gespräch mit Manfred Süderholz beendet hatte, stellte das Telefon weg. Leider hatte der Rechtsmediziner seiner ersten Einschätzung kaum etwas Hilfreiches hinzufügen können. Demnach hatte Kira in den zwei Wochen vor ihrem Tod extrem wenig gegessen, in den letzten Tagen sogar höchstwahrscheinlich gar nichts mehr. Außer dem Schlag auf den Hinterkopf, der sie getötet hatte, waren ihr keine Verletzungen beigebracht worden. Alle Wunden, vor allem die an den Händen, stammten höchstwahrscheinlich davon, dass sie versucht hatte, sich zu befreien. Fesselspuren gab es ebenfalls nicht.

Tom sah Björn fragend an. «Was denn für eine Schlagzeile?»

«‹Ermordete Polizistin war Heldin›.» Björn drehte den Bildschirm in Toms Richtung, bevor er weiterlas. «‹Mit ihrem furchtlosen Einsatz hat Kira Blanck, 26, einer Kollegin das Leben gerettet, wenige Tage bevor sie selbst Opfer eines Verbrechens wurde.› Und so weiter.»

«Wenigstens schreiben sie nun nicht mehr über die angeblichen Stümper vom Darß», stellte Paul fest. «Da hatte dein Wutausbruch bei der Pressekonferenz ja sogar was Gutes, Tom.» Er schob sich ein Lachsröllchen in den Mund.

Vorhin hatte Dominik Westphal ein paar Leckereien vorbeigebracht, die beim Geburtstag seiner Schwiegermutter übrig geblieben waren. Bruschetta, gefüllte Tomaten, Gläschen mit Krabbencocktail, Frischkäsekugeln und vieles mehr, liebevoll angerichtet auf silbernen Platten.

Tom fand es irgendwie geschmacklos, über Kiras Ermordung zu reden und dabei feine Häppchen zu verspeisen, aber er respektierte die gute Absicht, zumal seine Kollegen, die um den Besprechungstisch saßen und ordentlich zulangten, offenbar weniger Skrupel hatten. Es half ja auch niemandem, wenn sie nichts aßen.

«Außerdem ist es die Wahrheit», sagte Lisa. «Kira hat mir das Leben gerettet.» Sie warf Tom einen raschen Blick zu. «Auch wenn ihre Aktion unüberlegt war.»

«Vielleicht besänftigt es die Eltern, wenn ihre Tochter als Heldin gefeiert wird», meinte Dennis und tunkte ein Stück Möhre in einen Dip.

Tom hatte dem Team erzählt, dass die beiden ihm gestern Abend vor seinem Haus aufgelauert hatten.

«Das bezweifle ich», sagte er düster. «Aber ihr habt recht. Es ist gut, dass die Presse ein neues Thema gefunden hat und wir fürs Erste aus der Schusslinie sind. Und es freut mich für Kira. Auch wenn sie nichts mehr davon hat.» Er starrte auf das Telefon. «Wir müssen endlich mit René Wendt sprechen. Hat jemand noch eine Idee, wo er stecken könnte?»

Seit dem Morgen versuchten sie, den Mann ausfindig zu machen, doch er schien vom Erdboden verschluckt. Er war nicht in Lübeck und auch nicht in der Wohnung in Zingst, die er nutzte, wenn er auf dem Darß zu tun hatte. Unter seiner Handynummer meldete sich immer nur die Mailbox, und niemand schien zu wissen, wo er sich aufhielt.

«Vielleicht hat er eine Geliebte», spekulierte Dennis kauend.

«Oder einen wichtigen Termin, von dem er niemandem erzählt hat.» Paul lehnte sich im Stuhl zurück. «Oder glauben wir, dass er untergetaucht ist?»

«Falls er etwas mit Kiras Tod zu tun hat, wäre das gut möglich», sagte Mascha. «Dann hat er sich womöglich ins Ausland abgesetzt.»

«Und wo ist das Motiv?» Tom schüttelte den Kopf. «Ja, es gibt ein paar Indizien, die auf ihn verweisen», räumte er ein. «Aber als Mörder sehe ich ihn dennoch nicht.»

«Dann haben wir also gar keinen Verdächtigen mehr», schloss Björn. «Denn Braake kann es auch nicht gewesen sein.»

Sie wussten inzwischen, dass es der Besitzer des Kajaks gewesen war, den der Zeuge am Mittwoch am Ufer gesehen hatte. Seine Freunde und er drehten fast jeden Morgen eine Runde auf dem Bodden, selbst im Winter, und auch an dem Tag waren sie auf dem Wasser gewesen. Nur nach dem Schneechaos hatten sie darauf verzichtet, weshalb Kiras Leiche nicht früher entdeckt worden war.

«Und der Richter hat zumindest mit Kiras Tod nichts zu tun», ergänzte Lisa. «Denn zur Tatzeit lag er im Krankenhaus.»

«Glauben wir denn, dass Kiras Ermordung mit dem Fall zusammenhängt?», fragte Dennis.

«Glaubst du das nicht?», fragte Tom zurück.

Dennis zuckte mit den Schultern. «Wäre ein merkwürdiger Zufall. Aber möglich, oder?»

«Die Kollegen in Stralsund haben nichts Auffälliges in ihrem Privatleben gefunden», gab Tom zu bedenken. «Wenn sie also kein Gelegenheitsopfer war, muss ihr Tod mit ihrer Arbeit zu tun haben.»

Die zugesagte Verstärkung der Soko war tatsächlich nur

digital zu ihnen gestoßen. Drei Ermittler aus Stralsund unterstützten sie, indem sie Kiras Umfeld durchleuchteten und Zeugen im Bekanntenkreis suchten. Doch bisher hatte sich dabei bloß bestätigt, was sie bereits selbst herausgefunden hatten. Nämlich, dass Kira quasi kein Privatleben gehabt, sondern für den Job gelebt hatte. Es gab weder eine wirklich gute Freundin, die mehr über sie wusste, noch einen Lover. Die letzte Beziehung lag mehr als zwei Jahre zurück, und ihr Ex lebte glücklich verheiratet in Köln.

«Ich frage mich die ganze Zeit, ob die CD mit den Fotos nicht eine falsche Spur ist», sagte Mascha. «Bei den Toten vom Kliff, meine ich.»

«Ich dachte, wir wären uns einig, dass Iris Hertz irgendwen erpresst hat», sagte Paul stirnrunzelnd.

«Das bedeutet aber nicht zwangsläufig, dass es der Richter war. Oder sonst jemand auf den Fotos.»

«Worauf willst du hinaus?» Tom stand auf und gesellte sich zu den anderen an den Besprechungstisch.

«Wir vermuten, dass Iris Hertz jemanden erpresst hat», antwortete Mascha. «Was, wenn es der Mörder von Walter Kublank war?»

«Du meinst, sie wusste von dem Mord?», fragte Dennis.

«Mal angenommen, irgendwer hat mitbekommen, dass Walter Kublank eine größere Geldsumme bei sich hatte. Vielleicht hat er an der Theke Runden geschmissen oder damit angegeben, dass er reich ist. Jemand hat ihn aus Habgier umgebracht und die Leiche auf dem Kliff vergraben. Samt CD. Schließlich war sie mit ‹Hits 1999› beschriftet, der Täter ging vermutlich davon aus, dass sie nicht dabei helfen würde, den Toten zu identifizieren, sollte er je gefunden werden. Aber Iris Hertz hat die Tat beobachtet. Sie erpresst den Mörder. Eine Weile geht es gut. Doch irgendwann ist das Geld aufgebraucht. Oder Iris wird zu gierig. Also bringt er sie ebenfalls um.»

«Und begräbt sie an der bewährten Stelle», ergänzte Paul.

«Leider hilft uns diese Theorie nicht dabei, den Täter zu identifizieren», sagte Dennis. «Ganz im Gegenteil, wenn es so war, können wir den Richter ebenfalls endgültig von der Liste streichen.»

«Wir müssen herausfinden, ob irgendwer vor fünfzehn Jahren plötzlich zu Geld gekommen ist», sagte Tom. «Das hätten wir längst tun sollen. Ist lange her, aber vielleicht erinnert sich jemand. Paul, du kennst die Leute hier. Kümmere dich darum.»

«Mir fällt da sofort jemand ein», sagte Björn. Er seufzte.

Dennis sah ihn überrascht an. «Da bin ich aber gespannt.»

«Janine Kaiser hatte kurz vor der Geburt ihres Sohnes auf einen Schlag genug Geld sowohl für eine eigene Wohnung als auch für den Buchladen. Ich dachte bisher, sie hätte es vom Kindsvater bekommen. Das denke ich noch immer. Aber …»

«Du glaubst doch nicht, dass Janine Kaiser Walter Kublank ermordet hat?», fragte Tom ungläubig.

«Wenn sie verzweifelt genug war und dringend Geld gebraucht hat», sagte Dennis. «Warum nicht?»

Björn schüttelte den Kopf. «Nein, das traue ich ihr nicht zu. Aber fest steht, dass sie damals zu Geld gekommen ist. Und dass sie unter den Folgen eines traumatischen Ereignisses leidet.»

«Ach was?»

«Ich habe versprochen, die Information vertraulich zu behandeln, aber angesichts der Umstände kann ich euch das nicht länger verschweigen. Sie hat mir berichtet, dass sie hin und wieder, nun ja, schlafwandelt.»

«Heißt das, sie irrt nachts draußen herum?», fragte Mascha.

«Sieht so aus, ja.»

«Wurde sie deshalb ins Krankenhaus eingeliefert?», wollte Dennis wissen.

«Ein Autofahrer, der glaubte, sie stünde unter Drogen, hat sie hingefahren.»

«Lieber Himmel», murmelte Lisa. «Das ist gefährlich.»

«Und der Grund für das Schlafwandeln soll ein traumatisches Erlebnis sein?», hakte Mascha nach.

«Das behauptet sie zumindest. Aber angeblich erinnert sie sich nicht daran.»

«Interessant.» Tom sah Björn anerkennend an. Der Kollege hatte von Anfang an gespürt, dass mit der Buchhändlerin etwas nicht stimmte. «Du klingst, als würdest du ihr nicht ganz glauben.»

«Ich vermute, dass sie zumindest eine Ahnung hat.»

«Und du nimmst an, es hat mit den Morden zu tun?» Dennis verzog skeptisch das Gesicht.

«Ich weiß es nicht», sagte Björn. «Aber da ist noch etwas. Dieser Hausmeister von Wendt hat doch angeblich eine Frau gesehen, die das Haus von Waltraud und Agnes Bülow beobachtet hat. So wie es aussieht, war das Janine. Sie war bereits mehrmals dort, auch in der Nacht auf Samstag übrigens. Sie hat eine Tracking-App auf ihrem Handy, damit sie nachvollziehen kann, wo sie sich nachts herumtreibt. Daher weiß sie es. Allerdings behauptet sie, nicht zu wissen, was sie an der Villa wollte.»

Anklam, am selben Tag

Vor der Tür seines Chefs zögerte Holger. Das ungute Gefühl, das sofort in ihm aufgestiegen war, als die Sekretärin ihn angerufen hatte, hatte sich inzwischen zu Magenkrämpfen kondensiert. Er schaffte es kaum noch, aufrecht zu stehen. Obwohl die Sekretärin nicht einmal angedeutet hatte, was Joost Bartelsen mit ihm besprechen wollte, sagte ihm sein Instinkt, dass es nichts Gutes war.

Er streckte die Schultern durch und klopfte, öffnete die Tür, als Bartelsen «Herein» rief.

Sein Chef saß hinter dem Schreibtisch, auf dem nur eine einzige Akte lag. Obwohl er lässig gekleidet war, ohne Krawatte und den oberen Knopf des Hemdes geöffnet, konnte Holger die Anspannung im Raum mit Händen greifen.

«Tag, Chef», sagte er. «Sie wollten mich sprechen?»

Bartelsen faltete die Hände. «Ich gehe davon aus, dass Sie sich denken können, worum es geht.» Seine Stimme schnitt wie ein Fleischermesser.

Holger runzelte die Stirn. «Geht es um die Psychologin? Ich war letzte Woche da, und ich habe morgen …»

«Lassen Sie den Quatsch, Dietrich!»

Holger brach der Schweiß aus. Seine Beine fühlten sich mit einem Mal zittrig an. Er hätte sich gern gesetzt, aber Bartelsen hatte ihm keinen Platz angeboten.

«Ich verstehe nicht», stammelte er.

«Dann darf ich Sie vielleicht zitieren?» Bartelsen schob die Akte zur Seite und zog die Tastatur zu sich heran. «‹Sie mieses Stück Dreck, Sie sind doch nur neidisch, weil ich ein besserer Ermittler bin als Sie. Ich scheiße auf Ihre Disziplinarmaßnahmen! Machen Sie sich auf was gefasst. Wenn ich mit Ihnen fertig bin, erkennen Sie sich selbst nicht wieder!›» Bartelsen lehnte sich zurück. «Ich denke, das genügt für den Anfang. Den Rest erspare ich uns beiden.»

«Was … was ist das?»

«Eine E-Mail, die Sie mir Freitagnacht um …» Bartelsen spähte auf den Bildschirm. «… um zehn vor zwei geschickt haben.»

Holger wurde schwindelig. Es fühlte sich an, als würde sich vor ihm ein Abgrund auftun. Das Maul eines Ungeheuers, das ihn verschlingen wollte. «Ich soll das geschrieben haben? Niemals!»

«Die Mail wurde von Ihrem Account verschickt, ich habe das überprüfen lassen.»

Holger versuchte, sich an Freitag zu erinnern. Hatte er so viel gesoffen, dass er im Vollrausch so einen Bullshit gemacht und dann einen Filmriss gehabt hatte? Scheiße, scheiße, das konnte nicht sein.

«Mir ist zu Ohren gekommen, dass Sie ein Alkoholproblem haben», sagte Bartelsen wie aufs Stichwort.

Holger ging sofort in die Defensive. «Wer behauptet das?»

«Das spielt keine Rolle. Ist es wahr?»

Holgers Gedanken schossen zu Dennis Schwarz. Eigentlich hatte er sich immer auf seinen Partner verlassen können, aber der hockte im Augenblick auf dem Darß. Vielleicht hatten Mascha und das Landei ihn auf ihre Seite gezogen.

Der Gedanke an Mascha ließ ihn stocken. Freitag, verdammt! Da hatte Mascha ihn angerufen wegen dieser Sache mit Berlin. Sie hatte Rache geschworen. Eine Mischung aus Wut und Verzweiflung packte ihn. Wenn es Mascha gewesen war, hatte sie ihre Spuren mit Sicherheit gut verwischt, dann würde er nie beweisen können, dass er diese Mail nicht geschrieben hatte.

Er raffte sich auf, streckte die Schultern durch und versuchte, möglichst entspannt und souverän auszusehen. Jetzt ging es darum, den Schaden zu begrenzen. Mascha würde er sich später vorknöpfen.

«Ich weiß nicht, mit wem Sie geredet haben, aber ich habe kein Alkoholproblem, das können Sie gern überprüfen. Wie alle Kollegen trinke ich nach Feierabend gern ein Bier, mehr nicht. Und was die Mail angeht, ich habe keine Ahnung, wer das geschrieben hat. Oder warum. Ich war das jedenfalls nicht.»

«Ich nehme Ihre Aussage zur Kenntnis», sagte Bartelsen steif. «Aber überlegen Sie sich gut, was Sie sagen. Am besten suchen Sie sich einen Rechtsbeistand. Auf Sie kommt ein Disziplinarverfahren zu.»

«Aber …»

Bartelsen hob eine Braue, und Holger verstummte.

«Ihre Dienstmarke und Ihre Waffe bleiben bis auf Weiteres eingezogen. Sie hören von uns.»

Sellnitz, am selben Tag

Kann ich bei Lasse wohnen, wenn du in der Klinik bist?»

Janine musste unwillkürlich lächeln. Ihr Sohn hatte ihre Offenbarung viel gelassener aufgenommen, als sie befürchtet hatte. Sie hatte ihm natürlich nicht alles erzählt, nichts von den Ereignissen in der Sturmnacht vor fünfzehn Jahren, die höchstwahrscheinlich die Ursache ihres Traumas waren. Und natürlich nichts von der Rolle, die sein Erzeuger dabei spielte.

Aber sie hatte ihm von ihren nächtlichen Streifzügen erzählt und davon, dass sie sich danach nicht mehr erinnerte, wo sie überall gewesen war. Sie hatte es als Schlafwandeln bezeichnet, und gemeinsam hatten sie sogar ein bisschen darüber gescherzt, dass es vielleicht eine besondere Form von Fitnessprogramm sein könnte.

Jedenfalls war Torge nicht im Mindesten geschockt gewesen, weder über ihre Krankheit noch darüber, dass sie womöglich für einige Zeit in eine Klinik musste. Das nämlich hatte sie nach dem zweiten Gespräch mit Björn André beschlossen, als er ihr das Handy gebracht und sie festgestellt hatte, dass sie wieder bei der Villa im Wald gewesen war. So durfte es nicht weitergehen, sie musste sich endlich professionelle Hilfe suchen.

«Es kann sein, dass ich für einige Wochen dort bleiben muss», antwortete sie auf Torges Frage. «Ich weiß nicht, ob Lasses Eltern das recht wäre.»

«Bestimmt. Ich kann sie fragen.» Er griff nach seinem Handy, das neben ihm auf dem Sofa lag.

Janine legte ihm die Hand auf den Arm. «Ich kümmere mich darum. Aber wir warten damit noch ein bisschen. Ich muss erst mal einen Termin bekommen, das kann Monate dauern.»

«So lang?»

«Gut möglich, ja.» Sie betrachtete ihn. Er war noch immer erkältet, die Nase gerötet. Deshalb hatte sie ihn heute nicht in die Schule geschickt. Aber das Fieber war weg, und seine Augen waren nicht mehr glasig.

«Können wir in der Zeit nachts die Tür abschließen?», fragte er. «Nur zur Sicherheit?»

Er machte sich also doch Sorgen.

«Das ist eine gute Idee, Torge. So habe ich es früher schon in den Griff bekommen. Ich habe abgeschlossen und den Schlüssel versteckt.»

«Ich könnte mich auch vor die Tür legen.»

«Ach, Torge.» Sie legte ihm den Arm um die Schultern. «Das musst du nicht, du brauchst doch deinen Schlaf.»

«Ich kann meine Matratze in die Diele holen. Bei Lasse schlafe ich auch immer auf dem Boden.»

«Kommt nicht infrage, Torge.»

«Und wenn du doch wieder rausgehst?»

«Das wird nicht passieren, versprochen.» Sie zog ihn an sich. «Wir zwei schaffen das, okay?»

Am selben Abend

Mascha wartete im Wagen, während Tom Romy abholte. Sie hatten heute Morgen erfolgreich den Bulli freigeschaufelt und sogar ans Laufen bekommen.

Mascha hatte nämlich keinen Ersatz für den kaputten Dienstwagen bekommen, und die Streifenwagen standen auch nicht immer zur Verfügung.

Sie beobachtete, wie Tom sich an der Tür noch mit Marianne unterhielt, während Romy mit einem anderen Mädchen tuschelte. Sie beneidete Romy. Sie selbst hatte niemanden, mit dem sie Geheimnisse austauschen konnte. Außer Tom vielleicht, aber das war etwas anderes. Sie mochte Lisa und vertraute ihr, doch sie kannten sich zu wenig, als dass Mascha sie als Freundin bezeichnet hätte.

Ihr Handy klingelte. Holger.

Sie überlegte, ob sie den Anruf wegdrücken sollte, doch dann nahm sie ihn an.

«Du dreckige Schlampe, du mieses Stück Scheiße!»

Ihr Plan war also aufgegangen. Mascha hielt das Handy ein Stück vom Ohr weg und wartete, bis er gezwungen war, Luft zu holen.

«Was willst du, Holger?»

«Ich mach dich fertig!»

«Das hatten wir doch schon.» Sie seufzte.

«Oh, nein, das hatten wir noch nicht. Du hast ja keine Ahnung.»

Mascha presste die Lippen zusammen. Ihr wurde ein bisschen mulmig. Zwar hatte sie gewusst, dass Holger ausrasten würde, wenn er von der Mail erfuhr. Und auch, dass er erraten würde, wer dahintersteckte. Das sollte er ja auch, damit er sie endlich in Ruhe ließ. Ihre Aktion schien allerdings das Gegenteil bewirkt zu haben.

«Drohst du mir?», fragte sie.

Er lachte auf. «Hast du jetzt etwa Angst?»

«Ich habe keine Angst vor dir, Holger.»

«Das solltest du aber.»

«Träum weiter.» Mascha sah, wie Romy sich von dem Mädchen verabschiedete und an Toms Hand auf den Bulli zukam. «War das alles? Ich habe nämlich zu tun.»

«Mach nur einen auf cool, Mascha, solange du noch kannst. Und sag hinterher nicht, ich hätte dich nicht gewarnt. Du willst Krieg, du bekommst Krieg.»

Er legte auf, bevor sie etwas erwidern konnte.

Als Tom die Wagentür öffnete und Romy mit einem Schwall Kälte und fröhlichem Geplapper in ihren Sitz kletterte, zitterten Maschas Finger. Schnell steckte sie das Telefon weg und schob die Hände zwischen die Oberschenkel, damit die beiden es nicht bemerkten.

Am selben Abend

Agnes war wieder in dem Zimmer, wie so oft in letzter Zeit. Die Nummer elf, mit Blick auf den Wald hinter der Villa. Ein kleiner Schreibtisch im Erker, ein großes Doppelbett und ein eigenes Bad. Das hatten nicht alle.

Agnes schaute sich verwirrt um, sie wusste nicht mehr, was sie hier wollte. Hatte der Gast sie gerufen? Oder wollte sie sauber machen? Lieber nicht, in letzter Zeit tat ihr der Rücken schrecklich weh, vor allem, wenn sie die Betten beziehen musste.

Ihr Blick fiel auf die weißen Tücher in ihren Händen. Genau, das war es. Sie wollte dem Gast frische Handtücher bringen, weil sie das eben vergessen hatte. Sie ging auf das Bad zu. Draußen heulte der Wind, einer der Fensterläden klapperte, die Kiefern bogen sich. Dann schlug das Fenster plötzlich auf, Glas klirrte. Die Handtücher wurden Agnes aus den Händen gerissen und wirbelten nach draußen, bevor sie danach greifen konnte. Sie schrie, als der Wind begann, auch an ihr zu zerren. Ängstlich klammerte sie sich an den Bettpfosten, bis ihre Finger so sehr schmerzten, dass sie loslassen musste.

Sie wurde hoch in die Luft geschleudert und über die Baumkronen hinweg zum Meer geweht, bis ihr schwindelig wurde und sie die Augen schließen musste. Als der Wind sie losließ und sie mit einem lauten Krachen auf dem Boden landete, wachte sie auf.

Einen Moment lang blieb sie schwer atmend unter dem Federbett liegen und wartete darauf, dass die Traumbilder sich langsam auflösten. Obwohl sie wusste, dass sich das alles bloß in ihrer Fantasie abgespielt hatte, schmerzte ihr der Rücken von dem harten Aufprall.

Sie schnupperte. Es roch merkwürdig.

Großer Gott, hatte sie etwa schon wieder …

Waltraud würde mit ihr schimpfen. Oder schlimmer noch, sie würde gar nichts sagen und mit versteinerter Miene die Bettwäsche wechseln. Es sei denn, Agnes kam ihr zuvor. Sie musste sich nur daran erinnern, wo die frische Wäsche war.

Früher hatte sie immer in der Bügelkammer gelegen, aber nun bewahrte Waltraud sie in einem großen Schrank auf. Aber in welchem Zimmer?

Stöhnend setzte Agnes sich auf und schlüpfte in ihre Pantoffeln. Als sie die Zimmertür öffnete, hatte sie das Gefühl, dass der Geruch stärker wurde. Es roch auch ganz anders als sonst, irgendwie scharf und beißend.

Unten polterte etwas. Erschrocken fasste Agnes sich an die Kehle. War das etwa wieder dieser Kerl, der in ihren Keller eingebrochen war und ihre Stromleitung gekappt hatte? Er hatte irgendwie mit René Wendt zu tun, das hatte der Polizist ihnen erzählt, aber Agnes wusste nicht mehr, wie.

Sie überlegte, ob sie Waltraud rufen sollte. Aber wenn bloß das Holz im Ofen geknackt hatte, würde sie wütend werden. Waltraud war äußerst reizbar in letzter Zeit. Natürlich hatte sie es nicht leicht, sie trug ja für alles allein die Verantwortung, weil es Agnes immer schwerer fiel, die Dinge nicht durcheinanderzubringen.

Manchmal allerdings wusste sie genau, was sie tat. Etwa als sie dieser Frau von der Zeitung geschrieben hatte. Nur leider hatte die nichts verstanden. Stattdessen war sie hier aufgetaucht und hatte sie zu Tode erschreckt. Waltraud durfte auf keinen Fall wissen, was sie getan hatte. Dabei wollte sie doch nur, dass es aufhörte. Sie wollte Ruhe haben, endlich mit der furchtbaren Geschichte abschließen.

Wieder war unten ein Geräusch zu hören. Es klang wie eine Tür.

«Waltraud?», rief sie ängstlich. «Bist du das?»

Keine Antwort.

Sie zögerte, dann stieg sie langsam die Treppe hinunter. Der weiche Teppich schluckte ihre Schritte. Als sie unten ankam, bemerkte sie Licht in der Küche. Sicherlich konnte ihre Schwester auch nicht schlafen und machte sich einen Tee.

Sie eilte auf die Tür zu. Plötzlich gab es einen lauten Knall, Glas klirrte, und im selben Moment flackerte das Licht in der Küche gleißend hell auf. Ein merkwürdiges Dröhnen war zu hören, etwas fiel zu Boden, und unter den beißenden Gestank mischte sich Rauch.

«Waltraud», flüsterte Agnes. «Bist du da drin?»

Dienstag, 4. Februar

Sellnitz, am frühen Morgen

Tom stöhnte, als das Handy ihn aus dem Schlaf riss. Er tastete danach und meldete sich verschlafen.

«Ja?»

«Tut mir leid, dich zu wecken, Chef», hörte er Seniors Stimme. «Aber es ist wichtig.»

Müde setzte Tom sich auf. «Was gibt es?»

«Die Villa der Bülow-Schwestern brennt.»

Schlagartig war Tom hellwach. «Heilige Scheiße! Was ist mit den beiden? Geht es ihnen gut?»

«Keine Ahnung. Die Meldung ist gerade reingekommen. Feuerwehr ist unterwegs. Soll ich auch hinfahren?»

Tom blickte auf die Uhr. Halb vier. Kein Wunder, dass er sich so erschlagen fühlte. «Tu das», sagte er. «Wir treffen uns dort.»

Innerhalb von fünf Minuten hatte Tom sich Wasser ins Gesicht gespritzt und Klamotten übergestreift. Leise klopfte er an die Tür des Gästezimmers, drinnen blieb alles still.

Er trat ein und setzte sich auf die Bettkante. «Mascha?» Er berührte sie vorsichtig an der Schulter.

«Was?», murmelte sie verschlafen.

«Ich muss weg.»

Sie drehte sich auf den Rücken. «Ist was passiert?»

«Kann man so sagen.»

«Was denn?» Sie rieb sich die Augen.

«Die Villa der beiden alten Schwestern brennt.»

«Fuck. Soll ich mitkommen?»

«Nicht nötig. Aber du könntest mir einen Gefallen tun.»

«Klar.»

«Ich habe keine Ahnung, wie lange ich weg sein werde, würdest du Romy in den Kindergarten bringen, falls es länger dauert?»

«Kein Thema.»

Der alte Polizeibus brauchte drei Versuche, bis er knatternd ansprang. Die Straße war matschig, offenbar war es wärmer geworden, der Schnee taute. Immerhin eine gute Nachricht.

Tom raste durch die verlassenen Straßen von Sellnitz. Schon auf Höhe der Klinik sah er einen Lichtschein über dem Wald. Die Brust wurde ihm eng. Wenn die Flammen so hoch in den Himmel schlugen, war die Holzvilla wohl nicht mehr zu retten. Er hoffte, dass die Bewohnerinnen es rechtzeitig nach draußen geschafft hatten.

Der Abzweig kam, Tom entdeckte flackerndes Blaulicht, das sich mit dem Orange der Flammen mischte. Er raste den kleinen Hügel hinauf, bremste scharf ab, als vor ihm das brennende Haus auftauchte.

Entsetzt starrte er in die Feuersbrunst. Die komplette Villa stand in Flammen. Die Besatzung der zwei Löschzüge hielt Schläuche in das Inferno, doch es war klar, dass es hier nichts mehr zu retten gab. Neben den Feuerwehrwagen standen ein RTW und ein Streifenwagen auf dem Waldweg.

Tom schluckte hart, bevor er ausstieg. Die Hitze des Feuers war bis hierher zu spüren. Er hielt nach Senior Ausschau. In dem Moment stürzte ein Teil des Dachs krachend in sich zusammen, Funken stoben in alle Richtungen. Tom sprang unwillkürlich zurück.

Senior kam hinter dem RTW hervor. Selbst im warmen Licht des Feuers war zu erkennen, dass er leichenblass war.

«Was ist mit den Frauen?», fragte Tom.

«Agnes haben wir im Garten gefunden. Sie scheint unverletzt zu sein, aber sie ist vollkommen verwirrt. Sie redet die ganze Zeit von einem Sturm, der das Fenster aufgerissen hat, und von Handtüchern, die sie nicht festhalten kann.»

«Sie steht wahrscheinlich unter Schock. Kein Wunder. Und ihre Schwester?»

Der Streifenkollege schüttelte den Kopf und blickte in Richtung Haus. «Vielleicht ist sie in Panik in den Wald gerannt. Wenn nicht ...»

«Verstehe.» Tom presste die Lippen zusammen. «Die Feuerwehrleute hatten vermutlich keine Chance, im Haus nach Verletzten zu suchen, bevor es zu gefährlich wurde.»

«Die sind erst ein paar Minuten vor mir eingetroffen, da stand das Haus schon komplett in Flammen. Ist ja alles aus Holz, das brennt wie Zunder.» Er nahm die Mütze ab und kratzte sich am Kopf. «Ein Glück, dass Schnee liegt, sonst würde das Feuer womöglich auf den Wald übergreifen.»

Tom antwortete nicht. Er wusste, was Senior meinte, aber er empfand es nicht als Glück, dass der Wald gerettet wurde, während eine wehrlose alte Frau womöglich ums Leben gekommen war.

«Lass Agnes ins Krankenhaus bringen», sagte er. «Nur zur Sicherheit. Vielleicht kann sie später befragt werden, wenn sie sich etwas beruhigt hat.»

«Sie ist dement.»

«Trotzdem müssen wir es versuchen.»

«Alles klar.»

«Und bleib bei ihr.»

Senior runzelte die Stirn. «Du glaubst doch nicht …»

«Ich weiß nicht, was ich glauben soll, Senior.»

«Ich kann mir nicht vorstellen, dass René Wendt dahintersteckt. Er wollte die Villa doch unbedingt an sich bringen, da wird er sie wohl kaum in Brand gesteckt haben.»

«Mag sein.» Tom sah zu, wie einer der Erker an der Fassade von den Flammen verschlungen wurde, und ihm wurde das Herz schwer. Hier wurde ein Stück Darßer Geschichte endgültig vernichtet. «Aber ich muss die ganze Zeit an die Worte von Wendts Handlanger denken, diesem Rolf Nowak. Er sprach von alten Öfen und davon, wie schnell ein Teppich Feuer fangen kann.»

Am selben Morgen

Es war noch immer stockdunkel, als Mascha aus dem Taxi stieg. Es stank nach Rauch und verschmorten Kabeln. Scheinwerfer beleuchteten die Überreste der alten Villa. Ein paar verkohlte Balken, ein Stück gemauerter Kamin und eine Treppe, die ins Nichts führte, mehr war nicht übrig.

Mascha schluckte hart, musste Tränen wegblinzeln. Rasch wandte sie sich ab und stapfte durch den von Asche geschwärzten Schnee auf den alten Polizeibus zu. Drinnen brannte Licht, zwei Gestalten saßen in der kleinen Essecke hinter dem Fahrersitz.

Bevor sie hergekommen war, hatte Mascha Romy bei Nicole abgeliefert. Die Erzieherin war sichtlich irritiert gewesen, hatte sich aber vor dem Mädchen nichts anmerken lassen. Mascha war sicher, dass es nicht an der frühen Stunde lag, sondern an ihr. Nicole war eifersüchtig.

Sie zog die Seitentür auf und stieg ein. Als Tom fragend die Brauen hob, nickte sie.

«Romy ist bei Nicole.»

«Danke.» Er wandte sich an den Mann, der ihm am Tisch gegenübersaß. «Das ist meine Kollegin KHK Mascha Krieger. Mascha, dass ist Lars Ostendorf, der Brandsachverständige.»

«Sie waren aber schnell hier.» Mascha reichte dem Mann die Hand und betrachtete ihn interessiert.

Er war vielleicht ein paar Jahre älter als sie, hatte blonde Haare und trug eine auffällige, zur Haarfarbe passend gerahmte Brille. Sein Gesicht verriet, dass er normalerweise gern lachte, jetzt jedoch war seine Miene ernst.

«Ich wohne in der Nähe», sagte er.

«Leider konnte Herr Ostendorf noch nicht mit der Arbeit beginnen, die Ruine ist nicht gesichert, außerdem gibt es nach wie vor kleine Brandherde.»

«Schreckliche Geschichte.» Mascha ließ sich neben Tom nieder und blickte aus dem Wagenfenster. «Wurde Waltraud Bülow schon gefunden?»

«Ich fürchte ja. Vor ein paar Minuten haben die Feuerwehrleute eine Leiche geborgen.» Tom seufzte. «Wir warten auf den Rechtsmediziner. Sie liegt so lange unter einer Plane. Spusi ist ebenfalls unterwegs.»

«Du glaubst, dass es ein Anschlag war?» Wieder schaute Mascha aus dem Fenster. Sie konnte den Anblick kaum ertragen, trotzdem musste sie immer wieder hinsehen.

«Nach den anderen Vorfällen können wir das nicht ausschließen», sagte Tom mit grimmiger Miene. «Ich habe Herrn Ostendorf bereits davon erzählt. Er wird sich das alles sehr genau ansehen.»

«Wenn hier irgendwie nachgeholfen wurde, finde ich das heraus», bestätigte der Sachverständige. «Darauf können Sie sich verlassen.»

«Wenn wir nur endlich René Wendt ausfindig machen würden.» Mascha wandte sich vom Fenster ab. «Den würde ich mir sehr gerne vorknöpfen.»

«Das kannst du nachher tun.» Tom wedelte mit seinem Handy. «Babyface hat mir gerade mitgeteilt, dass er sich gestern spät noch auf dem Revier gemeldet hat. Angeblich hatte er keine

Ahnung, dass wir ihn suchen. Hat sich entschuldigt und versprochen, heute um neun vorbeizukommen.»

«Babyface?», fragte Ostendorf verwundert.

«Ein Kollege von der Streife.» Tom winkte ab.

«Der Name ist irreführend», ergänzte Mascha. «Lassen Sie sich davon nicht täuschen.» Was eigentlich nicht ganz korrekt war. Denn Babyface besaß zwar fette Muskelpakete, war aber eine Seele von einem Menschen.

«Jedenfalls wird Wendt uns eine Menge Fragen beantworten müssen», sagte Tom. «Und sein Mitarbeiter ebenfalls. Dieser Nowak. Paul versucht gerade, ihn aufzutreiben.»

Jemand klopfte, die Tür wurde aufgerissen. Ein Feuerwehrmann steckte den Kopf herein. Sein Gesicht war rußig und verschwitzt, den Helm hielt er unter dem Arm. «Alle Brandherde sind gelöscht. Aber rein kann da noch keiner. Da müsst ihr auf den Statiker warten.»

Tom seufzte. «Okay, danke.»

«Wir ziehen uns dann zurück. Sichert ihr das Gelände?»

«Machen wir.»

Der Feuerwehrmann hob die Hand zum Gruß und verzog sich.

Lars Ostendorf stand auf. «Dann sehe ich mich mal um. Manchmal finde ich auf dem Gelände bereits erste Hinweise.»

Als er den Bulli verlassen hatte, sah Mascha Tom an. «Wie geht es dir?»

«Ehrlich?» Er hob die Schultern. «Ich fühle mich wie ein Totalversager. Das ist das zweite Mal, dass ich eine Gefahr nicht gesehen oder unterschätzt habe. Erst bei Kira und jetzt bei den Schwestern.»

«Das haben wir alle.»

«Aber ich leite die Ermittlungen. Und ich habe die Vorfälle abgetan, als wären es dumme Schuljungenstreiche.»

«Das hast du nicht.» Mascha legte ihm die Hand auf den Arm. «Du hast René Wendt persönlich vernommen, du hast gegen ihn ermittelt, und das, obwohl wir mit dem anderen Fall mehr als genug zu tun hatten. Du hast getan, was du konntest. Keiner von uns hat damit gerechnet, dass es so eskalieren würde. Außerdem wissen wir noch gar nicht, was wirklich passiert ist. Es könnte tatsächlich ein Unglück gewesen sein.»

Am selben Morgen

Mama, aufwachen!»

Janine rollte sich zusammen. Sie fühlte sich matt und schwer und wollte nicht aufstehen.

«Los, Mum, mach schon.» Jemand rüttelte sie an der Schulter.

Sie stöhnte, öffnete die Augen, blinzelte in das Licht, das unbarmherzig auf sie herunterknallte. «Torge, was ist los? Warum weckst du mich?»

«Weil du auf dem Boden liegst.»

Erschrocken fuhr sie hoch und blickte sich um. Großer Gott, sie saß vollkommen angekleidet auf dem Teppich in der Diele, die Jacke über sich ausgebreitet.

«Was ist passiert? Bin ich …» Eine vage Erinnerung stieg in ihr auf. Sie rannte durch einen Wald. Es war kalt, Schnee lag auf dem Weg, trotzdem schwitzte sie. War das ein Traum gewesen?

Rasch blickte sie zu ihren Füßen hinab. Sie trug Schuhe, aber sie wirkten nicht schmutziger als gestern Abend. Also war sie wohl wirklich nur bis zur Tür gekommen.

Torge hielt ein Schlüsselbund hoch. «Wie gut, dass wir die versteckt haben.»

«Es tut mir so leid.»

«Alles gut, Mum.» Er legte die Schlüssel auf der Kommode ab. «Ich muss gleich los.»

«So spät schon?» Janine erhob sich. Ihr Kopf pochte, aber der Schmerz war erträglich. «Soll ich dir Frühstück machen?»

«Keinen Hunger.»

«Dann schmiere ich dir ein Brot.»

«Lass mal, Mum.»

Janine betrachtete ihn zweifelnd. «Du musst doch was essen.»

«Ich geh beim Bäcker vorbei.»

«Okay.» Sie griff nach ihrer Handtasche und holte etwas Geld heraus. «Aber morgen wird ordentlich gefrühstückt.»

«Klar doch.» Er steckte das Geld ein und streifte seine Jacke über.

Als ihr Sohn die Tür hinter sich geschlossen hatte, tapste Janine in die Küche. Sie brauchte einen starken Kaffee und dann eine heiße Dusche. Das würde zwar nicht das Gefühl vertreiben, eine schlechte Mutter zu sein, aber zumindest dafür sorgen, dass sie den Tag irgendwie überstand.

Während der Kaffee durchlief, checkte sie ihr Handy. Laut Tracking-App hatte sie das Haus tatsächlich nicht verlassen. Erleichtert atmete sie auf. Dann entdeckte sie die Nachricht. In der Nacht hatte es ein Feuer gegeben, die Villa im Wald, in der die beiden alten Damen lebten, war vollkommen niedergebrannt.

Janine erschrak. Was, wenn sie ohne ihr Handy draußen gewesen war? Wenn sie das Feuer gelegt hatte?

Am selben Morgen

Das Licht des aufziehenden Tages machte den Schaden, den das Feuer angerichtet hatte, erst richtig sichtbar. Bis auf ein paar verkohlte Balken war kaum etwas von der wunderschönen alten Villa übrig. Das schwarze Gerippe bildete einen scharfen Kontrast zu der weißen Schneelandschaft, die es umgab, fast als wäre es ein abstraktes Kunstwerk. Allerdings eins, das Toms Hals eng werden ließ.

Schlimmer als das unwiderruflich zerstörte Haus war jedoch der Tod von Waltraud Bülow. Professor Manfred Süderholz war vor einer halben Stunde eingetroffen und hatte bestätigt, dass es sich bei der verkohlten Leiche, die von der Feuerwehr aus dem niedergebrannten Haus geborgen worden war, um eine Frau handelte. Es bestand also kaum noch ein Zweifel daran, dass es die vermisste Schwester war.

Mascha hatte sich aus dem Krankenhaus gemeldet, Agnes Bülow hatte ein Beruhigungsmittel bekommen und war noch nicht ansprechbar. Hardy hatte Senior abgelöst. Er würde ihnen Bescheid geben, sobald die alte Dame aufwachte.

Der Statiker war kurz nach dem Rechtsmediziner eingetroffen. Er hatte Tom mitgeteilt, dass es nicht allzu lange dauern würde, bis er die Ruine freigeben konnte. Da nur noch ein paar Balken standen, war die Einsturzgefahr gering.

Lisa und ihre Kollegen von der Spurensicherung suchten bereits das Gelände ab. Allerdings hatten die Feuerwehrleute bei dem Versuch, die Villa und ihre Bewohnerinnen zu retten, alles niedergetrampelt, sodass es schwierig werden würde, mögliche Fußabdrücke eines Eindringlings zu identifizieren. Oder eine fremde Fahrspur.

Lars Ostendorf lief mit seinem Handy herum und filmte die rauchenden Überreste des Hauses und die unmittelbare Umgebung, während er darauf wartete, mit der eigentlichen Arbeit zu beginnen.

Tom überlegte gerade, ob er ins Revier fahren sollte, bis die Ruine für sicher erklärt worden war, als Lisa auf ihn zukam.

«Die Kollegen können nichts weiter tun, bis wir reindürfen, und sie müssen zu einem anderen Tatort. Ich halte hier die Stellung, okay?»

«Hoffentlich dauert es nicht zu lange.»

«Das Problem ist offenbar der Keller, er scheint einsturzgefährdet zu sein.»

Tom schob die Hände in die Jackentasche. «Verstehe.» Er bemerkte ein dunkles Fahrzeug, das sich über den Waldweg näherte. Der Leichenwagen, der Waltraud Bülow in die Rechtsmedizin bringen würde. «Was für eine Scheiße.»

«Wir finden den Mistkerl, der das getan hat.» Lisa zupfte an ihren Handschuhen. «Und wenn er auch für Kiras Tod verantwortlich ist ...» Sie presste die Lippen zusammen.

In dem Moment winkte einer der weiß gekleideten Kollegen ihnen vom Waldrand hinter der Ruine zu. Tom und Lisa liefen los. Noch bevor sie ihn erreichten, erkannte Tom, was der Kriminaltechniker gefunden hatte. Unter einem Strauch lagen zwei gelbe Benzinkanister.

Der Mann machte Fotos, bevor er einen der Kanister vorsichtig mit der behandschuhten Hand aufschraubte und daran schnüffelte.

«Da war kürzlich noch Treibstoff drin.»

«Dann hat der Täter sich nicht gerade viel Mühe gegeben, das Tatwerkzeug zu verstecken», sagte Tom nachdenklich.

«Die meisten Brandstifter sind nicht sonderlich schlau», meinte Ostendorf, der zu ihnen gestoßen war. «Sie glauben anscheinend, dass das Feuer alle Spuren zerstört. Aber das Gegenteil ist der Fall. Wir können fast immer rekonstruieren, wie und wo der Brand gelegt wurde.»

«Aber wenn der Täter seine Spuren hätte verwischen wollen, hätte er die Kanister doch im Haus gelassen, statt sie hier draußen hinzulegen», gab Lisa zu bedenken.

«Auch möglich, dass er sie mitnehmen wollte, und dann ging alles zu schnell.» Lisas Kollege schraubte den Deckel wieder auf. «Das Feuer wurde sehr rasch bemerkt, obwohl es mitten in der Nacht gelegt wurde.»

«Stimmt», sagte Tom. «Ein Autofahrer, der spät von einer Party heimfuhr, hat es gemeldet. Ich werde nachher mit ihm sprechen.» Er blickte auf die Uhr. «Aber jetzt fahre ich erst mal aufs Revier. Unser Tatverdächtiger kommt gleich zur Vernehmung.»

«Achten Sie darauf, wie er riecht», riet der Brandsachverständige. «Selbst wenn er die Kleidung gewechselt und geduscht hat, könnten seine Jacke oder seine Schuhe noch nach Rauch riechen.»

Als Tom zu seinem Wagen lief, sah er, wie die Bestatter die sterblichen Überreste von Waltraud Bülow vorsichtig in einen schwarzen Leichensack hoben. Der Körper hatte sich im Tod verkrümmt, die dürren Arme waren angewinkelt, wie zum Kampf bereit. Fechterstellung nannte man das. Ein typisches

Phänomen bei Brandleichen, das mit der Muskelkontraktion im Tod zu tun hatte.

Tom dachte an die energische alte Dame, die im Leben so viel Wert auf ihr Äußeres gelegt hatte. Unwillkürlich ballte er die Faust. Er würde dafür sorgen, dass derjenige, der für ihren grauenvollen Tod verantwortlich war, seine gerechte Strafe erhielt.

Am selben Morgen

Mascha legte das Telefon weg. «Immer nur die Mailbox.»

«Scheiße, der Typ verarscht uns doch.» Tom knallte den Stapel Papier auf den Tisch, den er gerade ausgedruckt hatte. Kopien der alten Akten von Walter Kublank, die sie noch einmal gründlich durchgehen wollten, in der Hoffnung, auf einen Namen zu stoßen, der sie weiterbrachte.

Sie waren allein in Toms Büro. Björn befragte die Mitglieder des Kajak-Klubs, Dennis war ins Hotel gefahren, um den Angestellten Fotos von René Wendt und Rolf Nowak zu zeigen. Und Paul versuchte noch immer, Nowak aufzutreiben.

Mascha sah auf die Uhr. Es war inzwischen zwanzig nach neun, und der Besitzer der abgebrannten Villa war noch nicht aufgetaucht. «Ich verstehe das nicht.» Sie wandte den Blick zum Fenster. Es taute, in ein paar Stunden würde nichts mehr von den Schneemassen übrig sein. «Ich meine, wenn er abtauchen wollte, warum hat er dann gestern Abend angerufen?»

«Um Zeit zu gewinnen?» Tom griff wieder nach dem Telefon. «Ich lasse ihn jetzt zur Fahndung ausschreiben. Hoffentlich ist es noch nicht zu spät.»

Während Tom telefonierte, vertiefte sich Mascha in den Bericht der Spurensicherung vom Fundort am Bodden. An dem Kajak und an Kiras Leiche war die DNA von insgesamt fünf verschiedenen Personen sichergestellt worden, die noch mit dem Besitzer, seinen Freunden und der Frau abgeglichen werden musste, die Kira gefunden hatte. Aber das brachte sie nicht weiter, denn sie verfügten ja bereits über das Profil des Verdächtigen. Solange es niemanden gab, mit dem sie es abgleichen konnten, nützte es ihnen nichts.

Sie drehte sich zu Tom um, der gerade aufgelegt hatte. «Glaubst du, wir bekommen einen Beschluss für Wendts Haus und Büro? Wenn wir seine DNA hätten, könnten wir sie mit der an der Reisetasche und an Kiras Leiche abgleichen.»

«Daran habe ich auch schon gedacht», erwiderte er. «Bis vor einer halben Stunde hätten wir wohl keine Chance gehabt, weil es ja keine Verbindung zwischen Kira und Wendt gibt. Aber jetzt, wo er wieder untergetaucht ist …»

«Außerdem steht er im Zusammenhang mit der Brandstiftung unter Verdacht.»

«Okay, ich spreche mit dem Richter.»

Es klopfte, Paul steckte den Kopf zur Tür herein und blickte sich mit gerunzelter Stirn um. «Wo ist Wendt?»

Tom verzog das Gesicht. «Das wüssten wir auch gern.»

«Dann wollt ihr vielleicht mit seinem Buddy sprechen.» Er öffnete die Tür ganz und schob einen sichtlich unwilligen Rolf Nowak in den Raum.

«Ich habe nichts mit dem Feuer zu tun», stieß er hervor, noch bevor irgendwer das Wort an ihn gerichtet hatte. «Ich war nicht mal in der Nähe der Villa. Und ich habe jede Menge Zeugen.»

Am selben Tag

Es war früher Nachmittag, als die Soko sich zur Besprechung im Revier traf. Die Stimmung war noch gedrückter als nach dem Auffinden von Kiras Leiche, falls das überhaupt möglich war. Tom hielt sich nur mühsam aufrecht, trotzdem zwang er sich dazu, so gut es ging, Optimismus auszustrahlen.

Sie saßen um den Besprechungstisch, irgendwer hatte belegte Brötchen organisiert, zudem gab es Kaffee, Wasser und Cola.

«Zunächst die guten Nachrichten», begann Tom. «Wir haben einen Durchsuchungsbeschluss für sämtliche Immobilien von René Wendt, einschließlich seines Privathauses, seines Büros und seines Wagens, falls wir den finden.»

«Von ihm selbst weiterhin keine Spur?», wollte Dennis wissen.

«Nada. Fahndung läuft. Die Kollegen aus Lübeck übernehmen die Durchsuchung vor Ort. Vielleicht finden sie Hinweise darauf, wohin er sich abgesetzt hat. Seine Frau war bisher keine große Hilfe, sie weiß angeblich nichts.»

«Der hat doch bestimmt längst das Land verlassen», sagte Paul düster.

«Warten wir's ab. Rolf Nowak hat ausgesagt, dass er gestern noch wegen eines kaputten Boilers mit seinem Chef gesprochen hat.»

«Sein Alibi wurde übrigens bestätigt», hakte Mascha ein. «Er war wirklich bis halb vier bei dieser Geburtstagsfeier in Barth. Mehrere Zeugen haben das ausgesagt.»

«Könnte er nicht trotzdem zwischendurch für eine Stunde abgehauen sein?», fragte Lisa.

«Unwahrscheinlich.» Mascha nahm einen Schluck von ihrer Cola. «Er war nicht mit dem eigenen Wagen dort. Er hätte also heimlich ein anderes Fahrzeug ausleihen müssen.»

Lisa ließ nicht locker. «Wäre natürlich das perfekte Alibi.»

Tom winkte ab. «Wir bekommen später noch Fotos von der Feier. Dann können wir die Zeitstempel überprüfen. Bis dahin konzentrieren wir uns auf Wendt.»

«Aber der brennt doch nicht sein eigenes Haus nieder», protestierte Paul.

«Vielleicht wollte er die Schwestern bloß mit einem kleinen Feuer erschrecken», meinte Dennis. «Und dann ist es außer Kontrolle geraten.»

«Das wäre aber extrem leichtsinnig gewesen. Zumal das Haus komplett aus Holz war.» Björn schnappte sich ein Käsebrötchen. «Außerdem braucht man für ein kleines Feuer keine zwei Kanister.»

«Was, wenn es ihm nie wirklich um das Haus ging», überlegte Mascha laut.

Tom sah sie an. «Wie meinst du das?»

«Mal angenommen, Wendt hat Kublank ermordet …»

«Du glaubst doch nicht, dass dieser gelackte Typ Kublanks Komplize war?», unterbrach Paul sie.

«Lass sie ausreden», bat Tom. Zwar konnte er sich ebenfalls nicht vorstellen, dass Wendt und Kublank sich kannten, aber Mascha besaß die Fähigkeit, Verbindungen zu erkennen, wo andere nur Chaos sahen.

«Keine Ahnung, was die beiden miteinander zu schaffen hatten», sagte Mascha. «Das müssten wir noch herausfinden. Aber lassen wir das mal außer Acht. Wendt hat Kublank ermordet, der höchstwahrscheinlich nach dem Einbruch in der Pension der Schwestern untergeschlüpft war. Deshalb bekommen die beiden etwas von dem Mord mit. Aber sie zeigen den Täter nicht an, sondern erpressen ihn. Offenbar hatten sie ja Schwierigkeiten, das Haus instand zu halten, das Geld war knapp. Wendt zahlt Schweigegeld, und später kauft er dann die Villa, gesteht den Schwestern jedoch lebenslanges Wohnrecht zu. Das war vielleicht auch eine Form der Schweigegeldzahlung. Ganz legal und offen vor aller Augen.»

«Shit», murmelte Lisa.

«Und jetzt, wo die Leiche von Kublank aufgetaucht ist, wollten die Schwestern vielleicht noch einmal Geld kassieren. Oder Wendt ist nervös geworden, hatte Angst, dass sie ihn doch noch verraten.»

«Und wie passt die Friseurin Iris Hertz da rein?», fragte Dennis skeptisch.

«Keine Ahnung», gab Mascha zu. «Vielleicht eine weitere Mitwisserin.»

Tom klopfte mit dem Kuli auf den Tisch. «Interessante Theorie. Hat was, das muss ich zugeben. Aber es gibt zu viele Leerstellen, zu viele Fakten, die nicht ins Bild passen.»

Lisas Handy vibrierte, sie warf einen Blick aufs Display. «Der Statiker hat die Ruine freigegeben.»

«Endlich», brummte Paul.

«Ich informier meine Kollegen.»

«Tu das», sagte Tom. «Und fahr am besten auch gleich wieder hin. Ich komme nach. Wir sind ja hier fast fertig. Es sei denn, ihr habt noch etwas?» Er blickte fragend zu Björn und Dennis.

«Leider nichts.» Dennis schüttelte den Kopf. «Niemand im Hotel erinnert sich an René Wendt oder Rolf Nowak. Und die Frau, die den Kombi mit dem Kindersitz gesehen hat, konnte auch nicht bestätigen, dass es Wendts Jaguar war.»

«Ich habe auch nichts Neues», sagte Björn. «Die Mitglieder des Kajak-Klubs wussten nichts, das uns irgendwie weiterhilft. Immerhin waren alle sehr kooperativ und haben mir bereitwillig Fingerabdrücke und eine DNA-Probe gegeben. Ist alles schon auf dem Weg ins LKA.»

«Okay», sagte Tom. «Dann bleibt Wendt unsere beste Spur. Auch wenn wir im Augenblick keine Ahnung haben, was ihn mit Kira oder den beiden Toten vom Kliff verbindet. Vielleicht sollten wir Dirk Teschendorf noch mal befragen. Womöglich ist der Anwalt die Verbindung zwischen Kublank und Wendt.»

«Soll ich das übernehmen?», fragte Dennis.

«Mach das. Ich bitte derweil einen Kollegen, ein weiteres Mal mit Kublanks Bruder im Gefängnis zu reden. Ich bin mir sicher, dass das alles irgendwie zusammenhängt. Uns fehlt nur das entscheidende Bindeglied.»

«Was ist mit Janine Kaiser?», fragte Björn.

Tom seufzte. Er glaubte nicht, dass die Buchhändlerin etwas mit ihrem Fall zu tun hatte. Doch er nickte. «Wir dürfen nichts unversucht lassen. Bestell sie aufs Revier. Und zwar möglichst noch heute.»

«Ich mach das sofort.» Björn zog sein Handy hervor.

Tom wollte aufstehen, um sich auf den Weg zu machen, doch Björns erstarrte Miene ließ ihn innehalten.

«Was ist los?»

«Verdammt, ich hätte meine Nachrichten checken sollen.» Björn rieb sich die Stirn. «Aber ich verstehe das nicht.»

«Was verstehst du nicht?», fragte Mascha. «Rede mit uns.»

«Janine Kaiser hat mir um zehn nach zwei heute Nacht eine SMS geschickt.»

«Und?», hakte Mascha nach.

Statt einer Antwort drehte er das Handy um, sodass die anderen die Nachricht lesen konnten.

Bitte kommen Sie zu der alten Villa. Ich brauche Ihre Hilfe.
Janine

Am selben Tag

Björn studierte die Notizen, die er sich bei der Befragung der Klubmitglieder gemacht hatte, aber seine Gedanken wanderten immer wieder zu Janine Kaiser und der rätselhaften Nachricht. Sie hatte versprochen, um vier, wenn ihre Kollegin sie im Laden ablöste, vorbeizukommen. Björn hätte sie am liebsten sofort befragt, aber Tom hatte darauf bestanden, dass die Vernehmung auf dem Revier stattfand. Während ihres kurzen Telefonats hatte Janine die Nachricht mit keinem Wort erwähnt. Möglicherweise war sie wieder schlafgewandelt und erinnerte sich gar nicht daran.

Björn rief sich zur Ordnung. Er würde seine Antworten bekommen, und bis dahin musste er sich auf die Zeugenaussagen konzentrieren, auch wenn es ihm schwerfiel. Er war allein in Toms Büro. Paul saß an seinem eigenen Schreibtisch und tippte das Protokoll der Befragung von Rolf Nowak, Dennis war unterwegs zu Dirk Teschendorf. Tom und Mascha waren mit Lisa zur Brandruine gefahren.

Der Fall wurde immer verworrener. Die beiden Toten, die an derselben Stelle auf dem Kliff verscharrt wurden, obwohl sie sich höchstwahrscheinlich nie im Leben begegnet waren, die CD mit den Neonazi-Fotos, der Richter, der mit den Bildern erpresst worden war, die beiden alten Damen, die den toten Einbrecher beherbergt hatten und die nun selbst Opfer eines

Mordanschlags geworden waren, und ihre Kollegin Kira, die irgendwer erst wochenlang gefangen gehalten und dann umgebracht hatte. Hing das alles zusammen, oder suchten sie mehr als einen Täter?

Die Tür wurde aufgestoßen, erschrocken blickte Björn auf.

«Hey, Sie können da nicht einfach reinplatzen!» Babyface hielt die Frau am Arm fest.

Irgendwie kam sie Björn bekannt vor, aber er erinnerte sich nicht, wo er sie schon einmal gesehen hatte.

«Ist Engelhardt nicht da?», fragte sie.

Björn stand auf, obwohl sein Bein protestierte. «Vielleicht kann ich Ihnen helfen, Frau …?»

«Kumar. Dayita Kumar.»

Die Journalistin, richtig. Björn seufzte innerlich. «Wenn Sie Informationen wollen, müssen Sie sich …»

«Ich will nichts von Ihnen, im Gegenteil, ich habe etwas für Sie. Allerdings nur für Herrn Engelhardt persönlich.»

«Der ist leider nicht da, wie Sie sehen. Geben Sie es doch meinem Kollegen.» Er nickte Babyface zu. «Er wird dafür sorgen, dass Herr Engelhardt es erhält.»

Die Journalistin kniff die Augen zusammen. «Sie sind doch dieser Polizist aus Teterow.»

«Björn André.»

Sie überlegte kurz. «Dann kann ich es auch Ihnen geben.» Sie wandte sich an Babyface. «Lassen Sie uns bitte allein.»

Der Streifenkollege sah fragend zu Björn.

«Schon okay.»

Als Babyface die Tür geschlossen hatte, zog Kumar einen Umschlag aus der Handtasche. «Tom Engelhardt ist bestimmt bei der abgebrannten Villa», sagte sie. «Schreckliche Sache. Wenn ich geahnt hätte …»

Björn horchte auf. «Wenn Sie was geahnt hätten?»

Sie wedelte mit dem Umschlag. «Vielleicht sollten Sie Handschuhe anziehen. Und Sie müssen mir versprechen, dass Sie ihn Tom Engelhardt persönlich übergeben.»

«Was ist das?»

«Ein anonymer Brief, der vor einigen Tagen in der Redaktion eintraf.»

Rasch streifte Björn Handschuhe über, nahm den Brief aus dem Umschlag und überflog ihn. «Was für ein Schwachsinn. Da hat jemand zu viel Fantasie. Sie nehmen das doch wohl nicht ernst, oder?»

«Das habe ich nicht getan. Bis jemand die Villa in Brand gesteckt hat.»

«Ich fürchte, ich verstehe nicht, Frau Kumar.» Björn verlagerte das Gewicht auf das gesunde Bein. Er hätte sich gern gesetzt, aber er wollte die Journalistin nicht dazu ermutigen, länger als nötig zu bleiben.

«Ich habe Ermittlungen angestellt und herausgefunden, wer den Brief geschrieben hat.» Kumar sah ihn triumphierend an. «Agnes Bülow.»

«Grundgütiger», stieß Björn hervor. «Sind Sie sicher?»

«So sicher, wie ich sein kann ohne Fingerabdrücke und Schriftvergleich. Jedenfalls war ich gestern da, um Agnes Bülow mit meinem Verdacht zu konfrontieren, und in derselben Nacht zündet jemand das Haus an. Das kann doch kein Zufall sein.»

Björn war nicht überzeugt, aber merkwürdig war die Sache auf jeden Fall. «Sie glauben doch nicht, dass dieser ominöse Gesetzeshüter, der angeblich keine weiße Weste hat, der Brandstifter ist?»

«Können Sie es ausschließen?»

Björn überlegte. «Was hat Agnes Bülow denn gesagt, als Sie sie auf den Brief angesprochen haben?»

«Gar nichts. Konnte sie auch nicht, weil ihre Schwester sie nicht gelassen hat. Ich durfte nicht mal das Haus betreten.»

Das war in der Tat interessant.

«Warum war die alte Dame denn so abweisend?»

«Keine Ahnung.»

«Okay», sagte Björn. «Ich werde Kommissar Engelhardt informieren. Sicherlich will er auch noch mal mit Ihnen reden, also halten Sie sich zu unserer Verfügung.»

Als die Journalistin sich verabschiedet hatte, kehrte Björn zurück an den Tisch und betrachtete nachdenklich den Umschlag mit der leicht zittrig geschriebenen Anschrift. Was in aller Welt hatte das nun wieder zu bedeuten?

Am selben Tag

Außer dem Statiker, der gerade zusammenpackte, waren nur ein Streifenkollege aus Zingst, der an der Zufahrt Wache hielt, sowie ein Kriminaltechniker an der ausgebrannten Ruine.

Auch jetzt, wo er zum zweiten Mal hier war, deprimierte Tom der Anblick der vollkommen zerstörten Villa. Ein Haus war für ihn ein Symbol von Sicherheit und Geborgenheit. Die kümmerlichen Überreste führten ihm schmerzhaft vor Augen, wie naiv dieses Bild war. Aber er bemühte sich um professionelle Distanz.

Als sie ausstiegen, winkte der Statiker ihnen zum Abschied und knallte die Kofferraumklappe zu. Tom grüßte zurück und wandte sich der Villa zu, wo der Kriminaltechniker vor ein paar verkohlten Balken hockte, die beim Einsturz kreuz und quer übereinandergefallen waren. Er leuchtete mit einer Taschenlampe in den Hohlraum, dann stand er auf und drehte sich zu ihnen um.

«Ihr kommt genau richtig, ich brauche Hilfe.»

Rasch schlüpften Tom, Lisa und Mascha in Schutzanzüge und näherten sich der Ruine. Scherben knirschten unter Toms Schuhen, als er vorsichtig über den Schutt stieg. Der bittere Brandgeruch stach unangenehm in der Nase.

«Hier liegt was, ich kann es aber nicht richtig erkennen», sagte der Techniker.

Lisa ging neben ihm in die Hocke und ließ sich die Lampe reichen. «Oh shit», murmelte sie.

«Denkst du, was ich denke?», fragte ihr Kollege.

«Ich hoffe, wir irren uns.» Sie erhob sich. «Wir müssen die Balken vorsichtig wegheben.»

«Der Brandsachverständige wird nicht begeistert sein, wenn wir hier umräumen», wandte ihr Kollege ein.

«Das ist mir egal. Hast du Fotos gemacht?»

«Klar, aber trotzdem …»

«Was ist denn los?», fragte Tom irritiert.

«Wirst du gleich sehen.» Lisa bückte sich nach einem Balken. «Packst du mal mit an? Aber vorsichtig, damit wir nicht den gesamten Haufen ins Rutschen bringen.»

Zu viert hievten sie behutsam Balken für Balken zur Seite. Als Mascha und der Kriminaltechniker schließlich eine rauchgeschwärzte Tür wegschoben, erkannte Tom, was die beiden Kollegen entdeckt hatten. Sein Magen drehte sich um.

Mascha keuchte entsetzt auf. «Scheiße», stieß sie hervor. «Scheiße, scheiße.»

Nur Lisas Kollege blieb cool. «Na, wen haben wir denn da?», meinte er trocken.

Tom wusste nicht, ob er die Kaltschnäuzigkeit des Technikers bewundern oder verachten sollte. Ihm jedenfalls war nicht nach Scherzen zumute. Beklommen starrte er auf das bis zur Unkenntlichkeit verkohlte Etwas, das einmal ein Mensch gewesen war.

Am selben Tag

Ungläubig betrachtete Janine das Foto. Es zeigte ihren Sohn vor der Schule, den Rucksack lässig über eine Schulter gehängt. Die Person, die das Bild aufgenommen hatte, musste hinter einem Baum gestanden haben, denn ein Teil des Stamms war verschwommen im Vordergrund zu sehen.

Das Foto war erst kürzlich gemacht worden, höchstwahrscheinlich sogar heute, denn die Schneereste auf dem Bürgersteig waren fast verschwunden, und den Fleck auf Torges Jacke hatte Janine gestern erst bemerkt.

Mit zitternden Fingern schaltete sie das Handy aus und warf es auf die Theke. Zum Glück war gerade niemand im Laden. Sie wäre jetzt nicht imstande, irgendwem etwas über Bücher zu erzählen.

Sie wusste genau, wer ihr das Foto geschickt hatte, obwohl der Absender anonym war. Und sie wusste auch, was er ihr damit sagen wollte. Es war eine Warnung.

Janine stöhnte, doch es klang mehr wie ein Schluchzen. In einer Stunde musste sie der Polizei Rede und Antwort stehen. Was sollte sie denen sagen?

Sie würde abstreiten, irgendwas mit dem Feuer zu tun zu haben. Sie war in der vergangenen Nacht nicht draußen gewesen, ganz bestimmt nicht. Ihre Schuhe waren sauber und trocken gewesen, die Tracking-App hatte nichts angezeigt, und der Wohnungsschlüssel hatte in seinem Versteck gelegen.

Natürlich war es theoretisch möglich, dass sie das Handy daheimgelassen hatte. Und dass sie mit Torges Schlüssel nach draußen gelangt war. Aber selbst wenn, warum hätte sie die alte Villa in Brand stecken sollen? Und wie?

Wieder gab ihr Handy Laut. Eine weitere Nachricht. Janine wimmerte leise. Sie wollte gar nicht nachsehen. Aber sie musste. Sie war so nervös, dass sie sich beim Eingeben der PIN vertippte. Erst beim zweiten Versuch gelang es ihr.

Die Nachricht war von Solveig. *Komme zehn Minuten später. Okay?*

Janine schluchzte auf vor Erleichterung. Rasch tippte sie eine Antwort. Sie überlegte, ob sie auf dem Revier Bescheid geben sollte, ließ es dann aber. Sie hatte sich für vier Uhr angekündigt, das würde sie schaffen.

Oder sollte sie besser gar nicht hingehen?

Selbst wenn sie nichts verriet, nichts über ihn, nichts über jene Nacht, nichts über den Schlüsselanhänger und ihren schrecklichen Verdacht, was wäre, wenn er von ihrem Besuch auf dem Revier erfuhr? Würde er ihr glauben, dass sie dichtgehalten hatte?

Plötzlich wusste Janine, was sie zu tun hatte. Nämlich das, was sie vor Tagen, nein vor Wochen schon hätte tun sollen. Sollte die Polizei doch denken, was sie wollte. Ihr Job war es, ihren Sohn zu beschützen, alles andere war unwichtig.

Rampe bei Schwerin, am selben Tag

Holger trat ungeduldig von einem Fuß auf den anderen. Oliver Böhm ließ ihn jetzt seit über einer halben Stunde warten. Angeblich eine Telefonkonferenz, doch bestimmt schlürfte er bloß gemütlich Kaffee und spielte seine Macht aus. Sollte er doch.

Vorhin waren Holger kurz Zweifel gekommen, ob er sein Vorhaben wirklich in die Tat umsetzen sollte. Nicht, dass er Skrupel hatte, er fürchtete bloß, seine Eltern könnten davon erfahren. Sosehr sie ansonsten hinter ihm standen, das, was er vorhatte, würden sie mit Sicherheit nicht billigen. Es handelte sich um eine Familienangelegenheit, und die hatte gefälligst in der Familie zu bleiben.

Holger sah das nicht so. Außerdem hatte Mascha es nicht besser verdient. Nachdem sie ihn so hinterhältig ans Messer geliefert hatte, musste er ihr klarmachen, dass sie sich besser nicht mit ihm anlegte.

Die Tür öffnete sich, und Oliver Böhm persönlich bat ihn herein.

«KHK Dietrich, ich gebe zu, ich war überrascht, als meine Sekretärin Sie angekündigt hat.»

Das konnte Holger sich denken. Böhm und er waren sich bisher nur einmal kurz begegnet, bei einer Razzia in Greifswald im vergangenen September. Böhm hatte den Einsatz geleitet und so lange gezögert, den Zugriff zu befehlen, dass Holgers Mordverdächtiger sich beinahe vom Acker gemacht hätte. Deshalb hatte Holger seine Leute ohne Absprache in das Objekt geschickt. Alles war gut gelaufen, trotzdem hatte er von seinem Chef eins auf den Deckel gekriegt. Klar doch, die Befehlskette musste eingehalten werden, egal, wie dämlich sich der Einsatzleiter anstellte.

Böhm nahm hinter seinem Schreibtisch Platz und deutete auf den Besucherstuhl. Holger ließ sich Zeit. Er blickte sich im Büro um, das auffallend groß war. Größer sogar als das seines Chefs in Anklam. Eine Wand nahmen massive Regale voller Akten ein, am Fenster stand ein Besprechungstisch aus Glas, um den sechs Stühle aus Stahlrohr und Leder platziert waren, ein Beamer hing an der Decke.

«Ich wollte mit Ihnen über Mascha reden», begann Holger, nachdem er sich lange genug umgeschaut und schließlich gesetzt hatte.

«Mascha?» Sichtlich irritiert starrte Böhm Holger an. «Was soll das heißen? Wovon in aller Welt reden Sie?»

Holger lächelte breit. «Ich habe gehört, dass Mascha nun eine feste Stelle hier im LKA hat. Ist das korrekt?»

Böhm faltete die Hände auf dem Schreibtisch. «Ich wüsste nicht, was Sie das anginge, Herr Dietrich.»

«Ich schätze mal, Sie wissen so einiges nicht, Herr Böhm.»

Maschas Chef betrachtete ihn abschätzend. «Strapazieren Sie meine Geduld nicht und kommen Sie endlich zur Sache.»

«Mit dem allergrößten Vergnügen.» Holger lehnte sich im Stuhl zurück. «Ich müsste allerdings etwas weiter ausholen. Das macht Ihnen doch nichts, oder?»

Sellnitz, am selben Tag

Björn blickte auf die Uhr. Schon zehn nach vier. Gut möglich, dass Janine Kaiser im Buchladen länger brauchte. Aber Björn hatte ein ungutes Gefühl. Zumal Tom gerade im Revier angerufen hatte, um ihnen mitzuteilen, dass an der Brandstätte eine zweite Leiche gefunden worden war. Wenn Janine gestern Nacht etwas gesehen und der Täter irgendwie davon erfahren hatte, schwebte sie in Gefahr. René Wendt – oder wer auch immer das Feuer gelegt hatte – hatte bereits zwei Menschen getötet, er würde höchstwahrscheinlich nicht davor zurückschrecken, weitere Morde zu begehen, um sich zu schützen.

Björn griff nach dem Handy und rief Janines Nummer auf. Doch er erreichte nur die Mailbox.

Dennis blickte von der Tastatur auf. Er war zurück von seinem Besuch bei Teschendorf. Die erneute Befragung des Anwalts hatte nichts gebracht.

«Die Buchhändlerin?», fragte er.

«Sie ist überfällig. Und sie geht nicht ans Telefon.»

«Nicht gut.»

«Sehe ich genauso.» Björn erhob sich. «Ich fahre zur Buchhandlung.»

«Ich komme mit.» Dennis erhob sich.

Björn wäre gern allein gefahren, aber er protestierte nicht. Sollte Janine wirklich in Gefahr sein, wäre es gut, wenn er einen Kollegen dabeihatte, vor allem einen, der schnell auf den Beinen war und nicht wie ein alter Mann durch die Gegend humpelte.

Fünf Minuten später hielten sie vor der Buchhandlung. Dennis sprang rein und kam schon nach wenigen Augenblicken wieder heraus. «Die Angestellte sagt, dass ihre Chefin vor etwa einer halben Stunde aufgebrochen ist.»

«Unmöglich», murmelte Björn.

«Vielleicht hatte sie nie vor, aufs Revier zu kommen.»

«Das glaube ich nicht.»

Dennis sah Björn von der Seite an. «Wie gut kennst du die Frau eigentlich?»

«Was unterstellst du mir da?», fuhr Björn ihn an.

«Schon gut. Reg dich ab.» Der Kollege hob die Hände. «Ich meine ja nur, weil du dir anscheinend so sicher bist, dass sie nicht die Biege gemacht hat.»

Björn seufzte. «Im Grunde kenne ich sie überhaupt nicht. Ich glaube aber nicht, dass sie die Täterin ist. Eher eine Zeugin oder Mitwisserin.»

«Dann schauen wir mal bei ihr zu Hause vorbei. Vielleicht gibt es ja einen harmlosen Grund dafür, dass sie nicht zur Befragung erschienen ist.»

Als sie kurz darauf in die Straße bogen, in der die Buchhändlerin lebte, stockte Björn der Atem. Janine Kaiser stand an ihrem Wagen und hievte gerade eine schwere Tasche in den Kofferraum.

«Ich schätze mal, da will jemand nicht mit uns reden», murmelte Dennis. «Ich laufe hin, schneid du ihr den Weg ab, wenn sie zu Fuß flüchten will.»

Björn nickte bloß. Er fühlte sich doppelt beschämt. Zum einen, weil er die Frau offenbar vollkommen falsch eingeschätzt hatte, zum anderen, weil er nicht einmal in der Lage wäre, ihr hinterherzulaufen, wenn sie vor ihm wegrannte.

Er musste daran denken, wie er im vergangenen Herbst einen Täter hatte entkommen lassen, weil sein Bein ihn im entscheidenden Augenblick im Stich gelassen hatte. Dass Dennis sein Handicap nicht erwähnte, machte es noch schlimmer. Er fühlte sich schmerzhaft unzulänglich, als Mann und als Polizist.

Dennis rollte langsam näher, lenkte den Wagen in eine Lücke und stieg aus. Björn folgte ihm so schnell es ging und beobachtete dabei das Geschehen aus einigen Metern Entfernung.

Janine Kaiser schlug gerade die Kofferraumklappe zu, als Dennis sie ansprach.

Sie fuhr herum, starrte ihn entsetzt an.

Björn konnte nicht hören, was sein Kollege sagte, doch er sah, wie Kaisers Gesicht sich verzog, als hätte sie Schmerzen. Sie machte keine Anstalten zu fliehen, sondern taumelte einen Schritt rückwärts und prallte gegen das Fahrzeug. Dann brach sie schluchzend auf dem Boden zusammen.

Am selben Tag

Inzwischen waren drei weitere Kriminaltechniker an die Brandstätte zurückgekehrt. Und auch Lars Ostendorf, der Brandsachverständige, war wieder da. Gemeinsam sicherten sie Spuren und versuchten herauszufinden, wie es zu dem Feuer gekommen war.

Der Fund der zweiten Leiche machte Brandstiftung noch wahrscheinlicher. Zwar bestand die Möglichkeit, dass es sich um einen harmlosen Besucher handelte, das glaubte Tom jedoch nicht. Vor allem nicht zu so später Stunde.

Der Tote lag noch immer an der Stelle, wo er gefunden worden war. Ostendorf untersuchte gerade den Leichnam und die nähere Umgebung auf Spuren eines Brandbeschleunigers. Es konnte noch dauern, bis erste Ergebnisse da waren, doch Tom hoffte zumindest auf einen Hinweis auf die Identität des Unbekannten.

Der Sachverständige winkte ihn herbei und hielt ihm einen Beweisbeutel hin, in dem ein verkohltes Handy lag.

«Vielleicht lässt sich herausfinden, wem das gehört.»

Tom betrachtete das Gerät, von dem weder die Farbe noch die Marke zu erkennen waren. Hoffentlich ließen sich noch Daten retten.

«Danke», sagte er. «Das nehme ich mit aufs Revier.»

Auf dem Weg zum Wagen bekam er einen Anruf. Streifenkollegen hatten auf einem Wanderparkplatz in der Nähe einen schwarzen Jaguar XF Sportbrake entdeckt, zugelassen auf René Wendt.

Tom blickte zurück zu der verkohlten Ruine. Dann war es wohl wirklich der Besitzer der Villa gewesen, der sich nachts aufs Grundstück geschlichen und das Feuer gelegt hatte. Und es war höchstwahrscheinlich auch seine Leiche, die sie in den Trümmern entdeckt hatten. Sonst würde der Wagen nicht noch immer auf dem Parkplatz stehen.

Tom hatte das schon vermutet, aber er verstand es nicht. Warum hätte Wendt sein eigenes Haus in Brand stecken sollen, nur um die beiden Bewohnerinnen loszuwerden? So hatte er doch nichts mehr von seinem Besitz. Es sei denn, er hatte von Anfang an vorgehabt, die Villa abzureißen und teure Ferienapartments auf dem Grundstück zu bauen. Aber hätte er den Frauen dann lebenslanges Wohnrecht zugestanden?

Und was war mit der rührseligen Familiengeschichte? Sie hatten seine Behauptungen nicht überprüft. Womöglich gab es diesen Urgroßvater, der die Villa vor über hundert Jahren erbaut hatte, überhaupt nicht. So oder so konnte Tom sich René Wendts Verhalten nicht erklären.

Er schloss den Wagen auf. Vielleicht lag ja auch Mascha richtig mit ihrer Vermutung. Aber das würde bedeuten, dass Wendt den Einbrecher Walter Kublank und womöglich auch Iris Hertz ermordet hatte und dass die beiden alten Damen davon gewusst hatten.

Tom setzte sich hinter das Steuer und steckte den Schlüssel ins Zündschloss. Wirklich stimmig kam ihm die Hypothese nicht vor. Warum sollte jemand wie Wendt für die Beute aus einem Einbruch zwei Morde begehen? Da musste es noch etwas geben, von dem sie nichts wussten. Das fehlende Puzzleteil, das alles erklärte.

Bisher hatten sie den Hintergrund des Hausbesitzers nur oberflächlich geprüft. Der Mann hatte keine Vorstrafen und führte ein ruhiges Familienleben in Lübeck. Tiefer zu graben, war ihnen nicht notwendig erschienen. Schließlich war es ja bei Wendt nur um Sachbeschädigung in einer der vielen Immobilien gegangen, die ihm gehörten. Einen Zusammenhang mit ihren Ermittlungen hatten sie nicht gesehen. Genau genommen sah Tom den noch immer nicht.

Aber es musste ihn geben. Anders ließen sich die Ereignisse nicht erklären. Sie mussten den Fall noch einmal ganz von vorne aufrollen. Und sie mussten bei der alten Villa beginnen. Hier, wo Walter Kublank nach dem Einbruch höchstwahrscheinlich unter falschem Namen untergeschlüpft war, musste der Schlüssel zur Lösung des Falls liegen. Das Problem war, dass die beiden einzigen Menschen, die mehr darüber zu wissen schienen, keine zuverlässigen Zeugen waren. Agnes Bülow war dement, und Janine Kaiser litt unter einer rätselhaften Störung, die, so Toms Eindruck, offenbar auch mit Wahnvorstellungen einherging. Wie sollten sie da jemals Licht ins Dunkel bringen?

Am selben Tag

Mascha betrachtete die Frau interessiert, die ihr am Besprechungstisch gegenübersaß. Tom hatte entschieden, dass Dennis und sie Janine Kaiser vernehmen sollten, womit Björn gar nicht einverstanden gewesen war.

Doch Mascha verstand, was Tom bezweckte. Er wollte ihre offenkundige Angst ausnutzen, um sie zum Reden zu bringen. In Björns Gegenwart würde sie sich womöglich zu sicher fühlen.

Sie hatten ihr Kaffee und Wasser hingestellt, doch bislang hatte sie beides nicht angerührt. Da sie die Frau derzeit noch als Zeugin und nicht als Beschuldigte vernahmen, waren sie nur zu dritt. Sollte sich daran im Laufe des Gesprächs etwas ändern, würden sie Janine Kaiser belehren und darauf hinweisen müssen, dass sie einen Anwalt hinzuziehen durfte.

Dazu mussten sie es aber erst mal schaffen, ihr überhaupt ein paar Worte zu entlocken. Bislang hatte sie bloß ihren Namen und ihren Wohnort für die Aufnahme genannt.

«Frau Kaiser», versuchte Mascha es erneut. «Was ist mit der Nachricht, die Sie gestern an meinen Kollegen Björn André geschickt haben. ‹Bitte kommen Sie zu der alten Villa. Ich brauche Ihre Hilfe.›»

Die Frau verschränkte die Arme und starrte wortlos auf den Tisch.

«Die SMS kam von einem Prepaid-Handy», fuhr Mascha fort. «Gut möglich, dass Sie es gar nicht waren. Haben Sie vielleicht einen Verdacht, wer in Ihrem Namen Nachrichten verschicken würde? Haben Sie jemandem erzählt, dass Sie beim Schlafwandeln an der Villa vorbeigekommen sind?»

Mascha sprach absichtlich nur von Schlafwandeln, in der Hoffnung, dass die Frau sich so nicht als verrückt abgestempelt fühlte. Doch es funktionierte nicht. Janine Kaiser schwieg hartnäckig.

«Als wir Sie zu Hause aufgesucht haben, waren Sie gerade dabei, eine Reisetasche in Ihrem Auto zu verstauen», schaltete Dennis sich ein. Sie hatten ausgemacht, dass er den Bad Cop spielte. «Warum wollten Sie abhauen?»

Janine Kaiser schüttelte stumm den Kopf.

«Sie wollten also nicht untertauchen?», hakte Dennis sofort nach. Er zog ein Päckchen Zigaretten hervor und legte es vor sich auf den Tisch. «Warum dann die Tasche? Erzählen Sie nicht, dass Sie spontan verreisen wollten. Sie haben ein Geschäft, um das Sie sich kümmern müssen. Und einen Sohn.»

Bei der Erwähnung ihres Sohns zuckte Kaiser sichtlich zusammen.

«Torge ist bei seinem Freund», sagte Mascha sanft. «Es geht ihm gut.»

Janine Kaiser biss sich auf die Unterlippe. Mascha sah, dass sie mit den Tränen kämpfte, und war sich plötzlich sicher, dass sie unter vier Augen mehr aus ihr herausbekommen würde. Aber Dennis würde sich bestimmt nicht einfach rausschicken lassen. Zumal Tom es ja so angeordnet hatte.

«Sie machen sich Sorgen um ihn», sagte sie. «Warum? Ist er in Gefahr?»

Es war ein Schuss ins Blaue, doch Janines Reaktion verriet ihr, dass sie getroffen hatte. Sie beugte sich vor. «Werden Sie bedroht, Frau Kaiser?»

Die Frau schüttelte den Kopf, aber Mascha glaubte ihr nicht. «Wenn wir Ihnen helfen sollen, müssen Sie uns vertrauen», sagte sie. «Ich glaube nicht, dass Sie etwas mit dem Brandanschlag zu tun haben. Es gibt einen anderen Grund dafür, dass Sie bei der Villa waren. Haben Sie etwas beobachtet? Wissen Sie, wer das Feuer gelegt hat?»

«Nein, ich weiß gar nichts!»

Mascha tauschte einen raschen Blick mit Dennis. «Dann sagen Sie uns, weshalb Sie wegfahren wollten.»

«Das geht Sie nichts an.»

«Ich fürchte, das geht uns sehr wohl etwas an, Frau Kaiser.» Dennis drehte das Zigarettenpäckchen auf dem Tisch. «Ich weiß nicht, ob Ihnen klar ist, in welcher Situation Sie stecken. Sie haben zugegeben, mehrmals nachts an der Villa der Bülow-Schwestern gewesen zu sein, und gestern hat irgendwer in Ihrem Namen eine Nachricht von dort an unseren Kollegen geschickt.» Dennis ließ das Zigarettenpäckchen los und beugte sich über den Tisch. «Eine Stunde vor dem Brandanschlag, wohlgemerkt. Sie wissen, was das bedeutet?»

Mascha schluckte. Dennis hatte recht, aber wenn er weiter in diese Richtung fragte, mussten sie die Buchhändlerin offiziell als Beschuldigte vernehmen.

«Ich war gestern Nacht nicht draußen!» Janine Kaiser knetete ihre Finger. «Sie können meine Tracking-App überprüfen.» Sie zog ihr Handy hervor, entsperrte es und legte es auf den Tisch.

Mascha öffnete die App und checkte die Daten. Dann reichte sie das Telefon an ihren Kollegen weiter.

«Das bedeutet bloß, dass das Telefon gestern Nacht in Ihrem

Haus war», sagte er nach einem kurzen Blick auf das Display. «Es verrät uns nicht, wo Sie waren.»

«Ich hatte die Tür abgeschlossen und den Schlüssel versteckt. Torge kann das bezeugen!»

«Ich glaube Ihnen ja», sagte Mascha. «Aber ich glaube Ihnen nicht, dass Sie keine Ahnung haben, wer die SMS in Ihrem Namen verschickt hat.»

«Habe ich aber nicht.» Die Buchhändlerin mied ihren Blick.

Mascha seufzte innerlich. Sie drehten sich im Kreis. Janine Kaiser hatte Angst, mit Ihnen zu reden. Aber warum?

Mascha wollte es gerade noch einmal auf einem anderen Weg versuchen, als ihr Handy klingelte. Es war Tom.

«Und? Was sagt sie?»

«Nichts.»

«Vielleicht ändert sich das, wenn wir uns bei ihr umgeschaut haben. Der Beschluss ist gerade gekommen. Für ihre Wohnung und ihren Wagen. Nicht für die Buchhandlung. Ich schicke Björn und Paul hin.»

«Alles klar. Was Neues zu dem zweiten Toten?»

«Noch nicht.»

«Okay.» Mascha legte auf und wandte sich an die Buchhändlerin. «Wir werden uns jetzt ein wenig bei Ihnen zu Hause umsehen. Wir haben einen Durchsuchungsbeschluss.»

Kaiser sah sie erschrocken an. «Auch für den Laden?»

«Beunruhigt Sie das?», fragte Dennis. «Was werden wir denn in dem Laden finden?»

«Nichts! Es ist nur wegen der Kunden.» Janine Kaiser wandte sich an Mascha. «Sellnitz ist ein kleiner Ort. Wenn sich herumspricht, dass die Polizei bei mir war, bleiben die Leute weg. Das können Sie mir nicht antun!»

Am selben Abend

Leise schlich Tom die Treppe hinunter. Romy hatte erst nicht ins Bett gewollt und dann lange nicht einschlafen können, aber jetzt war endlich Ruhe eingekehrt. Ruhe, die Tom dringend brauchte, um nach den Ereignissen des Tages runterzukommen.

Er würde sich auch bald hinlegen, er konnte sich kaum noch aufrecht halten. Schließlich war er seit halb vier auf den Beinen. Aber ein paar Minuten wollte er noch mit Mascha zusammensitzen und hoffentlich auf andere Gedanken kommen.

Als er die Küche betrat, wurde ihm jedoch sofort klar, dass Mascha nicht der Sinn nach abschalten stand. Sie saß am Tisch, vor ihr lagen die Teile des verkohlten Handys ausgebreitet, das sie bei dem Toten gefunden hatten. Morgen früh würden sie das Gerät ins LKA schicken, aber bis dahin wollte Mascha selbst ihr Glück versuchen.

«Und?», fragte Tom. «Was rausgefunden?»

«Der interne Speicher ist hinüber», antwortete sie, ohne aufzublicken. «Aber ich konnte einige Daten auf der SD-Karte wiederherstellen.» Sie deutete mit ihrem behandschuhten Finger auf den Laptopmonitor. «Sieh dir das an.»

Gähnend ließ Tom sich neben ihr nieder. Selbst die Aussicht auf eine spannende Information ließ ihn nicht wacher werden. Seine letzten Energiereserven für heute waren aufgebraucht.

Auf dem Bildschirm war ein verpixeltes Foto einer Familie

zu sehen. Vater, Mutter und ein Kind, etwas jünger als Romy, mit einem Ball in den Händen.

«Erkennst du ihn?», fragte Mascha.

Tom beugte sich vor. «Ist das René Wendt?»

«Ich denke schon, aber du kennst ihn besser als ich.»

Tom zwang sich, noch einmal genau hinzuschauen. «Doch, du hast recht, das ist er. Ich bin nur so unfassbar kaputt, dass ich kaum noch die Augen offen halten kann.»

«Dann leg dich ins Bett.»

Tom gähnte wieder. «Bist du nicht müde? Du bist doch beinahe genauso lange auf wie ich.»

«Ich wollte nur noch unbedingt herausfinden, wem das Handy gehört.»

Tom nickte. «Wir müssen seine Familie informieren, aber das kann bis morgen warten. Dann gibt es vielleicht auch schon eine Bestätigung aus der Rechtsmedizin.» Er blickte auf die Uhr. «Die Hausdurchsuchung müsste auch längst erledigt sein. Ich rufe Paul an, und dann putze ich mir die Zähne.»

Paul sollte die Operation koordinieren und Bescheid geben, falls sich etwas Interessantes ergab. Das war offenbar nicht der Fall, sonst hätte er sich gemeldet, aber Tom wollte trotzdem kurz mit ihm reden. Er griff nach seinem Handy und drückte die Kurzwahltaste.

«Na», sagte er, als der Kollege sich meldete. «Wie sieht es aus?»

«Leider haben wir absolut nichts gefunden. Bis auf eine Kleinigkeit.»

«Was?»

«Im Nachttisch war ein Zettel mit einer Skizze. Wenn ich die richtig deute, ist darauf die Lage der Villa im Wald verzeichnet.»

«Sehr merkwürdig. Sonst nichts?»

«Leider nein.»

«Okay. Danke dir. Mach Feierabend, morgen wird wahrscheinlich wieder ein langer Tag.»

Tom legte auf und erzählte Mascha von dem Zettel. «Die Frau ist mir ein Rätsel», fügte er hinzu. «Ich verstehe nicht, welche Rolle sie in der Geschichte spielt.»

«Jedenfalls hat Björn einen verdammt guten Instinkt», sagte Mascha, während sie die Teile des Handys zurück in den Beweisbeutel packte und sich die Handschuhe auszog. «Er hat von Anfang an gesagt, dass mit Janine Kaiser etwas nicht stimmt.»

Am selben Abend

Oben in der Wohnung ist alles dunkel, sicherlich schläft sie längst. Gut so, das macht es mir leichter. Und Polizeibewachung gibt es anscheinend auch nicht. Anders als bei Agnes Bülow im Krankenhaus. An die komme ich vorerst nicht ran. Zum Glück ist sie so verwirrt, dass niemand sie ernst nimmt.

Trotzdem ärgerlich, dass sie es herausgeschafft hat. Und dass die Feuerwehr so schnell alarmiert wurde. Da blieb mir keine Zeit, mich um sie zu kümmern. Jetzt muss ich mir etwas Neues überlegen. Aber zuerst ist Janine dran.

Ich sehe mich nach beiden Seiten um, bevor ich an die Haustür trete. Das Schloss ist kein Hindernis für mich. Ich brauche gerade mal zwanzig Sekunden, bis es leise klickt und ich ins Treppenhaus trete. Unten wohnt ein alter Mann, um den muss ich mir keine Gedanken machen. Ich schleiche die Stufen hinauf, bleibe vor der Wohnungstür stehen und horche. Nichts zu hören.

Der Junge ist nicht da, das weiß ich. Er übernachtet bei seinem Freund. Vielleicht kann ich ja irgendwann mal Kontakt aufnehmen, in ein paar Jahren, wenn Gras über die Sache gewachsen ist.

Ich zücke wieder meinen Elektropick. Der Motor surrt kaum hörbar, dann gibt das Schloss nach. Lautlos öffne ich die Tür. Nichts rührt sich.

Ich trete ein, schließe die Tür hinter mir. Nachdem ich eine Minute gewartet und mich auf die Dunkelheit eingestellt habe, nehme ich vorsichtig den Rucksack ab.

Ich habe lange überlegt, wie ich es anstellen soll, und mich schließlich für einen Selbstmord in der Badewanne entschieden. Ein bisschen Codein, um die Schmerzen zu betäuben und die Angst zu nehmen, dann die Pulsadern aufschneiden. Ein Klassiker. Und kaum überraschend, wenn man den psychischen Zustand der armen Frau bedenkt. Womöglich war sie nicht nur labil, sondern zudem noch von Schuldgefühlen geplagt. Denn offenbar hatte sie irgendetwas mit dem Feuer zu tun, bei dem zwei Menschen zu Tode kamen.

Im Grunde tue ich ihr also einen Gefallen. Ich helfe ihr, die Konsequenzen ihres Handelns zu tragen und ihrer elenden Existenz ein Ende zu bereiten. Und für ihren Sohn ist es auch besser.

Wichtig ist nur, dass keinerlei Zweifel an ihrem Suizid aufkommen. Deshalb darf ich Janine nicht zu hart anfassen. Ich muss sie dazu bringen, die Tabletten freiwillig zu schlucken und selbst in die Wanne zu steigen. Ein kleiner Hinweis auf den Jungen wird sicher hilfreich sein.

Ich checke kurz die untere Etage, finde jedoch nichts Auffälliges. Das Schlafzimmer liegt oben. Lautlos mache ich mich an den Aufstieg.

Am selben Abend

Janine schreckte aus dem Schlaf hoch. War da jemand vor ihrer Tür? Sie horchte, doch alles wirkte still.

Bestimmt hatte sie bloß schlecht geträumt, wie so oft in letzter Zeit. Sie erinnerte sich vage an einen Wald, an die Rücklichter eines Wagens und an zwei Gestalten, die auf dem Kliff ein Loch gruben. Hatte sie davon nicht schon mal geträumt?

Janine ließ sich zurück ins Kissen sinken und schloss die Augen. Doch sofort waren die Bilder ihres Traums wieder da. Aus irgendeinem Grund machten sie ihr Angst. Mehr noch, da war etwas, an das sie sich erinnern sollte. Aber es gelang ihr nicht.

Sie drehte sich auf die Seite, versuchte an etwas Schönes zu denken. Ihre Buchhandlung, die sie mit so viel Liebe eingerichtet hatte. Torge. Ihr Sohn und ihr ganzer Stolz. Wenn es eins gab, das sie in ihrem Leben richtig gut hinbekommen hatte, dann war er es.

Wo war er eigentlich? Ging es ihm gut? Sie setzte sich erneut auf, überlegte konzentriert. Dann fiel es ihr ein. Ihr Sohn war bei seinem Freund. In Sicherheit.

Jetzt wusste sie auch wieder, warum sie so verwirrt war. Da war eine Ärztin gewesen, die ihr etwas gespritzt hatte zur Beruhigung. Weil das alles zu viel für sie gewesen war. Die Brandstiftung in der Villa und ihre Sorge, sie könnte in der Nacht dort gewesen sein. Auch wenn sie der Polizei gegenüber beteuert hatte, dass das ausgeschlossen war.

Und dann das Foto von Torge. Eine unmissverständliche Drohung. Doch leider wusste sie nicht, warum er ihr drohte. Nicht genau jedenfalls. Es musste mit der Nacht vor fünfzehn Jahren zusammenhängen. Doch wie kam er darauf, dass sie damals etwas beobachtet hatte? Sie wusste es ja nicht einmal selbst, hatte keine Ahnung, wie viel Realität in ihren Träumen steckte und wie viel Fantasie.

Das einzig Sichere war, überhaupt nichts zu sagen. Das hatte sie ja auch versucht. Aber die Polizei war so verdammt hartnäckig. Wenn wenigstens der nette Beamte, dieser Björn André, mit ihr geredet hätte. Aber auch ihm hätte sie nichts sagen dürfen.

Im Flur knackte es. Diesmal war es keine Einbildung. Jemand stand vor ihrer Tür. Janine hielt den Atem an.

Mittwoch, 5. Februar

Sellnitz, am Morgen

Obwohl Tom wie ein Stein geschlafen hatte, fühlte er sich gerädert. Die Verantwortung und das Gefühl, versagt zu haben, lasteten schwer auf ihm. Fast ein Monat war vergangen, seit der Sturm die beiden Skelette am Kliff freigelegt hatte, und noch immer hatte er keine Ahnung, wer die beiden getötet hatte. Ganz im Gegenteil. Wenn man den Darß-Ripper mitzählte, der bei der Festnahme Suizid begangen hatte, waren seit dem Fund der Opfer fünf weitere Menschen gestorben, darunter eine Kollegin. Genug Gründe, sich mies zu fühlen.

Tom erhob sich vom Schreibtisch und zog den abschließenden Autopsiebericht zum Mord an Kira aus dem Drucker, bevor er sich zu den Kollegen an den Besprechungstisch setzte. Lisa war nicht dabei, sie hatte heute ihren Termin bei der Therapeutin. Tom hoffte, dass sie später noch dazustoßen würde.

«Kaffee?», fragte Paul, als Tom den Bericht und seine Notizen vor sich ausbreitete.

«Gerne.» Er straffte die Schultern, blickte in die Runde. Keiner im Team wirkte ausgeschlafen. Mascha war blass, Björn hatte dunkle Ringe unter den Augen, und Dennis starrte abwesend auf das Zigarettenpäckchen in seinen Händen.

Tom nahm einen Schluck, bevor er loslegte. «Leute, ich weiß, wie schwer es ist, bei all den Rückschlägen optimistisch zu bleiben, aber wir sollten nicht vergessen, was wir alles schon geschafft haben. Wir haben einen Serienmörder überführt, der dreißig Jahre unentdeckt geblieben ist, wir haben die beiden Skelette identifiziert, herausgefunden, dass sie gar nicht gleichzeitig ermordet wurden, und mögliche Täter und Motive ermittelt. Das ist eine großartige Leistung, vor allem mit einer so kleinen Soko.»

«Warum fühlt es sich dann nicht besser an?», fragte Paul.

«Weil wir eine Kollegin verloren haben. Und gestern noch eine wehrlose alte Frau, deren Gefährdung wir unterschätzt haben. Aber gerade für die beiden müssen wir weiterkämpfen. Also, an die Arbeit!» Tom zog die Ausdrucke zu sich heran. «Gerade kam der Autopsiebericht zu Kira. Es bleibt dabei, dass sie an einem einzelnen Schlag auf den Hinterkopf starb.»

«Dann ging es wenigstens schnell», murmelte Björn.

«Davon dürfen wir ausgehen, ja.» Tom blätterte. «Unter den Nägeln fand sich keine Fremd-DNA, dafür aber Holzsplitter.»

«Das passt zu der Annahme, dass sie versucht hat, sich mit bloßen Händen zu befreien», sagte Mascha.

«Genau.» Tom fand die Stelle im Bericht. «Es handelt sich um Eiche, sehr alt, feucht und morsch.»

«Vielleicht war sie doch in diesem Bootshaus», überlegte Dennis. «Das Holz dort ist mit Sicherheit feucht.»

«Aber das wurde doch nach der Verhaftung des Stalkers gründlich durchsucht», wandte Björn ein.

«Sie könnte erst dort und später woanders eingesperrt gewesen sein.»

«Möglich wäre es», räumte Tom ein. «Aber ich halte es für kein gutes Versteck. Das Risiko, dass jemand vorbeikommt, ist zu groß.»

«Dann also ein Schuppen oder eine Scheune.» Paul trank von seinem Kaffee.

«Oder ein Keller», ergänzte Mascha. «In den älteren Häusern auf dem Darß gibt es höchstwahrscheinlich jede Menge morsche Eichentüren.»

«Da war doch noch die Sache mit dem Lehm an ihrer Kleidung», erinnerte sich Björn.

«Richtig.» Tom sah Paul an. «Hast du dazu was rausgefunden, Duke?»

«Leider nicht. Es gibt keine Infos darüber, wo auf dem Darß Lehm verbaut wurde. Aber ich schätze mal, es muss ein ziemlich altes Gebäude sein.»

Tom durchzuckte ein Gedanke, der so absurd war, dass er kaum wagte, ihn zu Ende zu denken.

«Was ist los?» Mascha sah ihn neugierig an. «Du siehst aus, als hättest du einen Geist gesehen.»

«Wahrscheinlich erklärt ihr mich für verrückt.»

«Lass es drauf angekommen», forderte Paul ihn auf.

«Also gut. Ich musste gerade an die Bülow-Villa denken. Sie ist alt, abgelegen und hat einen großen Keller. Ich war da unten, als die beiden Frauen den Einbruch gemeldet haben, aber nur in zwei Räumen. Es gab weitere Türen, da bin ich sicher. Was, wenn Kira dort gefangen gehalten wurde?»

«Und die alten Damen hatten keine Ahnung davon?» Dennis runzelte die Stirn.

«Nach eigener Aussage sind sie selten runtergegangen. Wozu auch? Jedenfalls wäre das eine Erklärung für die Brandstiftung. Der Täter wollte Spuren beseitigen.»

«Es würde sogar erklären, weshalb Wendt sein eigenes Haus abgefackelt hat», bestätigte Paul. «Lieber das als für Mord lebenslänglich ins Gefängnis wandern.»

«Höchstwahrscheinlich irre ich mich, aber wir werden das überprüfen.» Tom wandte sich an Dennis. «Versuchst du bitte, an alte Baupläne der Villa heranzukommen? Ich gebe der KT Bescheid, dass sie sich den Keller anschauen sollen, sobald der irgendwie zugänglich ist.» Tom spürte, wie die Idee ihm neue Zuversicht schenkte. «Dann lasst uns zum nächsten Punkt kommen. Der Brandsachverständige hat einen vorläufigen Bericht geschickt, samt einer Skizze.» Er nickte Björn zu, der am Beamer saß.

Sekunden später betrachteten sie den Plan, der an die weiße Wand über dem Sideboard geworfen wurde. An der Seite gab es eine Legende, trotzdem dauerte es einen Moment, bis sich die Kreuze und Linien erschlossen.

«Wenn ich das richtig verstehe», sagte Paul, nachdem alle eine Weile schweigend auf die Skizze geschaut hatten, «wurde das Feuer in der Küche gelegt, und als Brandbeschleuniger wurde Benzin verwendet. Der zweite Tote, also vermutlich René Wendt, lag nahe der Hintertür, die jedoch laut Kriminaltechnik zum Zeitpunkt des Feuers abgeschlossen war. Agnes Bülow muss demnach durch die Vordertür nach draußen gelangt sein, also an der Küche vorbei.» Er kratzte sich am Bart. «Ergibt das für euch Sinn?»

«Vielleicht wollte Agnes das Feuer löschen und ist deshalb zur Küche gelaufen», überlegte Mascha laut. «Und als ihr klar wurde, dass das nicht möglich ist, hat sie den kürzesten Weg nach draußen genommen.»

«Ohne ihre Schwester zu warnen?» Björn schüttelte ungläubig den Kopf. «Das kann ich mir nicht vorstellen.»

«Womöglich hat sie nach ihr gerufen», spekulierte Mascha. «Außerdem ist sie dement. Wir dürfen also nicht davon ausgehen, dass sie sich rational verhalten hat.»

«Und Waltraud lag oben und schlief?», fragte Dennis.

«Das zumindest nimmt Ostendorf an.» Tom nickte Björn zu, der eine zweite Skizze an die Wand projizieren ließ, diesmal vom oberen Stockwerk.

«Wie man sieht, liegt Waltrauds Zimmer nach hinten raus, also weit weg von der Küche, während sich das von Agnes nah bei der Treppe befindet.»

«Also hat Agnes etwas gehört und ist runtergegangen.» Mascha drehte den Kuli in ihren Händen. «Sie bemerkt das Feuer, ruft ihre Schwester – oder auch nicht – und flüchtet nach draußen. Und der Brandstifter? Warum flieht er von der Küche aus zur Hintertür?»

«Gute Frage.» Tom sah sie an. «Ich habe den Bericht noch nicht komplett gelesen. Womöglich schreibt Ostendorf etwas darüber.»

«Könnte doch sein, dass Wendt nicht von Agnes gesehen werden wollte», sagte Dennis.

«Er hätte sie aber auch einfach niederschlagen können», wandte Paul ein. «Die Frau ist sechsundachtzig und fast zwei Köpfe kleiner als er.»

«Was, wenn er gar nicht wollte, dass jemand zu Schaden kommt?» Björn lehnte sich im Stuhl zurück. «Womöglich ging es ihm doch nur darum, die beiden Frauen aus dem Haus zu verjagen. Dann wäre sein Ziel gewesen, unerkannt zu verschwinden.»

«Aber wer ist denn bitte so dämlich und zündet ein Haus an, das komplett aus Holz gebaut ist, und rechnet nicht damit, dass es vollständig niederbrennt.» Mascha schüttelte heftig den Kopf. «So bescheuert ist nicht einmal dieser Wendt.»

«Vermutlich hast du recht.» Björn zuckte mit den Schultern.

«Außerdem wurden die Kanister draußen im Gebüsch gefunden», fuhr Mascha fort. «Also hat er sie rausgebracht und ist noch einmal wiedergekommen. Aber wieso?»

«Wir sollten schnellstmöglich mit der Zeugin reden.» Tom schob seine Notizen zusammen. «Sie ist inzwischen vernehmungsfähig. Mascha, Björn, ihr beide fahrt ins Krankenhaus und übernehmt das. Wollen wir hoffen, dass ihr etwas Sinnvolles aus ihr herausbekommt.»

«Und was mache ich?», fragte Paul.

«Du besuchst die Buchhändlerin und befragst sie zu dem Zettel, der gestern bei der Hausdurchsuchung gefunden wurde.» Tom ignorierte, dass Björn den Mund öffnete. Sicherlich hätte er gern mit Janine Kaiser gesprochen. «Ich finde es extrem merkwürdig, dass die Frau nicht nur laut eigener Aussage mehrmals bei der Villa war, sondern auch einen Lageplan davon besitzt. Und das, wo sie die beiden Frauen angeblich nicht kennt.»

«Alles klar, Chef.»

Tom wandte sich an Dennis. «Sobald das mit dem Bauplan der Villa erledigt ist, lies bitte den Bericht von Lars Ostendorf und sag Bescheid, falls da noch etwas Wichtiges drinsteht. Ich mache mich jetzt auf den Weg zu René Wendts Witwe. Mal sehen, was die uns zu sagen hat.»

Am selben Morgen

Janine steckte den Schlüssel ins Schloss, drehte ihn und ließ erschrocken los. Die Wohnungstür war nicht abgeschlossen. Entsetzt starrte sie auf den Knauf, als könnte er sich jeden Moment auf sie stürzen.

Sie versuchte, die Hand danach auszustrecken, doch ihre Finger zitterten so sehr, dass sie den Arm wieder sinken ließ. Gestern Abend nach der Hausdurchsuchung hatte sie es in ihrer Wohnung nicht mehr ausgehalten und deshalb woanders übernachtet. Zwar hatte sie sehr unruhig geschlafen und war mehrmals von eingebildeten Geräuschen vor ihrer Zimmertür aufgewacht, aber es war trotzdem besser gewesen als alleine zu Hause, wo ihr alles irgendwie besudelt vorgekommen war von den fremden Händen, die es berührt hatten. Die Polizisten hatten vor nichts haltgemacht, weder vor ihrer Unterwäsche noch vor ihrem Badezimmerschrank oder den privaten Briefen in der Kommode. Sie hatten sie behandelt wie eine Verbrecherin.

Dabei hatte sie nichts Schlimmes getan. Oder?

Wenn sie es doch nur mit absoluter Sicherheit wüsste! Doch wie einer der Beamten so korrekt gesagt hatte, bedeutete die Tatsache, dass ihr Handy zu Hause gewesen war, nicht, dass sie ihre Wohnung ebenfalls nicht verlassen hatte.

Aber sie hatte doch kein Feuer gelegt! Noch dazu in einem

Haus, in dem zwei alte Frauen lebten, die sie überhaupt nicht kannte. Warum hätte sie das tun sollen?

Jedenfalls war sie absolut sicher, dass sie gestern Abend nach dem Verlassen der Wohnung abgeschlossen hatte. Sie erinnerte sich genau, den Schlüssel zweimal umgedreht zu haben. Und mit Torge hatte sie eben telefoniert, er war nicht hier gewesen.

Wer also dann?

Janine ließ sich auf den Boden sinken, legte den Kopf auf die Knie und schloss die Augen. Im Grunde wollte sie es gar nicht wissen. Sie wollte nur, dass es endlich vorbei war.

Unten ging eine Tür, dann war Gemurmel zu hören, ihr Nachbar sprach mit irgendwem. Sie achtete nicht darauf, auch nicht, als Schritte die Treppe heraufkamen.

«Frau Kaiser?»

Sie hob den Blick.

«Vielleicht erinnern Sie sich an mich, ich bin Paul Hendricks», sagte der Mann. «Ist alles in Ordnung mit Ihnen?»

Was für eine Frage. «Sieht es etwa so aus?», fuhr sie ihn an.

Hendricks blieb ruhig. «Was ist passiert?»

Er klang mitfühlend, und es wirkte ehrlich. Sie blickte zu ihm auf. Er hätte ihr Vater sein können, aber er hatte nichts Väterliches an sich, wirkte eher wie ein guter Kumpel.

Er streckte ihr die Hand entgegen. «Kommen Sie, wir gehen rein, und ich mache uns einen Kaffee.»

Sie ließ sich von ihm aufhelfen und reichte ihm den Schlüssel. «Ich glaube, jemand war in der Wohnung.»

Er sah sie überrascht an. «Wann?»

«Heute Nacht.»

«Sie waren nicht hier?»

«Ich habe bei Solveig geschlafen. Das ist meine Mitarbeiterin. Ich habe mich allein hier einfach nicht wohlgefühlt.»

«Verstehe.» Er betrachtete das Schloss. «Keine offensichtlichen Einbruchspuren. Könnte es sein, dass Ihr Sohn vergessen hat abzusperren?»

«Er hat bei einem Freund übernachtet.»

«Okay, dann schauen wir uns das mal näher an.» Er steckte den Schlüssel ins Schloss und zog seine Waffe. «Sie warten hier draußen.»

Immerhin nahm er sie ernst. Sie wartete mit verschränkten Armen, bis er grünes Licht gab und sie eintreten ließ.

«Es ist niemand in der Wohnung», sagte er. «Allerdings habe ich das hier auf der Treppe gefunden. Ist das von Ihnen?»

Am selben Morgen

Mascha straffte die Schultern, bevor sie das Krankenzimmer betrat. Björn, der sie begleitete, schien sich genauso wenig auf die Befragung zu freuen wie sie. Bisher hatte niemand Agnes Bülow davon unterrichtet, dass ihre Schwester bei dem Feuer umgekommen war. Mascha hatte keine Ahnung, wie die alte Dame darauf reagieren, ob sie überhaupt verstehen würde, was man ihr sagte. Zumal sie ja keine Ahnung hatten, ob die Frau sich an das Feuer erinnerte. Immerhin ging es Agnes Bülow den Umständen entsprechend gut. Bis auf eine leichte Rauchvergiftung war sie unverletzt.

Zu ihrer Überraschung saß die alte Dame aufrecht im Bett, als sie eintraten.

«Na endlich», begrüßte sie Mascha und Björn. «Ich dachte schon, die Klingel funktioniert nicht.»

«Brauchen Sie etwas, Frau Bülow?», wollte Björn wissen.

Die alte Dame betrachtete ihn stirnrunzelnd. «Sie sind doch nicht der Arzt?»

«Mein Name ist Björn André. Und das hier ist Mascha Krieger. Wir sind von der Polizei.»

«Polizei? Aber warum …» Die alte Dame schlug die Hand vor den Mund. «Das Feuer im Haus. Sind Sie deshalb hier?»

Mascha zog sich einen Stuhl heran. «Erinnern Sie sich daran?»

Bülow blickte konzentriert in Richtung Fenster. «Jemand war im Haus. Unten in der Küche. Ich dachte, es wäre Waltraud, die sich einen Tee macht. Aber …» Sie wandte sich an Björn, der sich ebenfalls gesetzt hatte. «Wie geht es Waltraud? Warum ist sie nicht hier?»

Björn seufzte. «Sie wollten uns erzählen, wen Sie in der Küche gesehen haben.»

Wenn er gehofft hatte, die alte Dame damit von ihrer Frage abzulenken, hatte er sich getäuscht. Sie sah Mascha an. «Was ist mit meiner Schwester? Geht es ihr gut?»

«Es tut mir sehr leid, Frau Bülow. Wir haben Ihre Schwester nicht rechtzeitig aus dem Feuer retten können.»

«Nein.» Die Augen der alten Frau füllten sich mit Tränen. «Nicht Waltraud. Bitte nicht. Sie hat nie einem Menschen etwas zuleide getan.» Agnes griff nach Maschas Hand. «Mich hätte es erwischen sollen. Aber doch nicht Waltraud.»

«Wie meinen Sie das, Frau Bülow?», fragte Mascha. «Wieso hätte es Sie erwischen sollen?»

«Weil es doch alles meine Schuld war.» Die Tränen liefen ihr jetzt über die Wangen.

Björn zog ein Päckchen Taschentücher aus seinem Jackett und reichte ihr eins. «Beruhigen Sie sich, Frau Bülow», sagte er sanft.

«Was war Ihre Schuld?», hakte Mascha nach. «Sprechen Sie von dem Feuer?» Sie kam sich schäbig vor, weil sie die bekümmerte alte Frau zu einer Antwort nötigte, aber sie hatte keine Wahl. Sie mussten wissen, was passiert war.

Agnes Bülow presste das Taschentuch vor die Augen. «Welches Feuer?»

Mascha tauschte einen Blick mit Björn, bevor sie antwortete. «Gestern Nacht. In Ihrem Haus.»

Agnes schüttelte den Kopf. «Das war der Mann.»

«Welcher Mann?»

«Der in der Küche. Ich habe ihn nicht richtig gesehen, weil ich hinter der Garderobe stand. Aber ich weiß, dass er es war.»

«Sie haben also einen Fremden in der Küche bemerkt, kurz bevor das Feuer ausgebrochen ist?»

«Ich dachte ja, es wäre Waltraud, aber dann hat es ganz furchtbar geknallt, und ich bin vor Schreck hinter die Garderobe geflüchtet. Und dann war plötzlich dieser Mann da.»

«Was hat er gemacht?»

«Ist nach draußen gelaufen.»

«Und Sie?»

«Ich ... ich weiß es nicht mehr genau. Ich habe nach Waltraud gerufen. Ich dachte, vielleicht ist sie auch in der Küche. Aber da war überall Feuer, es war so heiß und so laut.» Sie presste die Hände vors Gesicht.

«Das muss schlimm gewesen sein», sagte Mascha mitfühlend.

Doch Agnes Bülow schien sie gar nicht zu hören. «Ich wusste, dass so etwas passieren würde», murmelte sie und ließ die Arme sinken. «Eines Tages würde ich dafür bezahlen. Aber doch nicht so! Doch nicht Waltraud!» Wieder tupfte sie die Tränen weg.

«Wofür haben Sie denn bezahlt?», fragte Björn behutsam.

«Für das, was ich getan habe. Damals.»

Mascha tätschelte Agnes Bülows Hand. Eine Ahnung stieg in ihr auf. «Sprechen Sie von Walter Kublank?»

«Kublank? Wer ist das?»

«Ich meine Martin Müller. Den Gast aus Zimmer elf.»

Die alte Frau stöhnte auf. «Ich wollte das nicht.»

Mascha schluckte. «Erzählen Sie uns bitte, was passiert ist.»

«Ich hatte die Handtücher vergessen. Der Vormittag war anstrengend gewesen, weil so viele Gäste auf einmal abgereist waren, und deshalb hatte ich vergessen, frische Handtücher in Zimmer elf zu legen. Also brachte ich sie hoch. Ich bin nicht einfach reingegangen, ich habe geklopft. Der Gast war im Bad. Ich wollte die Handtücher aufs Bett legen und wieder gehen. Aber dann sah ich die Tasche. Ich hatte noch nie so viel Geld auf einem Haufen gesehen. Und plötzlich stand er da und brüllte mich an, was ich an seinen Sachen zu suchen hätte. Ich entschuldigte mich und wollte gehen, doch er packte mich am Arm. Ich bekam Angst und schrie um Hilfe.» Sie knetete das Taschentuch in ihren Händen. «Ich wollte ihm wirklich nichts wegnehmen, ich hatte doch keine Ahnung.»

«Und dann?», fragte Mascha mit trockener Kehle.

«Waltraud kam ins Zimmer. Sie hielt den Spazierstock unseres Vaters in der Hand. Der stand immer unten im Flur bereit, für alle Fälle. Dieser Müller schleuderte mich in die Zimmerecke, und bevor ich begriffen hatte, was geschah, hielt er plötzlich eine Pistole in der Hand.» Agnes Bülow hatte das Taschentuch in kleine Stücke gerissen und fegte diese von der Bettdecke.

Björn reichte ihr geschwind ein neues Tuch. «Sicherlich hatten Sie große Angst.»

«Ich dachte, er würde Waltraud erschießen.» Agnes tupfte sich das Gesicht ab. «Deshalb habe ich nach dem Stuhl gegriffen und ihm damit auf den Kopf geschlagen. Ich wollte ihn außer Gefecht setzen, mehr nicht. Aber ich habe mich wohl verschätzt. Er war sofort tot. Es war schrecklich!»

Mascha konnte kaum glauben, was sie da hörte. Nach all den Wochen auf der Suche nach dem Mörder, all den falschen Fährten und Irrwegen, kam ihr das Geständnis von Agnes Bülow beinahe zu banal vor, um wahr zu sein. Zugleich schwirrte ihr der Kopf vor lauter Fragen. Wie hatten die beiden alten Frauen es geschafft, die Leiche zu vergraben? Was war mit der Pistole geschehen, mit der Kublank Waltraud angeblich bedroht hatte? Was mit dem Geld? Und was hatte Iris Hertz mit alldem zu tun? Wieso hatte auch sie sterben müssen?

Und dann war da noch Kiras Entführung und Ermordung. Mascha konnte sich nicht vorstellen, dass die betagten Schwestern dafür verantwortlich waren, auch wenn Tom glaubte, dass die Kollegin im Keller der beiden gefangen gehalten worden war. Aber wer sonst könnte ein Motiv haben? Und wer hatte die Villa in Brand gesteckt?

Mascha zwang sich, ruhig zu bleiben. Mit einem kurzen Blick auf ihr Handy vergewisserte sie sich, dass die Aufnahme noch lief. Dann stellte sie die nächste Frage.

«Was geschah, nachdem Martin Müller tot war?»

Agnes Bülow senkte den Blick. «Wir haben ihn vergraben. Auf dem Kliff.»

«Sie allein?», hakte Björn ungläubig nach. «Hatten Sie denn damals ein Auto?»

Die alte Dame schüttelte den Kopf. «Wir haben ihn mit dem Handwagen hingefahren.»

«Mit dem Handwagen quer durch den Wald? Das sind doch mindestens zwei Kilometer vom Haus bis zum Kliff.»

«Hat ja auch lange gedauert. Wir haben die ganze Nacht gebraucht.»

«Und die Pistole?», fragte Mascha.

«Die haben wir im Garten vergraben. Unter dem Flieder.»

Mascha nahm sich vor, die Kollegen von der KT darauf anzusetzen.

«Das Geld haben Sie behalten, nehme ich an», sagte Björn

und zog erneut das Taschentuchpäckchen hervor, weil Agnes Bülow bereits das nächste Tuch zerkrümelt hatte.

«Wir wollten es bei der Polizei abgeben», antwortete sie. «Aber was hätten wir denn sagen sollen? Sicherlich hätten sie alles abgesucht nach diesem Martin Müller.» Sie nahm das frische Tuch entgegen. «Wir konnten das Geld gut gebrauchen. An einem so alten Haus gibt es immer was zu reparieren. Und so viel brachten die Feriengäste nicht ein.»

Mascha betrachtete die Frau nachdenklich. «Was haben Sie mit Müllers Gepäck gemacht?»

«Wir haben alles nach und nach in die Mülltonne geworfen.»

Mascha nickte. Das alles klang sehr schlüssig. Die alten Damen waren offenbar tatsächlich fünfzehn Jahre lang mit einem Mord davongekommen. Oder, besser gesagt, mit Totschlag. Womöglich auch bloß mit Notwehr. Darüber hatte Mascha nicht zu befinden. Jedenfalls war fraglich, ob Agnes Bülow noch für ihre Tat belangt werden würde.

Sie lehnte sich zurück. «Was ist mit Iris Hertz?»

Agnes Bülow zwinkerte verunsichert. «Wer ist das?»

«Die Friseurin, die vor sieben Jahren verschwand. Hatte sie herausgefunden, was Sie getan haben, und Sie erpresst? Haben Sie sie ebenfalls erschlagen und auf dem Kliff vergraben?»

«Ich weiß nichts von einer Friseurin.»

«Das glaube ich Ihnen nicht, Frau Bülow.» Mascha tat die Frau leid. Sie hatte gerade ihre Schwester und ihr Zuhause verloren. Aber sie hatte auch mindestens einen Menschen getötet. Also durfte Mascha sie nicht mit Samthandschuhen anfassen.

Agnes Bülow wandte sich Hilfe suchend an Björn. «Sie müssen mir glauben, Herr Kommissar, ich weiß wirklich nicht, wer diese Frau sein soll.»

«Sie haben also nie von Iris Hertz gehört?», fragte Mascha.

Agnes Bülow überlegte. «Warten Sie, früher kam immer eine junge Frau, um Waltraud und mir die Haare zu machen. Meinen Sie die?»

«Sie wurde ebenfalls getötet und an derselben Stelle vergraben wie der Gast aus Zimmer elf.»

Bülow schlug entsetzt die Hand vor den Mund. «Die arme Frau!»

Entweder war sie eine gute Schauspielerin, oder die Demenz half ihr dabei, einige unangenehme Wahrheiten zu vergessen. Oder sie wusste tatsächlich nichts davon. War es möglich, dass Waltraud die Friseurin allein getötet und vergraben hatte? Aber wie hätte sie das schaffen sollen? Sie war damals schon über achtzig gewesen.

«Frau Bülow», sagte Björn und legte ihr die Hand auf den Arm. «Ich glaube, Sie haben etwas vergessen zu erwähnen. Jemand hat Ihnen geholfen, ist es nicht so?»

Die alte Dame starrte ihn an. «Nein, das ist nicht wahr.»

«Sie können ihn nicht länger schützen, Sie müssen uns die Wahrheit sagen.»

«Aber ich muss ihn doch gar nicht schützen. Wie kommen Sie darauf?» Agnes sah ihn tadelnd an, als hätte er etwas sehr Unsinniges gesagt. «Er ist doch schon lange tot.»

Am selben Vormittag

In der Backsteinvilla in Lübeck-St. Gertrud hätten ohne Probleme drei Familien unterkommen können, doch bewohnt wurde sie nur von drei Personen. René Wendt, seiner Frau Luisa Uhlmann und ihrem gemeinsamen Sohn Tino.

Die junge Mutter sah aus, als wäre sie auf dem Weg zu einem Geschäftstermin. Sie war dezent geschminkt, trug einen engen Rock und hochhackige Schuhe, das blonde Haar war kunstvoll zu einer Art Knoten im Nacken frisiert.

Ihr Anblick brachte Tom für einen Moment aus dem Konzept. Von den Lübecker Kollegen wusste er, dass man Uhlmann über den mutmaßlichen Tod ihres Ehemanns informiert hatte. Doch sie wirkte nicht wie eine trauernde Witwe.

«Frau Uhlmann? Mein Name ist Tom Engelhardt, ich bin von der Polizei.»

«Oh, Sie sind bestimmt wegen René hier. Kommen Sie doch herein.»

Sie führte ihn in ein elegantes Wohnzimmer mit separatem Essbereich und Blick auf einen parkähnlich gestalteten Garten. Lediglich ein Klettergerüst mit Rutschbahn verriet, dass hier ein Kind lebte.

Tom lehnte den angebotenen Kaffee ab und nahm gegenüber von Uhlmann am Tisch Platz.

«Mein Beileid zum Tod Ihres Mannes», sagte er.

«Danke.» Sie legte die Hände auf die Glasplatte. «Sicherlich wundern Sie sich, dass ich nicht in Tränen aufgelöst bin. Aber so eine Art Ehe haben wir nicht geführt. Wir waren eher … Freunde. Oder Partner, wenn Sie so wollen.»

«Ich bin mir nicht sicher, ob ich richtig verstehe.»

«Sie müssen wissen, dass René sich von ganz unten hochgearbeitet hat.» Sie spielte mit ihrem Ehering herum. «Das Haus, die Wohnungen auf dem Darß, das Auto, für ihn hatte das alles eine enorme Bedeutung. Mehr als seine Ehe oder seine Familie. Für mich hingegen ist das angenehm, aber selbstverständlich. Ich bin in einem Haus wie diesem großgeworden, ich kenne es nicht anders. René bedeutete Sicherheit für mich und meinen Sohn, und er war ein anständiger Kerl.» Sie seufzte. «Für ihn war ich wohl so was wie ein Statussymbol.»

Tom versuchte zu verstehen, aber es fiel ihm schwer. Er konnte sich nicht vorstellen, eine Ehe zu führen wie Luisa Uhlmann und René Wendt. Er hatte Inga über alles geliebt, ihr Tod hatte ein riesiges Loch in sein Leben gerissen.

«Haben Sie Beziehungen außerhalb Ihrer Ehe?»

«Gelegentlich.»

«Und Ihr Mann?»

«Ich glaube nicht. Wie ich schon sagte, hat er für seine Immobilien gelebt, für den Reichtum und das Prestige, das sie ihm brachten.»

«Und was ist mit der alten Villa auf dem Darß? Wie passt die ins Bild?»

Luisa Uhlmann ließ den Ehering los. «Er war besessen von diesem Haus. Für ihn war es der Beweis dafür, dass seine Familie einst wohlhabend war und dass man ihr diesen Status mit Gewalt genommen hatte.»

«Wir vermuten, dass er selbst das Feuer gelegt hat.»

«Niemals.» Die Frau starrte Tom entgeistert an. «Das glaube ich nicht, das hätte er nie im Leben getan.»

«Was glauben Sie denn?»

«Irgendjemand hat ihn ins Haus gelockt und es dann angezündet.»

«Und warum? Hatte Ihr Mann Feinde?»

«Jemand, der in Immobilien macht, hat immer Feinde. Aber René war eigentlich sehr beliebt.»

«Sie wissen also von niemandem, der ihm schaden wollte oder eine Rechnung mit ihm offen hatte?»

«Da fragen Sie am besten seine Sekretärin. Wenn es da irgendwen gab, einen Konkurrenten oder so, weiß sie das bestimmt.»

Tom lehnte sich zurück. «Wann haben Sie Ihren Mann denn zum letzten Mal gesehen?»

Uhlmann musste nicht lange überlegen. «Das war am Montagabend. Er erzählte mir, dass er am nächsten Morgen noch einmal auf den Darß müsse, ein Termin bei der Polizei.»

«Wussten Sie, worum es ging?»

«Dieser Nowak.» Die Frau schüttelte ärgerlich den Kopf. «René hat mir erzählt, dass er den alten Frauen den Strom abgedreht hat. Als hätte René je so etwas von ihm verlangt.» Sie stockte. «Hat Nowak etwa die Villa … Glauben Sie deshalb, dass es René war? Denken Sie, dieser Kerl hat es in seinem Auftrag getan?»

«Herr Nowak hat ein Alibi für die Tatzeit.»

«Verstehe.»

«Erzählen Sie weiter. Ihr Mann war am Montagabend zu Hause. Und dann?»

«Irgendwann spätabends bekam er einen Anruf, und er meinte, er müsse noch einmal los. Ich habe ihn gefragt, ob das nicht bis morgen warten kann, doch er sagte, es wäre dringend.»

«Hat er gesagt, worum es ging?»

«Ich meine mich zu erinnern, dass er die Villa erwähnt hat. Aber sicher bin ich nicht.»

«Wann kam der Anruf?»

«So um elf?»

«Und er ist sofort aufgebrochen.»

Sie nickte, senkte den Blick. «Ich habe noch rumgemeckert, weil Tino am nächsten Tag eine Feier in der Kita hatte und René eigentlich mitkommen wollte. Ich hatte ja keine Ahnung, dass ich ihn nie wiedersehen würde.»

Eine einzelne Träne glitzerte in Luisa Uhlmanns Augenwinkel. Sie tupfte sie mit dem Zeigefinger weg und streckte den Rücken durch. «War das alles? Ich habe gleich einen Termin mit dem Bestatter. Es gibt ja so unendlich viel zu erledigen.»

Tom erhob sich. «Ja, danke.»

An der Haustür fiel ihm noch etwas ein. «Hatte Ihr Mann einen Schlüssel zu der Villa?»

«Ja, den hatte er. Damals beim Kauf hat er darauf bestanden, einen zu erhalten. Damit er schnell reinkönne, falls mal etwas passieren sollte. Ein Wasserrohrbruch oder so.» Sie seufzte. «Vielleicht wäre das alles nicht passiert, wenn er keinen Schlüssel gehabt hätte.»

Am selben Tag

Kann das bis später warten, Oliver?» Mascha verließ das Büro, in dem Dennis und Björn saßen, das Handy ans Ohr gepresst.

«Kann es nicht.»

Mascha verdrehte die Augen. Hoffentlich glaubte Oliver nicht, dass er nun, wo sie fest bei ihm arbeitete, frei über ihre Zeit verfügen durfte. «Wir haben hier inzwischen zwei weitere Tote, ich habe wirklich keine Zeit.»

«Ich habe von dem Feuer gehört.»

Bildete sie sich das ein, oder betonte er das Wort «Feuer» irgendwie merkwürdig?

Sie trat nach draußen vors Revier. Der Schnee war weggetaut, die Sonne blinzelte zwischen den Wolken hervor, die Temperatur war beinahe frühlingshaft.

«Also», fragte sie. «Was willst du?»

«Ich hatte gestern Besuch – von deinem Bruder.»

Fuck. Mascha unterdrückte einen Fluch.

«Deinem Schweigen entnehme ich, dass Holger Dietrich tatsächlich dein Bruder ist.»

«Herrje, ist das wichtig?»

«Ich kann dir gar nicht sagen, wie sauer ich bin, Mascha. Du hast mich dastehen lassen wie einen Idioten. Ich bin dein Chef, ich muss das wissen. Mal abgesehen davon, dass ich dachte, wir wären Freunde.»

«Tut mir leid», murmelte sie zerknirscht. «Es war einfach nie der richtige Zeitpunkt.»

«Ach nein? Und was ist mit Tom? Hast du bei dem den richtigen Zeitpunkt schon gefunden?»

Mascha atmete einmal tief ein und aus. «Wir arbeiten jeden Tag zusammen.»

«Er weiß es also. Und der Rest der Soko vermutlich auch. Herrgott, Mascha, was soll der Scheiß?»

«Ich habe es nicht absichtlich vor dir geheim gehalten, falls du das denkst.»

«Als wir im Herbst diese Razzia gemacht haben und ihr beide, Holger und du, diese Nummer mit der Judorolle abgezogen habt, habe ich dich danach gefragt, ob ihr euch kennt.»

«Und ich habe es nicht abgestritten.»

«Du hast mir diese rührselige Geschichte von dem Club erzählt, wo er dich und deine Freundin vor ein paar Idioten gerettet hat. Da hättest du es erwähnen können.»

«Wie dir sicherlich schon aufgefallen ist, haben wir kein besonders gutes Verhältnis. Ich rede nicht gern über ihn.»

«Er dafür umso bereitwilliger über dich.»

Mascha erschrak. «Was hat er gesagt?»

«Stimmt es, dass du als Jugendliche eine Scheune angezündet hast?»

Shit. Mascha ballte die Faust. «Es war nicht so, wie du vielleicht denkst.»

«Wie war es denn?»

«Wir haben heimlich geraucht, zwei Freundinnen und ich. Und wir haben nicht aufgepasst. Es war ein halb verfallener Schuppen, in dem nichts war außer ein paar kaputten Gerätschaften.»

Mascha schloss die Augen. Sie erinnerte sich vage an jenen Nachmittag am Ende der Sommerferien. Sie war damals dreizehn gewesen. Oder schon vierzehn? Genau wusste sie es nicht mehr. Es war unerträglich heiß gewesen, und sie hatten sich gelangweilt. Mascha fand Zigaretten eigentlich ekelig, aber sie hatte keine Spielverderberin sein wollen. Als die anderen irgendwann anfingen, mit dem Feuerzeug herumzuspielen, hatte sie Panik gekriegt und versucht, es ihnen wegzunehmen. Aber wenn sie das jetzt erzählte, würde Oliver es für eine Schutzbehauptung halten.

«Dein Vater hat dafür gesorgt, dass die Sache keine Konsequenzen für dich hat», sagte er.

«Davon weiß ich nichts.»

«Natürlich nicht.»

Wut stieg in Mascha auf. «Worauf willst du hinaus, Oliver?» Sie trat zur Seite, als Laurel und Hardy aus dem Revier kamen und in einen Streifenwagen stiegen. «Ich bin nicht verpflichtet, meinem Chef meine familiären Hintergründe darzulegen. Und ich muss ihm auch keine Jugendsünden beichten. Was willst du also von mir?»

«Dein Bruder hat mir noch was erzählt.»

Mascha dachte an die Mail, und ihr wurde heiß. Natürlich wusste Holger, dass Mascha sie über seinen Account an seinen Chef geschickt hatte. Aber er konnte es nicht beweisen. Was allerdings nicht bedeutete, dass er es nicht herumerzählen konnte.

«Was denn?», fragte sie nervös.

«Deine leibliche Mutter …», begann Oliver.

Maschas Kehle schnürte sich zu. «Was ist mit meiner Mutter?», fragte sie mit belegter Stimme.

«Ich weiß ja nicht, ob es wirklich wahr ist, aber angeblich war sie ebenfalls eine Brandstifterin. Holger sagt, dass sie mehrere

Feuer gelegt hat. Das war wohl auch der Grund, weshalb sie sich in den Westen absetzen wollte. Und weshalb man ihr die Tochter weggenommen und zur Adoption freigegeben hat.»

Am selben Tag

Tom bremste abrupt, als er die Gestalt vor dem Revier erkannte. Mascha stand vornübergebeugt auf dem Bürgersteig, eine Hand auf den Bauch gepresst, während sie sich mit der anderen an einer Laterne abstützte.

Er lenkte den Wagen in eine Parklücke, stellte den Motor ab und sprang nach draußen.

«Mascha, um Himmels willen, geht es dir nicht gut?»

«Doch. Mir ist nur gerade etwas schwindelig geworden.»

Er packte sie bei den Schultern. «Willst du mich auf den Arm nehmen? Sag mir, was los ist!»

Sie sah ihn an, ihre Augen waren gerötet. «Meine Mutter … Holger … er ist so ein Mistkerl.»

«Das weiß ich doch. Was hat er diesmal getan?»

«Er hat Oliver erzählt … Scheiße, ich kann das nicht.»

«Doch, du kannst das. Sollen wir uns in den Wagen setzen?»

«Nein, geht schon. Ich brauche frische Luft.»

Eine Frau drängte sich an ihnen vorbei, nicht ohne sie mit einem missbilligenden Blick zu bedenken.

Tom ignorierte sie. «Was hat Holger getan?»

Stammelnd erzählte Mascha ihm, wie sie sich dafür gerächt hatte, dass er Bruno Hirsch verpfiffen hatte. Und wie Holger es ihr heimgezahlt hatte.

«Du hast in seinem Namen eine Mail an Joost Bartelsen geschickt?» Einerseits bewunderte er Mascha für ihren Schneid, andererseits konnte er nicht fassen, wie leichtsinnig sie war.

«Ich war so wütend.»

«Aber du konntest dir doch denken, dass er sich das nicht gefallen lassen würde.»

«War dumm von mir, ich weiß.» Sie zuckte mit den Schultern. «Irgendwie gleicht sich das ja auch aus. Ich lasse ihn bei seinem Chef dumm dastehen und er mich bei meinem.»

«Ich hoffe, er kann dir das mit der Mail nicht irgendwie nachweisen.»

«Ganz bestimmt nicht.»

«Glaubst du, die Geschichte über deine Mutter stimmt? Das mit den Brandstiftungen, meine ich?»

«Ich weiß es nicht.» Tränen schimmerten in Maschas Augen.

Toms Handy signalisierte den Eingang einer Nachricht. Er fluchte innerlich.

«Wir sollten reingehen», sagte Mascha.

Tom betrachtete sie zweifelnd. «Sicher?»

«Ich bin okay. Danke, dass du dir meinen Scheiß angehört hast.»

«Immer gern.» Er lächelte sie an. Dann reichte er ihr ein Taschentuch. «Du solltest dir vielleicht das Gesicht ein bisschen abtupfen.»

Sie grinste. «Alles klar. Geh schon mal vor, ich bin in fünf Minuten bei euch.»

Am selben Tag

Ich stehe auf der Seebrücke und blicke aufs Meer, das sich endlos bis zum Horizont erstreckt. Trotz des milden Wetters ist die See unruhig, schaumgekrönte Wellen jagen launisch zischend auf den Strand. Das Wasser spiegelt meine Stimmung wider, stark, entschlossen und kampfbereit.

Ich bin im Krieg, das ist mir in der vergangenen Nacht klar geworden. Es geht um alles oder nichts, der Feind oder ich, Leben oder Tod. Wie auch immer die Schlacht ausgeht, lebend kriegen sie mich nicht.

Ich kämpfe allein, habe keine Verbündeten, und das ist mir auch lieber so. Ich bin der einzige Mensch, auf den ich mich bedingungslos verlassen kann.

Ich bin noch immer wütend, weil ich Janine gestern nicht in ihrer Wohnung angetroffen habe. Mein Plan war genial, ich hatte sie schon beinahe, und nun ist sie mir entwischt. Vorläufig. Bisher hat sie mich jedenfalls nicht verraten. Und Agnes auch nicht. Ich weiß es, weil ich sonst längst verhaftet worden wäre. Aber ich darf mich nicht in falscher Sicherheit wiegen. Die beiden sind tickende Zeitbomben.

In was für eine beschissene Lage bin ich da bloß geraten? Jahrelang lief alles gut, und plötzlich hängt meine Zukunft von zwei labilen Frauen ab.

Aber ich weiß, was ich zu tun habe. Ich muss den Feind ablenken, ihn zu einem anderen Schauplatz locken. Und während er dort beschäftigt ist, kann ich die Gefahr in aller Seelenruhe beseitigen.

Ich taste nach der SIG Sauer P239 in meiner Manteltasche. Ich besitze sie seit Jahren, man weiß ja nie. Benutzt habe ich sie jedoch kein einziges Mal. Eine Waffe lässt sich verdammt leicht zurückverfolgen, sie ist fast genauso gefährlich wie ein Fingerabdruck. Oder ein Haar.

Dennoch habe ich heute Morgen entschieden, sie besser bei mir zu tragen, für den Fall, dass es eng wird. Sollte es hart auf hart kommen, werde ich keine Skrupel kennen. Ich habe mir mein Leben nicht mühsam aus dem Nichts aufgebaut, um jetzt, wo ich am Ziel bin, alles zu verlieren.

Die Ablenkung muss fett sein, sie muss sämtliche Ressourcen binden. Am besten wäre ein Amoklauf. Aber das ist zu kompliziert. Ein Bombenattentat wäre auch gut. Idealerweise mit einer Menge unschuldiger Opfer. Kinder. Eine Schule. Oder besser noch, ein Kindergarten. Mich überläuft ein Schauder. Die Idee ist genial. Und ein fanatischer Spinner, dem man die Tat anhängen kann, findet sich bestimmt.

Die Herausforderung wird sein, das Ganze schnell zu organisieren. Der Anschlag muss bald stattfinden. Es könnte mit einem Drohanruf losgehen, der würde die Einsatzkräfte schon mal auf Trab bringen.

Ich werfe einen letzten Blick auf die schäumenden Wogen, dann wende ich mich ab. Die Schlacht ist eröffnet, ich bin bereit.

Am selben Tag

Tom hatte sich für den Videocall in den Bulli zurückgezogen. Die Dieselheizung brummte, neben dem Laptop lag ein Notizblock. «Hallo, Professor Süderholz.»

«Herr Kommissar.»

Der Rechtsmediziner sah aus, als käme er direkt vom Seziertisch, was vermutlich auch stimmte. Das graue, in der Mitte des Schädels schüttere Haar stand wirr vom Kopf ab, der Bart wirkte struppig, und der Kittel war mit Flecken bedeckt, über deren Herkunft Tom lieber nicht nachdenken wollte.

«Sie haben etwas für mich?» Tom griff nach dem Stift.

«Es wird Ihnen nicht gefallen.»

«Ich bin hart im Nehmen.»

«Fangen wir mit dem einfachen Fall an. Die alte Frau ist höchstwahrscheinlich in ihrem Bett erstickt, ohne es zu merken. Ich konnte eine geringe Dosis Clorazepat in ihrem Körper nachweisen, ein Benzodiazepin, das sie vermutlich als Schlafmittel eingenommen hat. Deshalb ist sie wohl auch nicht mehr aufgewacht.»

Tom schluckte hart. Es war noch nicht allzu lange her, dass er selbst Benzos geschluckt hatte, weil der Schmerz und die innere Unruhe nach Ingas Tod ihn am Schlafen gehindert hatten. Es war eine Abwärtsspirale gewesen, aus der er beinahe nicht den Absprung geschafft hätte.

Er schob die unangenehme Erinnerung weg und schrieb sich den Namen des Wirkstoffs auf. Dass Waltraud Bülow Schlaftabletten genommen hatte, erklärte immerhin, warum sie sich nicht hatte retten können.

«Konnten Sie schon verifizieren, dass es sich tatsächlich um Waltraud Bülow handelt?»

Die Identifizierung war reine Formsache, aber sie musste sein.

«Die Zahnarztunterlagen lassen keinen Zweifel. Ich habe aber zur Sicherheit eine Probe für einen DNA-Abgleich ans LKA geschickt.»

«Danke.»

«Jetzt zu dem komplizierteren Fall. Auch beim zweiten Opfer konnte ich die Identität bestätigen. Es handelt sich um René Wendt.»

Tom atmete auf. Zumindest war keine weitere Person involviert.

«Er ist Ihr Tatverdächtiger, richtig?» Süderholz strich sich über den Bart.

Tom schwante nichts Gutes. «Warum fragen Sie?»

Statt einer Antwort hielt Süderholz eine Röntgenaufnahme hoch. «Sehen Sie das?»

«Sieht aus wie eine Lunge.»

«Sie haben es erfasst, Herr Engelhardt.»

Tom kannte Süderholz' schnippische Art und wusste, dass es nicht böse gemeint war, also schwieg er abwartend.

«Wenn Sie genau hinschauen», fuhr der Rechtsmediziner fort, «fällt Ihnen vielleicht auf, wie gesund sie aussieht. Keine Atelektase, keine Konsolidierungen, nichts, was man im Zusammenhang mit einer Rauchgasvergiftung erwarten würde. Auch keine thermische Schädigung der Atemwege, soweit ich diese noch in Augenschein nehmen konnte. Die Gewebeuntersuchung hat den Befund bestätigt.»

Tom runzelte überrascht die Stirn. «Wollen Sie damit sagen, dass Wendt nicht im Feuer gestorben ist?»

«Richtig. Und Sie werden auch gleich sehen warum.» Süderholz griff nach einer zweiten Röntgenaufnahme und hielt sie vor die Kamera.

Das Bild zeigte einen Schädel mit einer Fraktur am Hinterkopf.

«Er hat einen Schlag auf den Kopf bekommen», murmelte Tom überrascht. «Kann das durch ein herabfallendes Teil passiert sein? Die Leiche lag unter einem Haufen eingestürzter Balken.»

«Das ist mir bekannt. Und ich habe die dadurch entstandenen Verletzungen dokumentiert. Aber diese hier gehört nicht dazu. Sie wurde dem Opfer definitiv vorher beigebracht.»

Tom schloss für einen Moment die Augen und presste die Finger auf die Lider, als ihm die Bedeutung von Süderholz' Worten bewusst wurde.

«Soll das heißen, René Wendt wurde erschlagen?»

«Genau so ist es. Die Verletzung war tödlich. Zudem beweist der Zustand der Lunge, dass das Opfer nicht mehr geatmet hat, als das Feuer ausbrach.»

Am selben Tag

Du glaubst doch nicht, dass Agnes Bülow Kira entführt und ermordet hat.» Björn betrachtete Dennis, als hätte er die alte Dame zur Serienkillerin erklärt. «Die Frau ist fast neunzig und hat nicht einmal einen Führerschein.»

«Man braucht keinen Führerschein, um jemanden zu erschlagen», gab Dennis kühl zurück. «Und *einen* Mord hat sie schließlich schon gestanden.»

«Aber ...»

«Stopp!», ging Mascha dazwischen. «Lasst uns abwarten, bis Tom wieder hier ist, und dann weiterdiskutieren.»

Björn und Dennis redeten sich bereits seit geraumer Zeit die Köpfe heiß. Lisa, die inzwischen auch wieder in Sellnitz war, Paul und Mascha hielten sich weitgehend heraus. Ausgangspunkt der Diskussion war die Frage gewesen, wie Agnes Bülows Geisteszustand zu bewerten war. Einerseits hatte das Geständnis der Frau ziemlich klar und stringent geklungen, andererseits erinnerte sie sich angeblich nicht an Iris Hertz. Oder an den anonymen Brief, den sie Dayita Kumar geschrieben hatte. Und den Namen des mysteriösen Komplizen wollte sie ebenfalls nicht verraten, obwohl dieser laut ihrer eigenen Aussage seit Jahren tot war.

Hinzu kam, dass sie bei der Befragung hin und wieder Daten und Namen verwechselt hatte. Das konnte jedoch auch daran liegen, dass sie unter Schock stand. Dennoch stimmte mit ihrem Geständnis etwas nicht, und die Frage war, welchen Teil davon sie ernst nehmen konnten.

Aus diesem Grund sollte die Frau schnellstmöglich von einer Psychiaterin untersucht werden. Aber die hatte bereits verlauten lassen, dass ihre Begutachtung mehrere Tage in Anspruch nehmen würde.

Tom betrat das Büro. Seinem Gesichtsausdruck nach zu urteilen, brachte er keine guten Nachrichten. Er nahm den Kaffee entgegen, den Lisa ihm reichte, und setzte sich zu ihnen an den Tisch.

«Was ist los?», fragte Mascha.

Tom trank einen Schluck. «Um es kurz zu machen: René Wendt wurde erschlagen, bevor das Feuer ausbrach. Er hat es also nicht gelegt.»

«Nicht wahr», stieß Paul hervor.

Lisa legte die Stirn in Falten. «Aber wer soll es sonst gewesen sein?»

«Er wurde erschlagen?», hakte Dennis nach. «Auf den Hinterkopf wie Walter Kublank und Kira?»

Tom starrte ihn an. «Worauf willst du hinaus?»

«Er glaubt, dass Agnes Bülow eine irre Serienmörderin ist», sagte Björn.

«Blödsinn», fuhr Dennis ihn an. «Ich glaube nur, dass wir genau hinschauen sollten. Agnes Bülow hat einmal ein Problem damit gelöst, dass sie jemanden erschlagen hat. Also wäre es doch möglich, dass sie es wieder getan hat. Aus Angst, dass Wendt ihnen das Haus wegnimmt, zum Beispiel.»

«Den Gedanken finde ich gar nicht so abwegig», antwortete Tom mit nachdenklicher Miene. «Vielleicht hat ihre Demenz dafür gesorgt, dass sie die Bedrohung falsch eingeschätzt hat.»

«Und dann hat sie das Haus mit ihrer schlafenden Schwester darin in Brand gesteckt?» Björn verzog ungläubig das Gesicht.

«Unwahrscheinlich, stimmt.»

«Vielleicht sollten wir diese Spekulationen vertagen, bis wir die Einschätzung der Psychiaterin haben», schlug Mascha vor.

«Aber wir müssen doch wissen, ob Agnes schuldig ist oder ob wir einen anderen Täter suchen», wandte Lisa ein.

«Es bleibt uns wohl nichts anderes übrig, als uns beide Optionen offenzuhalten», sagte Tom. «Und solange behalten wir Agnes Bülow im Auge, auch zu ihrer eigenen Sicherheit. Ich habe gerade mit dem Krankenhaus telefoniert. Sie wird auf eine andere Station verlegt, und diese Information wird unter Verschluss gehalten. Auch ihr redet bitte mit niemandem darüber. Wenn sie das Feuer nämlich nicht selbst gelegt hat, wovon ich eigentlich ausgehe, könnte der Brandstifter glauben, dass sie ihn erkannt hat, und dann ist sie in Lebensgefahr. Ist das klar?»

Alle brummten zustimmend.

«Aus demselben Grund geben wir auch nicht bekannt, wie René Wendt gestorben ist. Offiziell bleibt er der mutmaßliche Brandstifter, der in seinem eigenen Feuer umgekommen ist.»

«Und wie sollen wir nach dem wahren Täter suchen, wenn wir nicht darüber reden dürfen?», fragte Paul.

«Indem wir aufpassen, welche Fragen wir stellen.» Tom wirkte gestresst.

Mascha verstand ihn gut. Es wäre einfacher gewesen, wenn René Wendt hinter allem gesteckt hätte. Auch wenn sie das mit ein paar offenen Fragen zurückgelassen hätte. Nun blieb ihnen nur noch eine Person, die sie möglicherweise auf die richtige Spur führen konnte.

Mascha wandte sich an Paul. «Wie war es denn bei Janine Kaiser?»

«Nicht sehr ergiebig. Die Skizze mit der Lage der Villa hat sie angeblich nach einem nächtlichen Ausflug in ihrer Tasche gefunden. Sie weiß nicht einmal, ob sie sie selbst gezeichnet oder irgendwo gefunden hat. Und sie hält daran fest, dass sie den beiden alten Damen nie begegnet ist.»

«Sie muss etwas wissen», beharrte Björn. «Wenn ich noch mal mit ihr reden könnte ...» Er sah Tom an.

Doch bevor der antworten konnte, sprach Paul weiter.

«Eine Sache war allerdings interessant. Frau Kaiser ist davon überzeugt, dass in der vergangenen Nacht jemand in ihrer Wohnung war.»

«Wurde etwas gestohlen?», fragte Lisa.

«Auf den ersten Blick nicht. Aber die Wohnungstür war nicht abgeschlossen. Frau Kaiser hat die Nacht woanders verbracht, und sie ist absolut sicher, dass sie abgesperrt hat, bevor sie gegangen ist.»

«Hast du Einbruchsspuren entdeckt?»

«Nein. Das einzig Merkwürdige war eine Packung Tabletten, die auf der Treppe lag und die Frau Kaiser angeblich noch nie zuvor gesehen hat.»

Mascha bemerkte, wie Tom sich versteifte.

«Was für Tabletten?», fragte er.

«Irgendwas gegen Magenbeschwerden.»

«Hast du die Packung mitgenommen?»

«Klar.» Paul griff nach seiner Jacke, die über der Stuhllehne hing, zog einen Beweisbeutel hervor und legte ihn auf den Tisch.

«Ach du Scheiße», murmelte Tom.

Er trat an seinen Schreibtisch und zog eine Schublade auf.

Dann kehrte er zurück und legte einen zweiten Beweisbeutel auf den Tisch. Er enthielt einen leeren Tablettenblister derselben Marke.

«Woher stammt der?», fragte Mascha überrascht.

Tom seufzte. «Ich habe das Ding nie offiziell den Beweismitteln zugeordnet, weil eigentlich nichts dafür sprach, dass es dem Täter gehören könnte.» Er setzte sich. «An dem Tag, nachdem Babyface am Fundort auf dem Kliff niedergeschlagen wurde, habe ich die Umgebung nach einer Stelle abgesucht, von wo aus man die Grabungsarbeiten beobachten kann, ohne selbst gesehen zu werden. Und genau dort lag es.»

Am selben Abend

Nicole Laasch griff nach dem Teebecher. Leer. Sie blickte auf die Uhr. Bereits halb neun. Sie sollte längst zu Hause sein. Ihre Eltern kamen zwar auch mal einen Abend allein zurecht, aber das bedeutete zumeist, dass sie am nächsten Tag mehr Arbeit hatte. Bettwäsche wechseln, weil ihr Vater seine wasserdichte Auflage beim Zubettgehen ans Fußende schob, bekleckerte Kleidung, vergessene Tabletten, bis zum Anschlag aufgedrehte Heizungen in allen Zimmern, die Liste war endlos.

Und die Arbeit in der Kita machte sich auch nicht von allein. Vor allem nicht, wenn man die gesamte Verantwortung trug. Nicht selten saß sie bis spät an ihrem Schreibtisch, schrieb Pläne und Beurteilungen, machte Bestellungen und bezahlte Rechnungen. Dabei hatte sie den Beruf eigentlich ergriffen, um ihre Zeit mit Kindern zu verbringen. Sie hatte nie einen Bürojob gewollt.

Schlimmer aber als die vielen Stunden am Schreibtisch war der Stress mit manchen Eltern. Entweder hatten sie vollkommen überzogene Ansprüche, oder man drang überhaupt nicht zu ihnen durch. Heute erst hatte sie mit einem Vater diskutiert, der ihr vorgeworfen hatte, nicht genug für die Sicherheit seines Sprösslings zu tun, weil sie nicht von jedem, der die Einrichtung betrat, die Tasche durchsuchen ließ. Herrgott, das war ein Kindergarten, kein Hochsicherheitsgefängnis.

Sie war einfach viel zu gutmütig und sagte nicht oft genug Nein. Auch zu Tom Engelhardt. Klar hatte er es schwer als alleinerziehender Vater in seinem Job. Aber das war nicht ihr Problem. Anfangs hatte sie gehofft, zwischen ihnen könnte sich etwas entwickeln. Tom war attraktiv und sympathisch und seine Tochter einfach zauberhaft. Doch inzwischen zweifelte sie daran, dass er genauso empfand wie sie. Besser also, sie schlug ihn sich aus dem Kopf.

Das Telefon auf ihrem Schreibtisch klingelte. Nicole seufzte. Bestimmt ihre Mutter, die wissen wollte, wo sie blieb.

«Ja?», meldete sie sich knapp.

«Dies ist eine Warnung. Bei Ihnen wurde eine Bombe deponiert.»

«Was?» Nicole glaubte, sich verhört zu haben. Das musste ein dummer Scherz sein. «Was soll der Blödsinn? Was wollen Sie?»

«Alarmieren Sie nicht die Polizei, sonst fliegt alles in die Luft. Ich melde mich wieder.» Der Mann sprach mit starkem Akzent, aber es klang irgendwie unecht.

«Warten Sie, ich …»

Doch der Unbekannte hatte bereits aufgelegt.

Scheiße, scheiße. Sekundenlang wagte Nicole nicht, sich zu rühren. Wie erstarrt saß sie am Schreibtisch und traute sich nicht einmal, tief Luft zu holen. Ihr Herz raste, ihre Kehle war trocken. Dann endlich raffte sie sich auf, packte Schlüssel und Handy und rannte nach draußen.

Donnerstag, 6. Februar

Sellnitz, am Morgen

Mach schon, Romy, ich habe keine Zeit für diese Spielchen.»

«Ich will aber nicht!» Romy strampelte mit den Beinen.

«Mach nicht so ein Theater! Was soll das denn?» Tom zerrte entnervt an Romys Gurt.

Er war ohnehin schon spät dran, weil zu Hause alles schiefgegangen war, was schiefgehen konnte. Erst hatte Romy ihren Kakao umgekippt, sodass er sie einmal komplett neu hatte anziehen müssen, dann hatte er bemerkt, dass er vergessen hatte, das Handy zu laden, und mehr als ein Dutzend Anrufe verpasst hatte. Und zu guter Letzt war der Wagen mal wieder nicht angesprungen.

Als der Motor endlich mit einem lauten Knall zum Leben erwacht war und er vom Grundstück rollen konnte, war Tom schweißgebadet gewesen.

Er hatte Mascha am Revier abgesetzt, bevor er Romy zu Marianne brachte. Einer der verpassten Anrufe war nämlich von Nicole gewesen. Gestern Abend hatte jemand im Kindergarten angerufen und mit einem Bombenanschlag gedroht. Das rasch herbeigerufene Spezialteam hatte zum Glück keine Bombe gefunden. Was nicht verwunderlich war. Denn leider kamen solche Anrufe gelegentlich vor. Und sie häuften sich, wenn gerade ein Attentat oder ein Amoklauf durch die Medien geisterte. Die Berichterstattung über solche Ereignisse brachte regelmäßig jede Menge gestörte Typen auf die Idee, doch auch mal so was zu probieren, einfach zum Scherz.

Die Tatsache, dass der vermeintliche Attentäter spätabends angerufen hatte, erhärtete den Verdacht, dass es sich nicht um eine ernsthafte Bedrohung handelte. Normalerweise fanden Attentate bei vollem Betrieb statt und nicht, wenn niemand in Gefahr war.

Trotz der Entwarnung blieb der Kindergarten jedoch heute geschlossen, und das bedeutete, dass Tom wieder einmal die Tagesmutter in Anspruch nehmen musste. Sofern Romy endlich ihren Protest aufgab und aus dem Wagen stieg.

«Ich habe aber die Tasche im Kindergarten vergessen», beklagte sie sich jetzt unter Tränen.

Das war also der Grund, weshalb sie nicht zu Marianne wollte. Tom seufzte. «Morgen hat der Kindergarten wieder auf, dann holen wir sie, okay?»

«Aber dann ist es zu spät!»

«Niemand rührt deine Tasche an, versprochen.»

«Aber die Karte!»

Tom runzelte die Stirn. «Was denn für eine Karte?»

«Eine Geburtstagseinladung.» Romy wischte sich mit dem Handrücken über das Gesicht. «Von Pia.»

«Okay. Wann ist der Geburtstag?»

«Das weiß ich doch nicht, deshalb brauche ich ja die Karte.» Ihre Augen füllten sich erneut mit Tränen.

«Alles klar, Schatz, ich kümmere mich darum. Ich rufe Pias Mutter an und frage sie.»

«Aber du musst auch nach der Uhrzeit fragen.»

«Klar doch. Und jetzt raus mit dir.» Er hob Romy aus dem Sitz und drückte ihr einen Kuss auf die Wange. «Alles wieder gut?»

Sie nickte.

Marianne wartete bereits an der Tür. Sie war Lehrerin gewesen, bevor sie mit Mitte fünfzig den Beruf aufgegeben hatte und Tagesmutter geworden war. Tom war froh, sie gefunden zu haben. Sowohl seine als auch Ingas Eltern wohnten weit weg, sodass Marianne so etwas wie eine jung gebliebene Ersatzgroßmutter für Romy war.

«Hallo, Romy, alles okay?»

«Ein kleines Drama, aber wir haben das Problem gelöst», erklärte Tom, während Romy bereits an Marianne vorbei ins Haus schlüpfte.

Sein Handy klingelte. Mascha. Er sah Marianne entschuldigend an und nahm den Anruf entgegen. «Hat es noch ein paar Minuten Zeit?», fragte er. «Ich bin gleich auf dem Revier.»

«Ich bin im Krankenhaus, Agnes Bülow wollte mich sprechen. Sie hat mir den Namen ihres Komplizen verraten. Ein Volker Hildebrand. Sagt dir der Name was?»

«Volker Hildebrand? Nein, nie gehört. Ich schaue, was ich über ihn herausfinde, sobald ich am Schreibtisch sitze.»

Tom legte auf und bemerkte Mariannes überraschten Blick. «Was ist mit Volker Hildebrand?», fragte sie.

«Das ist ein Name, der im Zusammenhang mit unseren Ermittlungen aufgetaucht ist», antwortete Tom vage.

«Ich kannte mal einen Volker Hildebrand, aber der ist schon einige Jahre tot.»

«Ach wirklich? Was weißt du über ihn?»

«War ein feiner alter Herr. Und er hat sich rührend um seinen Enkel gekümmert, was man von dessen Eltern leider nicht sagen konnte. Der Vater hat sich früh ins Grab gesoffen, die Mutter hatte ständig neue Lover. Der arme Junge hat mir so leidgetan. Er hatte Deutsch und Geschichte bei mir. Ein hochintelligenter Bursche, dem alles leichtfiel, aber ohne seinen Großvater wäre er höchstwahrscheinlich trotzdem auf die schiefe Bahn geraten.»

Tom wollte den Redeschwall unterbrechen, das alles war zwar durchaus spannend, ihn interessierte jedoch mehr, was diesen Volker Hildebrand mit den Bülow-Schwestern verband.

Doch Marianne ließ ihn nicht zu Wort kommen. «Ist ja auch richtig was geworden aus dem Enkel», sagte sie, nicht ohne Stolz. «Ich bin sicher, du kennst ihn, bestimmt arbeitet ihr manchmal zusammen.»

Tom starrte sie an.

Sie lächelte. «Er hat Jura studiert, ich sagte ja, dass er ein cleverer Bursche war. Und jetzt ist er Staatsanwalt. Dominik Westphal, der Name sagt dir was, nehme ich an?»

Am selben Tag

Mascha fühlte sich wie eine Verräterin. Es kam ihr falsch vor, die übrigen Mitglieder der Soko zu belügen, doch Tom hatte ihr eingeschärft, dass es wichtig war, mit niemandem zu reden. Hatte es mit der undichten Stelle zu tun? Wusste Tom, wer der Reporterin Dayita Kumar Ermittlungsdetails verraten hatte?

Sie begrüßte Senior, der hinter der Empfangstheke Dienst tat, und betrat Toms Büro.

Björn, Dennis, Paul und Lisa saßen am Besprechungstisch über ihre Laptops gebeugt. Eine Kaffeekanne stand in der Mitte, aus einer Papiertüte vom Bäcker duftete es verführerisch.

«Schon zurück?», fragte Paul überrascht. «Wollte Agnes Bülow doch nicht mit dir reden?»

«Ich muss nur kurz was holen.» Sie wich seinem Blick aus und trat an Toms Schreibtisch, suchte zwischen den Unterlagen nach dem Zettel, den er ihr beschrieben hatte. Sie fand ihn, schob ihn rasch in ihre Tasche.

«Nimm dir was.» Paul hielt ihr die Tüte hin.

«Danke, aber ich muss sofort wieder los.»

«Was hast du denn vor?», fragte Lisa.

«Weiß ich auch nicht so genau. Tom braucht meine Hilfe. Ich glaube, es geht um diese Bombendrohung.»

Paul riss die Augen auf. «Ist da wohl was dran? Ich dachte,

es wäre falscher Alarm gewesen.» Er legte die Tüte zurück auf den Tisch. «Romy ist doch hoffentlich nicht im Kindergarten?»

«Keine Sorge, Tom hat sie zur Tagesmutter gebracht.» Mascha ging zur Tür. «Sorry, Leute, mehr weiß ich auch nicht. Bis gleich. Und lasst mir einen Schürzkuchen übrig.»

Sie floh fast aus dem Revier, fragte sich dabei die ganze Zeit, wer aus dem Team nichts von der Sache erfahren durfte. Sie traute keinem zu, die anderen zu hintergehen, nicht einmal Dennis, obwohl der Holgers Partner war und sie ihn kaum kannte.

Als sie nach draußen trat, sah sie Toms Bus schräg gegenüber parken. Sie überquerte die Straße und stieg ein. Kaum hatte sie den Gurt angelegt, gab Tom Gas. Sie wollte etwas fragen, doch er schüttelte den Kopf.

Schweigend fuhren sie aus Sellnitz heraus. Wäre die Situation nicht so merkwürdig gewesen, hätte Mascha die Fahrt genießen können. Die Sonne schien, der Schnee war komplett verschwunden, und sie glaubte sogar, einen Hauch Grün in den Sträuchern am Straßenrand auszumachen.

Sie tauchten in den Wald ein, und kurz darauf bog Tom auf einen Wanderparkplatz ab. Er stieg aus und entfernte sich vom Auto. Mascha folgte ihm verwundert.

Ohne etwas zu sagen, zog Tom sein Handy hervor und legte es auf einen Stein, dann nickte er Mascha zu. Sie begriff und legte ihr Handy neben seins.

Sie traten ein paar Schritte von dem Stein weg, erst dann öffnete Tom den Mund.

«Ich glaube nicht, dass wir abgehört werden, aber ich wollte ganz sichergehen.»

«Lieber Himmel, was ist denn los?»

«Hast du den Zettel?»

Sie zog ihn aus der Tasche und reichte ihn Tom.

«Dominik Westphal hat mir die Nummer eines Richters aufgeschrieben, zu dem er einen guten Draht hat, für den Fall, dass wir mal schnell und ohne große Umstände einen Beschluss brauchen.»

«Und den brauchen wir?»

«Ja. Aber nicht von diesem Richter. Mir geht es um etwas anderes. Schau dir den Zettel an.» Er hielt ihn ihr hin.

Ein Name und eine Telefonnummer, sonst nichts.

«Und jetzt das hier.» Tom zog ein Blatt Papier aus der Tasche. «Ich habe einen kurzen Stopp zu Hause gemacht und das hier aus der Akte ausgedruckt. Es ist der Zettel, den der Täter in Kiras Namen an der Hotelrezeption hinterlegt hat. Irgendwas hat mich die ganze Zeit daran gestört, aber erst jetzt habe ich begriffen, was es war.»

Mascha nahm den Zettel entgegen und betrachtete ihn, sah dann wieder auf die Notiz des Staatsanwalts. Und dann erkannte sie es.

«Fuck», murmelte sie.

«Du siehst es auch, oder?»

«Es ist dieselbe Handschrift.» Mascha blinzelte ungläubig. «Aber wie kann das sein?»

«Ich habe gerade von Romys Tagesmutter erfahren, dass Volker Hildebrand, der Komplize der Schwestern beim Mord an Walter Kublank, Dominik Westphals Großvater war.»

«Heilige Scheiße.»

«Und ich weiß inzwischen auch, dass er kein Auto besaß.»

«Du glaubst, er hat seinen Enkel um Hilfe gebeten bei der Beseitigung einer Leiche?»

«Ich hab's ausgerechnet, Westphal war zwanzig, als Kublank

starb. Und er hat wenige Wochen später sein Jurastudium begonnen.»

«Fuck, fuck, fuck.»

«Da ist noch etwas», fuhr Tom fort. «Westphal baut gerade ein Haus, wie du weißt. Ich habe ihn einmal dort getroffen. Am Ende des Grundstücks gibt es einen alten Erdkeller.»

«Und er fährt einen dunklen Kombi.» Mascha hatte plötzlich das Gefühl, keine Luft mehr zu bekommen. Sie musste daran denken, wie der Staatsanwalt sie vor ein paar Tagen aufgegabelt hatte, als sie beim Joggen an einer Bushaltestelle Schutz vor dem Regen gesucht hatte. Wie ahnungslos sie sich in seine Gewalt begeben hatte! Ihr wurde schwindelig. Sie versuchte, ruhig und gleichmäßig zu atmen. «Ich kann das nicht glauben.»

«Mir fällt es auch schwer. Aber denk darüber nach. Es würde alles erklären. Woher der Täter so gut Bescheid wusste, dass er erst dem Stalker und dann René Wendt die Morde anhängen konnte. Er war uns immer einen Schritt voraus, weil er jederzeit die Akte mitlesen konnte.»

«Aber was er damals getan hat, war doch nur Beihilfe. Das ist längst verjährt. Und er war noch so jung, vermutlich wäre er nach Jugendstrafrecht verurteilt worden.»

«Er ist Staatsanwalt, es hätte trotzdem das Ende seiner Karriere bedeutet.»

«Wohl wahr.»

«Außerdem ist da noch der Mord an Iris Hertz sieben Jahre später. Ich nehme an, Agnes hat den auch heute nicht gestanden?»

«Du glaubst, das war Westphal?»

«Irgendwie muss Hertz von Walter Kublanks Tod erfahren haben. Vielleicht hat sie ein Gespräch der Schwestern mitgehört. Sie hat die beiden erpresst, und sie haben vermutlich brav gezahlt. Aber Westphal hat befürchtet, dass früher oder später alles rauskommt. Spätestens wenn den alten Damen das Geld ausgeht.»

Mascha begriff. «Also hat er Iris Hertz erstochen und an derselben Stelle begraben wie sieben Jahre zuvor Walter Kublank.»

Am selben Tag

Nervös trat Tom von einem Fuß auf den anderen. Er stand auf dem Gelände der zerstörten Villa, wo noch immer beißender Brandgeruch in der Luft lag. Die Kriminaltechniker waren fürs Erste abgezogen, da der Keller nach wie vor verschüttet war. Rot-weißes Flatterband sperrte das Grundstück notdürftig ab. Der Himmel verfärbte sich langsam tiefblau, denn die Sonne war bereits hinter den Baumkronen verschwunden, und allmählich kroch die Kälte vom Meer herauf.

Zum gefühlt zwanzigsten Mal blickte Tom auf sein Handy. Hoffentlich ging sein Plan auf! Sie hatten sich abgesichert, trotzdem gab es so viel, das schiefgehen konnte. Vor allem durften sie Dominik Westphal nicht unterschätzen. Der Mann arbeitete jeden Tag mit der Polizei zusammen, er kannte die Abläufe, wusste, wie sie dachten.

Vor einer Stunde hatte Tom seinen Chef angerufen und ihn eingeweiht. Joost Bartelsen hatte sich alles in Ruhe angehört.

«Und Sie sind absolut sicher?», hatte er dann gefragt.

Tom hatte Mascha angesehen, die genickt hatte. «Ja.»

«Also gut.» Bartelsen hatte kurz überlegt. «Wenn Sie ihn festnehmen, muss alles wasserdicht sein. Ich will nicht, dass uns der Fall wegen eines Formfehlers um die Ohren fliegt.»

«Da bin ich ganz Ihrer Meinung. Wir brauchen einen Beschluss für diesen Erdkeller. Wenn Kira dort festgehalten wurde, muss es Spuren geben, egal wie gründlich Westphal sauber gemacht hat.»

«Das sollte kein Problem sein. Ich kenne einen Richter, der absolut vertrauenswürdig ist. Er wird die Sache diskret behandeln. Aber wir müssen jemanden von der Kriminaltechnik dazuholen.»

«Lisa Alandt ist sowieso in der Soko. Sie kann das machen.»

«Ich will, dass sie jeden Schritt der Beweissicherung dokumentiert.»

«Keine Sorge», hatte Tom versichert. «Das wird sie tun. Und damit sie in Ruhe arbeiten kann, werden wir ein Ablenkungsmanöver inszenieren, das Westphal eine Weile beschäftigt.»

«Ich weiß nicht, ob das eine gute Idee ist.»

«Ich denke doch. Wir wollen …»

«Verschonen Sie mich mit Details, Engelhardt. Je weniger ich weiß, desto besser. Bereiten Sie alles vor, damit Sie loslegen können, sobald der Beschluss da ist. Weihen Sie nur die Kollegen ein, die Sie für die Operation unbedingt benötigen. Und geben Sie Bescheid, wenn Sie Erfolg hatten. Ich bin jederzeit erreichbar. Viel Glück!»

Als Tom aufgelegt hatte, war ihm für einen Moment übel geworden, und er hatte den Impuls unterdrücken müssen, noch einmal alle Fakten durchzugehen, um sicherzustellen, dass sie keinen Denkfehler gemacht hatten. Es war nicht nötig. Mascha und er hatten jedes Detail wieder und wieder durchgekaut, es gab keine andere Möglichkeit.

Eine dunkelblaue Mercedes C-Klasse näherte sich über den Waldweg. Tom straffte die Schultern. Es ging los.

Westphal stieg aus, beugte sich aber noch mal ins Wageninnere, und für einen irrationalen Moment dachte Tom, der

Staatsanwalt hätte ihn durchschaut und würde ihn gleich mit einer Pistole bedrohen. Nur mit Mühe unterdrückte er den Impuls, zur Waffe zu greifen.

Dann erkannte er, dass jemand auf der Rückbank saß. Mist.

Er trat näher, erkannte zwei blonde Mädchen, die ihren Blick auf ein Tablet gerichtet hatten, das an der Kopfstütze befestigt war.

Westphal erhob sich und schloss die Wagentür. «Hallo, Tom.»

«Sie haben Ihre Töchter dabei?»

«Der Kindergarten hat geschlossen, wegen dieser Bombendrohung.» Der Staatsanwalt verzog das Gesicht. «Und meine Frau hat einen wichtigen Termin in Rostock.» Er kam auf Tom zu. «Das hier dauert ja vermutlich nicht lang, oder?»

«Nein. Ich möchte Ihnen nur etwas zeigen.» Tom warf einen Blick auf die Uhr. Mascha und Lisa mussten bereits beim Keller sein. Er hatte ihnen versprochen, Westphal mindestens eine Stunde zu beschäftigen. Hoffentlich reichte das.

«Also dann.» Westphal rieb sich die Hände. «Worum geht es?»

«Kommen Sie mit.»

Tom ging voran, umrundete das ausgebrannte Haus im großen Bogen, bis er bei der verschütteten Kellertreppe auf der Rückseite war.

Der Staatsanwalt wirkte unbekümmert, doch Tom bemerkte, dass seine Lippen so fest zusammengepresst waren, dass die Kieferknochen hervortraten. Einmal warf er einen Blick über die Schulter zum Auto. Doch zum Glück schienen seine Töchter vertieft zu sein in das, was sie auf dem Tablet schauen durften.

Tom wandte sich an Westphal. «Ich habe einen Verdacht, aber ich habe ihn bisher für mich behalten. Zum einen ist er ziemlich gewagt, zum anderen bin ich nicht sicher, wem aus meinem Team ich trauen kann.»

Der Staatsanwalt hob eine Augenbraue. «Sie machen mich neugierig.»

«Ich glaube, dass ein Kollege in den Fall verstrickt ist.»

Täuschte Tom sich, oder hatte Westphals Auge kurz gezuckt?

«Wie kommen Sie darauf?», fragte er.

«Es gibt verschiedene verdächtige Umstände. Ich weiß, dass der betreffende Kollege am Abend vor dem Feuer hier war. Überhaupt hat er in den vergangenen Wochen ein auffälliges Interesse an der Villa und ihren Bewohnerinnen gezeigt.»

«Aha.» Westphal schien sich zu entspannen, doch vielleicht glaubte Tom das nur, weil er es erwartete. «Aber was genau, glauben Sie, hat er getan?»

«Dazu muss ich etwas ausholen. Sie wissen, dass es bei den Morden an Walter Kublank und Iris Hertz höchstwahrscheinlich um die Beute aus Teschendorfs Tresor ging, und zwar entweder um die CD mit den Fotos oder um das Geld. Anfangs dachten wir eher an eine Erpressung mithilfe der Fotos, doch inzwischen glaube ich das nicht mehr. Ich weiß noch nicht genau wie, aber der Kollege, den ich im Verdacht habe, muss Kublank getötet und die Beute an sich gebracht haben. Vielleicht hat er ihn von der Fahndungsmeldung erkannt und konnte der Versuchung nicht widerstehen. Iris Hertz hat das irgendwie herausgefunden und ihn erpresst, deshalb tötete er sie ebenfalls. Und dann kam unsere Kollegin Kira Blanck ihm auf die Schliche.» Tom machte eine Pause und blickte Westphal erwartungsvoll an.

«Sehr gewagte Hypothese», sagte der. «Gibt es denn Beweise?»

«Das hoffe ich, und deshalb sind wir hier.» Tom deutete in Richtung Kelleraufgang. «Ich vermute – nein, ich bin mir sicher, dass Kira dort unten gefangen gehalten wurde.»

Jetzt hatte er Westphals volle Aufmerksamkeit. «Lieber Himmel», sagte er.

«Die alten Damen hätten das vermutlich nicht gemerkt, sie haben den Keller selten betreten. Zudem gab es einen Zugang von außen. Und wäre Kira gefunden worden, hätte man keine Verbindung zu ihrem Entführer herstellen können.»

«Sehr clever, aber auch sehr gewagt.»

«Für den Täter ging es um alles oder nichts.»

Der Staatsanwalt nickte. «Und das Feuer?»

«Hat er gelegt, um Spuren zu vernichten.» Tom trat näher an den verschütteten Aufgang. «Deshalb brauche ich ein Team da unten. Wenn die auch nur eine Hautschuppe von Kira finden, wissen wir, dass sie hier festgehalten wurde. Und dann kriegen wir ihn dran. Aber er darf nicht erfahren, dass wir ihn im Verdacht haben.»

Westphal betrachtete die Ruine. Tom konnte sehen, wie es hinter seiner Stirn arbeitete. Er hoffte, dass er nicht zu dick aufgetragen hatte. Wenn der Staatsanwalt ihm die Story nicht abkaufte, wäre es nur ein kleiner Schritt, darauf zu kommen, weshalb er wirklich herbestellt worden war.

«Papa, die Sophia ärgert mich.»

Westphal fuhr herum, Tom stieß einen stummen Fluch aus.

Das Mädchen war etwa drei Jahre alt, hatte blonde, zu einem kurzen Pferdeschwanz zusammengebundene Haare und riesige blaue Augen. Unter der Winterjacke lugten pinkfarbene

Gummistiefel hervor, die aussahen, als gehörten sie eigentlich ihrer großen Schwester.

«Ich hab doch gesagt, dass ihr im Auto bleiben sollt!», fuhr ihr Vater sie an. «Hier ist es gefährlich.»

Das Mädchen verzog das Gesicht. «Aber die Sophia lässt mich nicht Barbie gucken.»

Westphal verdrehte die Augen. «Du gehst jetzt sofort zurück, Emily. Ich komme gleich nach.»

«Aber ...» Emilys Unterlippe zitterte verdächtig.

«Herrgott.» Westphal wandte sich an Tom. «Ich muss los, tut mir leid. Ich rufe den Richter an und kümmere mich um einen Beschluss.»

«Geht das vielleicht sofort? Ich habe Angst, dass der Verdächtige weitere Beweise verschwinden lässt.»

Westphal zögerte. Tom fiel auf, dass er nicht einmal nach dem Namen des verdächtigen Kollegen gefragt hatte. Wäre jemand, der unschuldig ist, nicht neugierig?

«Bitte», drängte er.

«Also gut.»

Der Staatsanwalt griff in seine Manteltasche. Als er das Handy herauszog, fiel eine Pappschachtel zu Boden. Dieselben Magentabletten wie am Fundort und in Janine Kaisers Wohnung.

Tom erstarrte für den Bruchteil einer Sekunde, riss sich jedoch sofort zusammen und setzte ein unbeteiligtes Gesicht auf.

Dennoch musste Westphal seinen Blick bemerkt haben. Blitzschnell packte er seine kleine Tochter, klemmte sie sich unter den Arm und hielt ihr eine Pistole an die Schläfe.

«Waffe weg!», befahl er Tom, dessen Hand ans Holster geschossen war. «Und glaub ja nicht, dass ich nicht abdrücken würde.»

Am selben Tag

Das ist vollkommen irre», murmelte Lisa, bestimmt zum zehnten Mal. «Ich fasse es nicht.»

Sie hatten in einer Seitenstraße geparkt und die Baustelle in einem unbewachten Augenblick betreten, damit niemand sie sah und womöglich Westphal informierte, dass sich Fremde auf seinem Grundstück herumtrieben. Nach dem Vorfall mit der selbst gebastelten Bombe waren die Nachbarn womöglich noch aufmerksamer. Hinter dem fast fertigen Haus zogen sie die Schutzanzüge über.

Dann aktivierte Mascha die Kamerafunktion an ihrem Handy, und sie liefen auf den kleinen Hügel zu, in dem eine massive Metalltür den Eingang zum Erdkeller sicherte. Lisa machte sich am Schloss zu schaffen, das nach etwa zwei Minuten nachgab.

Drinnen gab es keinen Lichtschalter, doch sie hatten Stirnlampen dabei. Sie traten ein und zogen die Tür hinter sich zu.

Beklemmung erfüllte Mascha, als die Dunkelheit sie einhüllte. Das Licht der Stirnlampen erhellte den großen Raum mit der niedrigen Gewölbedecke nicht vollständig, und die Schatten in den Ecken schienen ein Eigenleben zu führen.

Mascha versuchte sich vorzustellen, wie Kira hier ausgeharrt hatte, zwei Wochen lang, vermutlich in vollkommener Finsternis und ohne Aussicht darauf, dass jemand sie fand und befreite. Sie spürte jetzt schon Platzangst in sich aufsteigen, und das, obwohl Lisa an ihrer Seite und die Tür hinter ihnen nicht abgeschlossen war.

Lisa hatte zusätzlich eine Maglite dabei, die sie jetzt einschaltete. Langsam leuchtete sie die nackten Wände ab.

«Lehm», sagte sie. «Davon müssen wir eine Probe nehmen.»

Bevor sie einen Beutel aus dem mitgebrachten Koffer nahm und zur Tat schritt, suchte sie gründlich den Boden ab. Doch der war aus nacktem Stein und gab, zumindest auf den ersten Blick, keine Spuren preis.

Lisa kratzte etwas Lehm von der Wand und ließ ihn in einen Beweisbeutel rieseln, den sie sorgfältig verschloss. Mascha filmte jeden ihrer Schritte mit dem Handy.

Dann deutete Lisa ans andere Ende des Raums, wo sich eine Art Durchgang befand. «Lass uns schauen, was dort ist. Wenn Kira hier gefangen gehalten wurde, dann bestimmt nicht direkt hinter der Eingangstür.»

Mit jedem Schritt durch den Gang schienen die Wände näher zu rücken. Wieder musste Mascha gegen das Gefühl ankämpfen, lebendig begraben zu sein. Es verstärkte sich noch, als sie bemerkte, dass sie hier kein Handysignal mehr hatte. Nur gut, dass Tom wusste, wo sie steckten.

Der Gang öffnete sich zu einem Vorraum, an dessen Ende sich eine weitere Tür befand. Diesmal war sie aus Holz. Lisa sah Mascha vielsagend an. Sicherlich dachte sie ebenfalls an die Überreste unter Kiras Fingernägeln. War das die Tür, durch die Kira vergeblich versucht hatte, in die Freiheit zu gelangen?

Lisa griff nach der Klinke. Die Tür war nicht verschlossen und schwang ihnen entgegen. Sofort richtete Lisa den Strahl der Maglite gegen die Innenseite.

Mascha schnappte entsetzt nach Luft. Das Holz war dunkel

und modrig, aber an einigen Stellen waren frische Kratzspuren zu erkennen.

«Großer Gott», murmelte Lisa entsetzt.

Mascha sah Tränen in ihren Augen schimmern. Ihr selbst war ebenfalls zum Heulen zumute. Sie war todtraurig und zugleich unfassbar wütend.

«Wir kriegen den Mistkerl dran», sagte sie mit zusammengepressten Zähnen und hielt das Handy von sich weg, damit es die folgenden Worte nicht aufzeichnete. «Und wenn ich das Geständnis aus ihm rausprügeln muss.»

Am selben Tag

Tom brauchte genau einen Wimpernschlag, um seine Optionen abzuwägen und zu erkennen, dass er keine Wahl hatte. Westphal wusste genau, warum er seiner Tochter die Waffe an den Kopf hielt. Würde er sie auf Tom richten, stünden seine Chancen schlecht. Tom war ein gut trainierter Polizist. Er hätte sich blitzschnell zur Seite werfen, seine eigene Waffe ziehen und den Staatsanwalt ausschalten können. Doch so waren ihm die Hände gebunden. Das Leben des Kindes hatte absolute Priorität. Zumal Tom nicht einschätzen konnte, wie Westphal sich verhalten würde. Er stand mit dem Rücken zur Wand und hatte höchstwahrscheinlich bereits mehrere Morde begangen. Seine Hemmschwelle, einen weiteren Menschen zu töten, war niedrig, selbst wenn es sich um seine eigene Tochter handelte. Bei Typen wie ihm drehte sich letztlich alles um ihn selbst. Mitgefühl oder gar Liebe waren ihm fremd.

Er zog seine Dienstwaffe langsam aus dem Holster und ließ sie zu Boden fallen. Dann hob er die Hände. «Wir können das sicherlich irgendwie klären. Ich habe …»

«Klappe!»

Tom verstummte. Verstohlen betrachtete er sein Gegenüber. Westphals Augen flackerten, sein Blick schoss unruhig hin und her. Obwohl er im Moment die Oberhand hatte, wirkte er wie ein gehetztes Tier. Er wusste, dass er keine Chance hatte, heil aus der Sache rauszukommen. Und das machte ihn umso gefährlicher. Denn er hatte nichts mehr zu verlieren.

«Jetzt die Handschellen anlegen. Auf dem Rücken. Und keine Tricks!»

Tom zog die Handschellen hervor. «Lassen Sie die Mädchen hier», bat er, während er sie um seine Handgelenke legte. «Ohne sie haben Sie eine bessere Chance.»

«Sie sollen die Klappe halten», schnauzte Westphal. «Ich bin nicht blöd, ich falle nicht rein auf diesen Scheiß.»

«Aber Sie wollen doch sicher …»

Tom sah die Hand nicht kommen. Die Waffe knallte ihm auf die Nase, Schmerz explodierte in seinem Gesicht, er keuchte auf.

Das kleine Mädchen begann zu wimmern.

«Sei still», fuhr ihr Vater sie an.

Sie verstummte erschrocken.

«Hinknien», befahl er Tom.

Zögernd ging Tom in die Knie. Er versuchte vergeblich, die Panik hinunterzuschlucken. Seine Gedanken schossen zu Romy, und seine Brust schnürte sich zusammen. War das der Moment, in dem seine kleine Tochter auch ihren Vater verlor?

Tom machte sich bereit. Er hatte nicht vor, sich kampflos in sein Schicksal zu fügen. Aber er musste schnell sein.

Am selben Tag

Auch der zweite Kellerraum war leer gewesen. Doch in einer Ecke hatte Lisa ein Stück Weißblech von einem Deckel gefunden, mit Blutanhaftungen daran. Höchstwahrscheinlich hatte Kira sich an der scharfen Kante geschnitten.

Der Deckel war ein Hinweis darauf, dass Westphal seine Gefangene mit Essen versorgt hatte. Ein tröstlicher Gedanke. Zudem war er gefaltet gewesen, als hätte Kira ihn irgendwie als Werkzeug benutzt. Möglicherweise hatte sie damit versucht, die Tür zu öffnen, denn nicht nur auf dem Holz, auch um das Schloss herum fanden sich Kratzspuren. Mascha gefiel die Vorstellung, dass es Kira gelungen war, nach draußen zu gelangen und damit ihrem Peiniger einen gehörigen Schrecken einzujagen. Auch wenn sie es letztlich nicht geschafft hatte, ihm zu entkommen.

«Ich denke, wir sind fürs Erste fertig», sagte Lisa.

«Okay, dann los.» Mascha beendete die Aufnahmefunktion. «Wir versiegeln die Tür, um sicherzustellen, dass niemand hier etwas manipuliert, bevor die Kollegen noch einmal gründlich alles absuchen.»

Sie liefen durch den Gang zurück in den großen Kellerraum, in den durch den Türspalt etwas Tageslicht fiel. Lisa schaltete die Maglite aus und packte sie zurück in den Koffer, in dem sie auch die Proben verstaut hatte.

Als sie sich der Tür näherten, vernahm Mascha draußen ein Geräusch. Schritte und Stimmen näherten sich. Sie hielt inne und knipste die Stirnlampe aus. War das Tom? Oder hatte jemand beobachtet, wie sie in den Keller eingedrungen waren?

Sie blickte zu Lisa, die ebenfalls stehen geblieben war und die Lampe ausgeschaltet hatte. Im schwachen Licht, das durch den Türspalt fiel, konnte Mascha ihr Gesicht nicht erkennen. Aber das war auch nicht nötig.

Ohne ein Wort zu verlieren, drückten sie sich an die Wand neben der Tür. Lisa stellte lautlos den Koffer ab, Mascha zog die Waffe aus dem Holster und machte sich bereit.

Am selben Tag

Benommen richtete Tom sich auf. Er brauchte mehrere Versuche, denn mit den auf dem Rücken gefesselten Händen verlor er immer wieder das Gleichgewicht.

Er hatte auf das metallische Klicken der Waffe gewartet, bereit, sich blitzschnell nach hinten zu werfen, wenn Westphal sie auf seinen Hinterkopf richtete. Doch stattdessen war urplötzlich ein heftiger Schmerz durch seinen Schädel gezuckt. Und dann war ihm schwarz vor Augen geworden.

Stöhnend blickte er an sich herab. Keine weiteren Verletzungen. Westphal hatte ihn einfach bewusstlos hier zurückgelassen.

Vor Erleichterung hätte Tom sich am liebsten wieder zu Boden sinken lassen. Er war erschöpft, sein Kopf hämmerte, und die verletzte Nase pochte unangenehm.

Doch er durfte sich nicht ausruhen. Er musste Verstärkung rufen und die Fahndung nach Dominik Westphal einleiten. Der Mann war vollkommen außer Kontrolle.

Tom blickte erneut an sich herunter. Sein Handy war nicht mehr in der Hosentasche. Natürlich nicht, was hatte er denn erwartet? Er schaute sich suchend um, vielleicht hatte Westphal es bloß weggeworfen. Doch er konnte es nicht entdecken.

Immerhin lag seine Dienstwaffe noch an derselben Stelle. Es

sah so aus, als hätte der Staatsanwalt nicht einmal das Magazin herausgenommen. Leider nützte ihm das im Augenblick überhaupt nichts.

Er biss die Zähne zusammen und versuchte, auf die Beine zu kommen. Beim vierten Versuch klappte es. Eine Weile stand er einfach nur mit zitternden Knien da und wartete darauf, dass der Schwindel nachließ. Dann klaubte er die Waffe vom Boden auf und stolperte auf unsicheren Beinen um die Ruine herum auf den Waldweg zu.

Er schaffte etwa zwanzig Meter, bevor der Wald um ihn herum sich so schnell zu drehen begann, dass er die Orientierung verlor und erneut auf die Knie sank.

Am selben Tag

Mascha richtete die Waffe auf die Tür. Schweiß lief ihr den Rücken hinunter. Zwar war sie der Person, die den Keller gleich betreten würde, überlegen, weil ihre Augen an die Dunkelheit gewöhnt waren. Andererseits jedoch würde das Gesicht im Schatten liegen, und ihr würde nicht viel Zeit bleiben zu erkennen, ob es sich um Freund oder Feind handelte.

Die Tür schwang auf.

«War gar nicht abgeschlossen», murmelte jemand erstaunt.

Mascha atmete auf.

«Björn!», rief sie. «Du hast uns zu Tode erschreckt. Was machst du hier?»

«Mascha?» Noch eine Gestalt trat in den Raum. Eine Taschenlampe blitzte auf. Paul und Dennis blickten sich neugierig um.

Mascha und Lisa schalteten ihre Stirnlampen ein.

«Woher wusstet ihr …», begann Lisa.

Doch Mascha unterbrach sie. «Lasst uns nach draußen gehen und dort reden, damit wir keine Spuren vernichten.»

Die Männer warfen einen raschen Blick auf das Gewölbe, bevor sie den Keller wieder verließen.

«Habt ihr von Tom gehört?», fragte Mascha und versuchte, ihn zu erreichen. Vergeblich.

«Wir dachten, er ist bei euch.» Paul runzelte die Stirn. «Was zum Teufel ist hier eigentlich los?»

«Lass uns das unterwegs klären, Tom könnte in Gefahr sein.» Mascha wandte sich an Lisa. «Du versiegelst die Tür, dann kommst du mit deinem Dienstwagen nach, okay?»

«Klar, mach ich.» Lisa klappte erneut den Koffer auf.

Mascha wandte sich an Paul. «Wo steht euer Auto? Wir müssen zur Villa, sofort.»

Während Paul aus der Stadt raste, berichtete Mascha dem Team, wie sie auf Dominik Westphal gekommen waren.

«Das ist echt krass», brummte Dennis von der Rückbank.

«Und jetzt ihr», bat Mascha. «Was wolltet ihr an dem Erdkeller?»

«Das soll Björn dir erzählen.» Paul blickte über die Schulter.

«Ich habe noch einmal mit Janine Kaiser gesprochen», erzählte Björn. «Irgendwann habe ich sie gefragt, wer eigentlich Torges Vater ist. War nur so ein Gefühl, aber es war ein Volltreffer. Sie ist weinend zusammengebrochen und hat gar nicht mehr aufgehört zu reden. Leider war ihre Geschichte ziemlich wirr, und ich musste mir einiges zusammenreimen. Klar war nur, dass Dominik Westphal Torges Vater ist und Janine ihn verdächtigt, etwas mit den Morden am Kliff zu tun zu haben. Offenbar hat sie damals beobachtet, wie Westphal zusammen mit einem älteren Mann eine Leiche im Sand vergraben hat. Sie hat diese Erinnerung verdrängt, aber ganz verschwand sie wohl nie aus ihrem Gedächtnis. Sie ist noch auf dem Revier, Senior nimmt ihre Aussage auf. Jedenfalls fiel Paul der Erdkeller auf dem Baugrundstück ein, als ich ihm von Janines Anschuldigungen erzählt habe. Und da dachten wir sofort, das könnte der Ort sein, an dem Kira festgehalten wurde.»

«Das ist ja irre.» Mascha blickte kopfschüttelnd nach draußen. Sie hatten inzwischen den Wald erreicht, es war nicht mehr weit bis zur Villa.

«Ein Wunder, dass Janine noch lebt», meinte Dennis. «Offenbar hat der Dreckskerl ja sonst wenig Skrupel, Zeugen zu beseitigen.»

Paul bog mit quietschenden Reifen auf den Waldweg. «Ich vermute, er hatte all die Jahre keine Ahnung, dass sein Komplize und er beobachtet worden waren.»

Er bremste abrupt. Lisa, die sie eingeholt hatte und hinter ihnen fuhr, schaffte es gerade noch, rechtzeitig zum Stehen zu kommen.

«Scheiße, was ist los?», fuhr Mascha ihn an.

Paul antwortete nicht, sondern sprang aus dem Wagen und ging vor der Motorhaube in die Hocke. Mascha stieß zu ihm, als er gerade ein Handy aus dem Sand zog.

«Das ist Toms, oder?»

Maschas Brust zog sich zusammen. «Scheiße.» Sie blickte in Richtung Villa. Die Ruine war von dieser Stelle aus noch nicht zu sehen, aber sie glaubte, den leichten Brandgeruch auf der Zunge zu schmecken. «Ich hätte niemals zulassen dürfen, dass er sich allein mit Westphal trifft.»

In dem Moment tauchte eine Gestalt auf dem Weg auf.

«Tom!» Mascha rannte los.

Am selben Tag

Tom fühlte sich, als würde sein Schädel jeden Moment explodieren, doch er ließ sich nichts anmerken, damit sein Team ihn nicht doch noch im Krankenhaus ablieferte.

Er hatte die Fahndung nach Westphal eingeleitet und angeordnet, die zwei einzigen Straßen, die vom Darß herunterführten, bei Dierhagen im Süden und über die Meiningenbrücke im Osten, sperren zu lassen. Doch er fürchtete, dass der Flüchtige längst über alle Berge sein würde, wenn die Kollegen vor Ort eintrafen.

Mascha saß mit ihm auf der Rückbank und desinfizierte die Platzwunde an seinem Hinterkopf, während er auf seinem Handy die Nummer von Tina raussuchte, der Psychologin, mit der er in Berlin einige Male zusammengearbeitet hatte. Er brauchte eine Einschätzung von Westphals psychischer Verfassung, vor allem musste er wissen, ob der Mann seinen beiden Töchtern etwas antun würde.

Sie hatten versucht, Westphals Frau zu erreichen, doch bisher vergeblich. Deshalb waren sie auf dem Weg zu ihr. Vielleicht wusste sie, wohin ihr Mann sich flüchten würde.

Zum Glück ging Tina nach dem dritten Klingeln ran.

«Tom, es passt im Moment überhaupt nicht.»

«Was auch immer du gerade machst, es muss warten. Das Leben von zwei kleinen Mädchen steht auf dem Spiel.»

«Verdammt. Schieß los.»

Tom hörte, wie sich eine Tür schloss. Er stellte das Telefon laut und berichtete ihr so knapp wie möglich, worum es ging.

«Natürlich weiß ich viel zu wenig, um eine seriöse Einschätzung zu geben», sagte Tina, als er geendet hatte. «Aber es hört sich so an, als hätten wir hier jemanden mit einer massiven narzisstischen Persönlichkeitsstörung. Vielleicht sogar mit einer psychopathischen. Jedenfalls glaubt er, mit allem, was er tut, im Recht zu sein. Und dass die anderen schuld an seiner misslichen Lage sind. Er wird sich nicht stellen. Sieg oder Tod, eine andere Lösung gibt es für ihn nicht.»

«Und was bedeutet das für die Mädchen?»

«Ich fürchte, er könnte einen erweiterten Suizid planen. Womöglich auch mit seiner Frau. Habt ihr sie schon erreicht?»

«Wir sind gerade auf dem Weg zu ihr.» Tom seufzte. «Irgendeine Idee, wie er sich umbringen würde?»

«Puh, schwer zu sagen.»

«Versuch es.»

«Jedenfalls nicht still und leise. Er will, dass sein Abgang ein großes Drama ist, eine Show, die man nicht so schnell vergisst.»

Paul hielt vor dem Haus der Familie Westphal, hinter ihnen stoppte Lisa.

«Wir sind jetzt da», sagte Tom und signalisierte den anderen, sich auf dem Grundstück zu verteilen. «Danke dir, Tina.»

«Viel Glück. Ich drücke die Daumen, dass ihr die Mädchen retten könnt.»

Das Haus stammte aus DDR-Zeiten und lag am Ortsrand von Sellnitz. Kein Vergleich mit der schicken Villa, die Westphal gerade bauen ließ. Und die er wohl nie beziehen würde. Als Tom den anderen nach draußen folgte, hämmerte Dennis gerade gegen die Tür. Björn und Paul waren mit gezogenen Waffen um die Hausecke verschwunden.

«Scheint niemand da zu sein», sagte Dennis.

«Aber ihr Wagen steht in der Einfahrt.» Mascha deutete auf einen knallroten VW Beetle vor der Garage.

«Dann gehen wir rein.» Tom nickte Lisa zu, die bereits den Elektropick schwenkte.

Die anderen traten zur Seite, zwanzig Sekunden später schob Lisa die Tür auf. Tom warf einen Blick über ihre Schulter und keuchte entsetzt auf.

Am selben Tag

Fassungslos starrte Mascha auf das Chaos in der kleinen Diele. Jacken, Mützen, Schals und Schuhe lagen wild durcheinander. Eine Kommode war umgestürzt, der Spiegel neben der Garderobe war gesplittert, Scherben lagen auf dem Boden. An den Überresten des Spiegels haftete Blut. Hier hatte eindeutig ein Kampf stattgefunden.

«Ich schätze mal, Westphals Frau ist nicht freiwillig mit ihm gekommen», murmelte sie mit trockener Kehle.

«Was für ein Mist.» Paul steckte die Waffe zurück ins Holster. Björn und er hatten auf der Rückseite des Hauses nichts Auffälliges entdeckt und waren wieder zu ihnen gestoßen.

«Ein Gutes hat es zumindest», sagte Björn. «Durch die Aktion dürfte er Zeit verloren haben, was bedeutet, dass sein Vorsprung nicht ganz so groß ist, wie wir dachten.»

«Und wohin ist er gefahren?», fragte Dennis.

«Höchstwahrscheinlich nicht zur Brücke», überlegte Tom laut. «Die ist noch viel leichter zu sperren als die Straße nach Dierhagen. Außerdem wäre er Richtung Süden schneller auf der Autobahn.»

«Dafür ist der Weg zur Brücke kürzer», wandte Dennis ein. «Von hier aus sind es keine zehn Minuten. Und wenn sie einmal auf dem Festland sind …» Er musste den Satz nicht beenden.

«Okay, wir trennen uns», entschied Tom. «Lisa, Dennis und

Björn fahren zur Brücke. Mascha, Paul und ich nehmen die andere Richtung.»

Sie verteilten sich wieder auf die beiden Autos, Lisa gab Gas, noch bevor Björn die Beifahrertür zugezogen hatte. Im nächsten Augenblick startete auch Paul den Motor. Während sie mit Blaulicht und Sirene über die Landstraße nach Süden rasten, informierte Tom die Kriminaltechnik und seinen Chef.

Hinter Wustrow erreichte sie ein Anruf. Jemand hatte auf der L 22 kurz hinter Graal-Müritz einen Radfahrer angefahren und Fahrerflucht begangen. Das Unfallopfer war zum Glück nur leicht verletzt. Und er hatte ausgesagt, dass es sich bei dem Wagen um einen dunkelblauen Kombi gehandelt habe.

An einen Zufall glaubte Mascha ebenso wenig wie Tom. Seltsam war nur, dass die Strecke über Graal-Müritz auf dem Weg nach Rostock oder zur A 20 einen überflüssigen Umweg darstellte. Entweder glaubte Dominik Westphal, auf diese Weise etwaigen Straßensperren zu entgehen, oder er hatte ein Fahrtziel, das in der Nähe lag.

Kurz vor Dierhagen stießen sie auf die Straßensperre. Die Streifenbeamten winkten sie durch, und auf Höhe des Bernsteinsees nahm Paul die Abkürzung in Richtung Graal-Müritz.

Wenige Minuten später erreichten sie die Unfallstelle. Sie lag am Ortsausgang, direkt neben einem Abzweig, der durch eine Bahnschranke versperrt war. Hier fuhr die Regionalbahn von Rostock nach Graal-Müritz, die Schienen verliefen parallel zur Landstraße, bevor sie einen halben Kilometer weiter südlich in einer Kurve im Wald verschwanden.

Während Paul und Tom den Radfahrer befragten, starrte Mascha nachdenklich auf die Gleise. Ein schrecklicher Gedanke kam ihr. Rasch zog sie ihr Handy hervor und studierte die Karte.

«Ich glaube, ich weiß, wo sie sind!», rief sie ihren beiden Kollegen zu. «Wir müssen uns beeilen, schnell!»

Nahe Graal-Müritz, am selben Tag

Das ist die Stelle!», rief Mascha. «Hier musst du abbiegen.»

«Ich weiß.» Paul schlug das Lenkrad ein, der Streifenwagen schlitterte in die Einfahrt.

Vor ihnen erstreckte sich ein lang gezogener Wanderparkplatz. An dessen Ende ging es über die Gleise auf das Wegenetz der Rostocker Heide, eines großen Waldgebiets südlich von Graal-Müritz.

Tom ließ seinen Blick schweifen. Etwa ein halbes Dutzend Pkw parkten auf dem Gelände, ein dunkelblauer Kombi war nicht darunter. Ein Andreaskreuz warnte vor dem Bahnübergang. Doch die Schranke war zur Seite gedreht.

Während Paul langsam auf die Schienen zufuhr, ließ Tom sich von der Leitstelle mit der Netzleitzentrale der Bahn verbinden. Mascha hatte den Fahrplan konsultiert, der nächste Zug aus Rostock wurde in fünf Minuten an der Haltestelle Torfbrücke erwartet; wenn er pünktlich war, würde er in rund drei Minuten den Bahnübergang passieren.

Sie hatten die Schranke erreicht. Tom erkannte frische blaue Farbe auf dem weißen Lack.

«Der Mistkerl hat sie durchbrochen», sagte Paul und beugte sich über das Lenkrad. «Aber wo steckt er?»

«Ich fürchte, er fährt dem Zug entgegen.» Mascha deutete die Gleise entlang in Richtung Süden.

«Und Frau und Kinder sind mit im Wagen. Was für ein Arschloch.»

Tom wartete noch immer darauf, dass die Verbindung zustande kam. Das Handynetz war schwach hier im Wald. Er hoffte, dass es ausreichte.

«Was hast du vor?», fragte Paul.

«Steig aus und sichere den Bahnübergang, damit keine unbeteiligten Personen zu Schaden kommen.»

«Wie du meinst.» Paul stieß die Tür auf und eilte auf ein Pärchen mit Hund zu, das sich vom Wald her näherte.

Mascha sprang ebenfalls nach draußen, doch statt Paul zu folgen, stieg sie auf der Fahrerseite ein und lenkte den Wagen auf die Schienen.

«Lass den Scheiß!», forderte Tom sie auf. «Es reicht, wenn einer sein Leben aufs Spiel setzt.»

«Und das musst du sein, ja?» Sie gab Gas, der Wagen ruckelte über das Gleisbett. «Ich habe keine Tochter, die auf mich wartet. Du solltest besser aussteigen!»

Touché.

Bevor Tom etwas erwidern konnte, meldete sich endlich die Netzleitzentrale. Innerhalb von dreißig Sekunden hatte Tom erklärt, worum es ging, und noch bevor er geendet hatte, war die Warnung an den Zugführer rausgegangen. Die Regionalbahn hatte Verspätung, war vor sechs Minuten in Rövershagen losgefahren. Falls irgendwas schiefging, blieben ihnen etwa zwei Minuten.

Vor ihnen tauchte der blaue Kombi auf, er war noch etwa hundert Meter entfernt. Gleichzeitig ertönte das Singen der Schienen, das einen herannahenden Zug ankündigte. Tom brach der Schweiß aus. Dann erschien der schwarz-rote Antriebswagen zwischen den Bäumen.

«Fuck!», stieß Mascha hervor und schaltete Blaulicht und Sirene wieder ein.

Tom streckte die Hand nach dem Türgriff aus, dann erkannte er, dass der Zug bereits das Tempo drosselte. Etwa zehn Meter vor dem Mercedes kam er zum Stehen.

«Das war knapp.» Mascha stellte die Sirene aus und rollte noch ein Stück näher heran. «Und jetzt?»

«Wir müssen ihn irgendwie rauslocken und von seiner Familie isolieren.»

«Darauf wird er sich nicht einlassen.»

«Wir müssen es versuchen.» Tom rieb sich nervös über die schweißnasse Stirn. «Wir wissen nicht, was da drinnen los ist, vielleicht drückt er gerade seiner Frau die Waffe an die Schläfe. Oder sie ist schon tot, und jetzt sind die Kinder dran.» Tom öffnete die Tür. «Wir nähern uns durch den Wald. Du von links, ich von rechts. Sobald wir auf Höhe des Wagens sind, startest du irgendein Ablenkungsmanöver. Aber bleib aus der Schusslinie. Ich versuche derweil, von der Beifahrerseite aus an das Fahrzeug heranzukommen und die Kinder rauszuholen. Sollte der Mistkerl es wagen auszusteigen, schalten wir ihn sofort aus.»

Am selben Tag

Es dauerte keine dreißig Sekunden, durch den Wald auf Höhe des Mercedes zu gelangen, dennoch kam es Mascha ewig vor. Während sie durchs Unterholz hastete, bildete sie sich ständig ein, Schüsse zu hören. Sie frage sich, was Westphal gerade machte. Überlegte er fieberhaft, was er tun sollte, oder hatte er bereits einen Plan B?

Kampflos ergeben würde er sich jedenfalls nicht.

Zum Glück hatte der Zugführer bisher keine Anstalten gemacht, in das Geschehen einzugreifen. Mascha suchte Deckung hinter einem Baum, im selben Moment ging die Beifahrertür auf. Mascha schöpfte Hoffnung. Vielleicht ließ Westphal ja doch seine Familie frei, jetzt, wo es keinen Ausweg mehr gab.

Tatsächlich stolperte eine Frau nach draußen. Sie war nur wenig jünger als Mascha, das brünette Haar klebte ihr am Kopf, Blut haftete an Stirn und Wange. Sie presste etwas vor ihren Bauch, das für Mascha jedoch hinter dem Fahrzeug verborgen war.

Rasch hielt sie nach Tom Ausschau, der ebenfalls hinter einem Baum Posten bezogen hatte. Er schüttelte den Kopf und fuhr sich mit dem Finger über den Hals. Also durften sie nicht eingreifen.

Zwei Sekunden später begriff Mascha auch, warum. Sina

Westphal kam um den Wagen herum, und der Gegenstand in ihren Händen entpuppte sich als Benzinkanister.

Scheiße. Maschas Blick schoss zu Tom, der sich durch den Wald näher heranpirschte, dann wieder zu der Frau. Sie stand nun vor der Motorhaube und schraubte den Deckel ab, hielt den Blick dabei ängstlich auf die Windschutzscheibe gerichtet.

Durch das Seitenfenster erkannte Mascha Dominik Westphal, der mit einer Waffe auf seine Frau zielte. Mascha hätte ihn mit einem präzisen Schuss ausschalten können, wenn das Risiko nicht zu groß gewesen wäre. Denn auf seinem Schoß saß ein kleines blondes Mädchen.

Am selben Tag

Tom atmete einmal tief ein und aus, um ruhig zu werden. Er musste den richtigen Moment erwischen und sehr genau treffen. Er hatte nur einen Versuch, und wenn es schiefging, wäre das nicht nur das Ende seiner Karriere.

Er sah, wie Mascha Westphal ins Visier nahm. Gut so. Sie würde schießen, sobald sich eine Gelegenheit bot. Aber vorher musste er dafür sorgen, dass der Dreckskerl seinen Plan nicht in die Tat umsetzen konnte. Was er vorhatte, war klar. Jetzt, wo er den Zug nicht mehr als Werkzeug für seine Tat nutzen konnte, brauchte er einen neuen spektakulären Abgang.

In der Ferne hörte Tom Sirenen. Die Verstärkung war im Anmarsch. Er hoffte, dass es Mascha und ihm gelingen würde, die Situation vor dem Eintreffen der Kollegen unter Kontrolle zu bekommen. Wenn es im Wald plötzlich vor Polizisten wimmelte, würde das Westphal nur noch mehr unter Druck setzen.

Tom konzentrierte sich wieder auf Sina Westphal. Sie hatte den Deckel ins Gleisbett geworfen und hob nun den Kanister hoch, um die Motorhaube mit Benzin zu übergießen.

Jetzt oder nie.

Tom zielte und feuerte.

Am selben Tag

Mascha erstarrte, als der Schuss durch den Wald krachte. Sie sah, wie die Frau vor dem Auto zusammensank, und verstand im ersten Moment nicht, was geschehen war.

Dann sah sie, wie Sina Westphal die Hand auf ihren Unterschenkel presste, und sie begriff Toms Plan. Er hatte die Frau nur leicht verletzt und sie damit aus der Gleichung genommen. Zudem konnte Westphal sie dort, wo sie lag, vom Fahrersitz aus nicht sehen. Wenn er an seinem Plan festhalten wollte, das Auto in Brand zu stecken und seine ganze Familie mit in den Tod zu nehmen, musste er aussteigen. Seine Töchter wären nicht in der Lage, den schweren Kanister zu stemmen oder ihre verletzte Mutter zurück ins Fahrzeug zu schleifen. Zudem konnte er nicht sicher sein, ob Tom ihnen nicht auch eine Kugel ins Bein jagen würde.

Fragte sich nur, ob Westphal nicht noch ein Ass im Ärmel hatte. Oder ob seine Wut so groß war, dass er die Mädchen sofort erschoss. Zumal die Sirenen der näher kommenden Einsatzfahrzeuge immer lauter wurden.

Mascha konzentrierte sich auf den Staatsanwalt, behielt jedoch auch die Frau und den Kanister im Blick, dessen Inhalt langsam ins Gleisbett sickerte. Westphal schwenkte die Waffe. Mascha ließ ihn nicht aus den Augen. Eine falsche Bewegung, und sie würde ihm eine Kugel in den Kopf jagen.

Die Fahrertür öffnete sich. Der Staatsanwalt stieg aus, blieb jedoch direkt an der Tür stehen. Seine Tochter hielt er vor sich, presste ihr die Pistole an die Schläfe.

Er rief nach seiner Frau. Die Antwort war ein Wimmern, kaum zu hören über den Lärm der Sirenen hinweg.

Tom trat aus dem Wald, die Pistole im Anschlag. «Lassen Sie das Mädchen runter!»

In Westphals Gesicht zuckte es. Offenbar hatte er nicht damit gerechnet, Tom hier zu sehen.

«Ich hätte dich an der Villa erschießen sollen», stieß er wütend hervor. «Dummer Fehler. Aber der passiert mir nicht noch einmal.» Er zielte mit der Waffe auf Tom.

Mascha drückte ab. Der Schuss schleuderte Dominik Westphals Kopf zur Seite, Blut spritzte in alle Richtungen.

Mascha rannte auf ihn zu, die Waffe noch immer im Anschlag. Westphal kippte gegen den Wagen, der Arm mit der Pistole zuckte hoch, aber die Bewegung war nicht mehr als ein Reflex.

Mascha erreichte ihn, als er in sich zusammensackte. Sie fing das Mädchen auf und presste es an sich, drehte sich zu Tom um, der die hintere Wagentür aufgezogen hatte, um das andere Mädchen herauszuholen.

Über das Gleisbett näherten sich mehrere Streifenwagen, Kollegen sprangen heraus, zogen ihre Waffen, ließen sie jedoch wieder sinken, als sie erkannten, dass die Gefahr gebannt war.

Über den Wagen hinweg sahen Tom und Mascha sich an. Toms Blick war eine Frage. Mascha nickte kaum wahrnehmbar. Alles in Ordnung, sie hatten es geschafft, sie hatten die Mädchen gerettet.

Freitag, 7. Februar

Elmenhorst, Vorpommern, am Vormittag

Die Sonne schien, und die Luft duftete nach Frühling, als Tom zusammen mit den übrigen Mitgliedern der Soko Sturm den kleinen Friedhof betrat. Er lag malerisch im Schatten einer alten Feldsteinkirche, die mächtigen Bäume, die im Sommer die Gräber beschatteten, waren noch kahl, doch in einer Ecke blühten die ersten Schneeglöckchen.

Kira Blanck war am Vortag im Kreis ihrer Familie beigesetzt worden. Das Grab lag etwas abseits direkt unter einer Zypresse. Blumengebinde und Kränze türmten sich darauf, und Tom fühlte Beklemmung in sich aufsteigen, als die Bilder von Ingas Beerdigung vor seinem inneren Auge aufblitzten.

Er blieb stehen und räusperte sich. «Sollen wir?»

«Aber hallo!» Paul zog eine Sektflasche aus seinem Rucksack, Björn packte Gläser aus.

Mascha bückte sich und stellte den Bilderrahmen vor die Blumen. Sie hatte ein Foto vom vergangenen Herbst ausgedruckt, auf dem sie alle versammelt waren. Die damalige Soko hatte sich an dem Tag zur Besprechung in einer Fischbude getroffen, und sie saßen gemeinsam draußen um den Tisch. Alle grinsten in die Kamera, und sogar Kira, die oft verbissen dreingeblickt hatte, wirkte auf diesem Foto gelöst.

Lisa stellte einen Kaffeebecher mit dem Aufdruck «Superheldin» unter dem Bild einer blonden Frau mit Brille und rotem Umhang neben das Foto. Sie füllte den Becher aus einer Wasserflasche, dann drapierte sie einen kleinen Strauß Frühlingsblumen darin.

Paul und Björn verteilten die gefüllten Sektgläser.

«Auf Kira!», sagte Lisa. «Sie wird immer einen Platz in unseren Herzen haben.»

«Auf Kira!» Auch die anderen hoben die Gläser und nippten.

«Und auf dass ihr Mörder für immer in der Hölle schmoren möge», fügte Paul grimmig hinzu.

«Das wird er», knurrte Dennis. «Darauf kannst du dich verlassen.»

Tom schaute zu Mascha hinüber. Die meisten Polizisten belastete es, einen Menschen erschossen zu haben, selbst wenn es sich um einen kaltblütigen Mörder gehandelt hatte. Manche litten sogar unter einem sogenannten Post-Shooting-Trauma. Doch Mascha schien es gut wegzustecken.

Er senkte den Blick, betrachtete nachdenklich das Foto, und ihm wurde klar, dass er Kira tatsächlich vermisste. Sie war eine Nervensäge gewesen, doch er wusste, wie sehr sie sich angestrengt hatte, eine gute Polizistin zu werden. Und sich die Anerkennung ihrer Kollegen zu verdienen. Er war sich sicher, dass sie eine großartige Ermittlerin geworden wäre, wenn sie die Chance dazu bekommen hätte.

Sellnitz, am selben Tag

Tom streckte den Rücken durch. Seit Stunden studierte er Untersuchungsergebnisse, tippte Berichte und telefonierte mit Kollegen. Allmählich machte sich die Anspannung der vergangenen Tage bemerkbar, zudem brummte sein Schädel. Zwar hatte er keine Gehirnerschütterung, aber die Wunde war verdammt schmerzhaft.

Ganz zu schweigen von seiner Nase. Romy hatte ihn gefragt, ob sie schief bleiben würde wie bei einem Boxer. Offenbar fand sie das lustig. Tom gefiel der Gedanke weniger. Doch angesichts der Tatsache, dass Dominik Westphal ihn auch hätte erschießen können, war es ein Preis, den er gern zahlte.

Außer ihm war nur Paul im Büro, der über seine Tastatur gebeugt am Besprechungstisch saß.

Dennis und Björn waren nach dem Besuch auf dem Friedhof heimgefahren, und auch Lisa war so gut wie weg. Obwohl Tom die Ruhe genoss, vermisste er das Team, mit dem er fast einen Monat lang so intensiv zusammengearbeitet hatte.

Mascha war ebenfalls nicht da, sie war unterwegs nach Anklam, um dort wegen des Schusses befragt zu werden. Das übliche Prozedere, das Tom ebenfalls hatte hinter sich bringen müssen, auch wenn sein Schuss nicht tödlich gewesen war. Er freute sich darauf, sie heute Abend vor ihrer endgültigen Abreise noch einmal zu sehen.

Immerhin hatten sie nun schwarz auf weiß, dass sie den richtigen Täter erwischt hatten. Ein DNA-Abgleich hatte ergeben, dass die Spuren an der Reisetasche und an Kiras Leiche von Westphal stammten. Und die Proben aus seinem Erdkeller, der Lehm, das Holz und das Blut an dem Stück Blech passten ebenfalls ins Bild.

Blieb die Frage, warum er Kira überhaupt entführt hatte. Mascha war davon überzeugt, dass es mit der CD zusammenhing, und Tom war geneigt, ihr zuzustimmen. Kira musste ihn an dem Tag in Maschas Hotelzimmer überrascht haben, wo er die Abdrücke abgewischt hatte. Womöglich hatte er die CD beim Vergraben der Leiche angefasst. Oder er war nicht sicher gewesen, ob er sie berührt hatte. Als Kira dann plötzlich vor ihm stand, hatte er schnell reagieren müssen.

Und es gab einige weitere Puzzleteile, die endlich an ihren Platz gelegt werden konnten. Westphals Schwiegermutter lebte in dem Seniorenheim in Zingst, in dessen Nähe sich Kiras Handy zuletzt ins Netz eingewählt hatte. Irgendwo dort musste er das Gerät entsorgt haben, höchstwahrscheinlich im Meer. Aufgetaucht war es jedenfalls noch nicht.

Tom warf eine Kopfschmerztablette ein und spülte sie mit einem Schluck Kaffee herunter. Noch eine Stunde bis Feierabend. Heute konnte er endlich mal pünktlich nach Hause. Der restliche Papierkram musste bis Montag warten. Während er am Kaffee schlürfte, erinnerte er sich daran, wie Westphal sich ein Wettrennen mit dem Rechtsmediziner geliefert hatte, um als Erster bei Kiras Leiche zu sein. Er begriff, dass das keine Geltungssucht, sondern pure Berechnung gewesen war. Er hatte dafür gesorgt, dass im Fall der Fälle jede Menge Zeugen beeidigen konnten, wie seine DNA an den Fundort gekommen war.

Westphal war auch der Gesetzeshüter gewesen, den Agnes Bülow in ihrem anonymen Brief gemeint hatte. In einem lichten Moment hatte sie Dayita Kumar, die sie heute Morgen im Krankenhaus besucht hatte, erzählt, dass Westphal damals der zweite Komplize gewesen war. Und dass sie gedacht habe, er stecke hinter den Sabotageakten in der Villa. Sie habe es als Drohung verstanden, ihn nicht zu verraten. Der Brief sollte Kumar auf die richtige Spur bringen, sie habe sich nicht anders zu helfen gewusst.

Bei Westphals Leiche hatten sie auch das Handy gefunden, das er benutzt hatte, um Björn in der Nacht des Feuers in Janines Namen zur alten Villa zu locken. Allerdings würden sie wohl nie erfahren, ob er die Textnachricht nur dazu verwenden wollte, um Janine als Brandstifterin dastehen zu lassen, oder ob er Björn ebenfalls hatte töten wollen. Womöglich hatte er den Ermittler zusammen mit Janine gesehen und befürchtet, sie könnte sich ihm anvertraut haben. Ein Glück jedenfalls, dass Björn die SMS erst am nächsten Tag gesehen hatte. Sonst wäre er jetzt vielleicht ebenfalls tot.

Toms Handy klingelte. Es war Lisa, die mit ein paar Kollegen noch einmal zur Villa gefahren war. Die übrigen sicherten noch immer Spuren an der Bahnlinie.

«Hi, Lisa.» Er stellte auf laut. «Paul hört mit.»

«Hallo, ihr zwei.»

«Habt ihr sie gefunden?», fragte Paul.

«Eine Beretta 92 FS, Kaliber 9 mm. Sie war genau da, wo Agnes Bülow gesagt hat. Vergraben unter dem Flieder. War gar nicht so einfach ranzukommen, weil sie von Wurzeln umschlungen war.»

«Also wurde sie schon länger nicht abgefeuert?», wollte Tom wissen.

«Davon kannst du ausgehen. Wir schicken sie ins Labor, okay?»

«Danke dir.» Tom räusperte sich. «Gute Arbeit, Lisa. Bis bald.»

«Bis bald. Du weißt, wenn bei euch wieder mal die Luft brennt, bin ich gern dabei.»

«Ich werd's mir merken. Mach's gut, Lisa.» Tom unterbrach die Verbindung.

«Demnächst wird es wieder verdammt einsam hier», sagte Paul. «Nur wir beide, die vier Streifenkollegen und nichts weiter los als Einbrüche in Ferienhäuser und Jugendliche, die am Wochenende betrunken mit ihren Rollern von einer Party heimfahren.»

«Ich gebe zu, gegen ein bisschen Langeweile hätte ich nichts einzuwenden.»

Paul sah ihn an. «Das sagst du jetzt.»

«Immerhin habe ich dich. Oder hast du vor, dich nach Hawaii abzusetzen?»

«Das wäre mein Traum.» Paul grinste breit, als er Toms entsetztes Gesicht sah. «Aber nicht in naher Zukunft, keine Sorge. So schnell wirst du mich nicht los.»

Anklam, am selben Tag

Mascha hatte den Bulli, den Tom ihr für die Fahrt nach Anklam geliehen hatte, auf einem Supermarktparkplatz abgestellt. Es tat gut, sich nach dem Gespräch mit den Kollegen noch ein bisschen die Beine zu vertreten, das machte den Kopf frei.

Es war gut gelaufen, trotzdem hatte sie es als belastend empfunden, den Moment, in dem sie abgedrückt und damit Dominik Westphals Leben ausgelöscht hatte, wieder und wieder zu durchleben.

Er war ein rücksichtsloser, kaltblütiger Mörder gewesen, der seiner eigenen Tochter eine Pistole an die Schläfe gehalten hatte. Aber er war auch ein Ehemann und Vater gewesen. Und durch ihren Schuss hatte Mascha seinen Töchtern die Möglichkeit genommen, die Sache eines Tages mit ihm zu klären.

Dennoch war ihr bewusst, dass sie keine Wahl gehabt hatte. Hätte sie gezögert, wäre Tom jetzt tot. Und die Mädchen vermutlich ebenfalls.

Eigentlich hätte sie es als tröstlich empfinden müssen, dass es Kinder gab, die noch viel schrecklichere Väter hatten als sie. Aber das Gegenteil war der Fall. Es frustrierte sie, dass so viel Leid in Familien existierte.

Sie erreichte den Bulli, schloss auf und stieg ein. Nachdenklich beobachtete sie eine Mutter mit drei Kindern, die einen vollen Einkaufswagen zu einem alten Kombi schob. Das kleinste Kind saß vorne im Wagen, die anderen beiden plapperten ohne Punkt und Komma auf ihre Mutter ein. Die vier wirkten fröhlich und gelöst. Aber vielleicht war das lediglich die Fassade, und dahinter tat sich ein schrecklicher Abgrund auf.

Mascha wandte sich ab. Wenn sie in so düsterer Stimmung war, sollte sie nicht zu viel nachdenken.

Außerdem gab es etwas, das sie erledigen musste. Auch wenn es höchstwahrscheinlich ihren Frust vergrößern würde. Sie zog ihr Handy hervor, rief die Nummer ihrer Eltern auf.

Zum Glück war es ihr Vater, der den Anruf entgegennahm.

«Hallo, Vati.»

«Mascha!»

«Ich wollte …»

«Hast du von Holger gehört? Er hat seinem Chef im Suff eine unverschämte Mail geschickt, und jetzt fliegt er vielleicht raus.»

«Ich weiß.» Mascha räusperte sich. Mit einem Mal wurde ihr klar, dass ihre Rache auch Auswirkungen auf ihre Eltern hatte. Trotz allem hatte sie das nicht gewollt. «Das renkt sich bestimmt wieder ein.»

«Wusstest du, dass er ein Alkoholproblem hat?»

«Bis vor ein paar Tagen nicht», antwortete sie ehrlich.

«Ich verstehe das nicht. Er ist so brillant, warum lässt er sich zu so was hinreißen?»

Mascha wollte sich das nicht länger anhören. «Ich rufe aus einem anderen Grund an: Stimmt es, dass meine leibliche Mutter Brandstiftung begangen hat?»

«Woher weißt du das?» Die Stimme ihres Vaters war plötzlich schneidend kalt.

«Von Holger.»

Es wurde so still, dass Mascha für einen Augenblick glaubte, die Verbindung wäre unterbrochen worden. Dann antwortete ihr Vater.

«Ich wollte nicht, dass du davon erfährst. Du solltest nicht von der Geschichte einer Frau belastet werden, die nichts mit dir zu tun hat. Vor allem, nachdem du selbst …»

Er sprach nicht weiter, doch Mascha wusste, dass er das Feuer in dem Schuppen meinte. Sie ließ den Kopf aufs Lenkrad sinken. Es stimmte also. Ihre Mutter war keine Freiheitskämpferin gewesen, die sich gegen das Regime aufgelehnt hatte, sondern eine gewöhnliche Kriminelle. Eine Brandstifterin. Und ihre gescheiterte Flucht war nichts weiter gewesen als der Versuch, sich ihrer gerechten Strafe zu entziehen.

Aus weiter Ferne hörte Mascha die Stimme ihres Vaters. «Mascha? Bist du noch dran?»

Sie konnte jetzt nicht mit ihm reden. Sie drückte den Anruf weg, presste die Stirn gegen das Lenkrad, und der Schmerz legte sich wie ein schweres, schwarzes Tuch um ihre Schultern.

Sellnitz, am selben Abend

Tom warf einen verstohlenen Blick zur Seite. Romy und er hatten extra frischen Pizzateig gemacht und ihn mit leckeren Zutaten belegt, aber Mascha schien es kaum registriert zu haben. Den ganzen Abend schon wirkte sie niedergedrückt. Womöglich setzte ihr der tödliche Schuss doch mehr zu, als sie sich eingestehen wollte.

Trotzdem war Tom froh, sie bei sich zu haben. Morgen früh würde sie nach Schwerin zurückkehren, und wann sie sich wiedersehen würden, stand in den Sternen. Wenn sie sich genauso dämlich anstellten wie im vergangenen Herbst, musste dazu wohl erst wieder ein Verbrechen in Sellnitz geschehen, das die Expertise einer Kryptologin erforderte.

Zum Glück schien Romy nichts davon zu merken, dass Mascha nicht ganz bei der Sache war. Sie erzählte fröhlich von der Geburtstagsfeier, zu der sie eingeladen war. Dann wechselte sie abrupt das Thema.

«Kannst du mit mir die Zuckertüte basteln, Mascha?»

«Ich … ähm, ich weiß nicht, ob ich das kann.»

«Das Schultüten-Basteln im Kindergarten ist erst nach Ostern», schaltete Tom sich rasch ein. «Dann ist Mascha gar nicht hier.»

Romy verzog das Gesicht. «Aber alle Mamas machen mit!»

Toms Herz zog sich zusammen. «Du bastelst die Tüte mit deinem Papa, Schatz. Du wirst sehen …»

«Aber Papas können nicht so gut basteln wie Mamas.» Romy wandte sich wieder an Mascha. «Du musst mitkommen! Bitte!»

Zum ersten Mal an diesem Abend sah Tom Mascha lächeln. «Ich weiß nicht, ob dir klar ist, worauf du dich da einlässt, Romy», sagte sie. «Ich habe noch nie im Leben eine Zuckertüte gebastelt. Aber wenn du möchtest, kann ich es versuchen. Hauptsache, du hilfst mir, allein schaffe ich es nicht.»

«Na klar.» Sie klatschte mit Mascha ab, dann drehte sie sich triumphierend zu Tom um. «Siehst du, sie hat Ja gesagt.»

Tom blickte Mascha entschuldigend an. «Du musst das nicht machen.»

«Ich weiß.» Ihr Lächeln wurde breiter. «Aber ich will.»

Am selben Tag

Mascha starrte in die Flammen im Kamin, die fröhlich tanzten, während sie Tom von dem Telefonat mit ihrem Vater erzählte. Romy war vor einer halben Stunde beim Vorlesen eingeschlafen, im Haus war es still bis auf das Knistern des Feuers. Es tat gut, die Last zu teilen. Allein, davon zu sprechen, machte es leichter.

«Und du glaubst ihm?», fragte Tom, als sie geendet hatte.

Überrascht sah sie ihn an. «Ich kann mir nicht vorstellen, dass Holger und er das abgesprochen haben.»

«Aber dein Vater hat dich vorher schon über deine leibliche Mutter belogen.»

«Stimmt.» Mascha schlang nachdenklich die Arme um die Knie. «Ich weiß nur nicht, ob ich überhaupt noch die Kraft habe weiterzusuchen. Mit jeder Lüge – falls es diesmal eine ist – fühlt es sich an, als würde mir die Wahrheit weiter entgleiten. Es ist, als würde meine Mutter langsam in einem Tümpel versinken. Anfangs dachte ich noch, dass ich bloß die Hand ausstrecken und nach ihr greifen muss. Aber jetzt ...» Sie schluckte die Tränen herunter, die plötzlich in ihr aufstiegen.

«Was ist denn mit diesem Typen aus Berlin?», fragte Tom sanft.

«Im Augenblick kann er mir nicht helfen. Es ist zu riskant für ihn.»

«Aber irgendwann kommt er an die Akte ran.»

«Hoffentlich will ich die Wahrheit dann überhaupt noch wissen. Manchmal habe ich richtig Angst davor.»

«Das verstehe ich.» Er legte den Arm um sie. «Was hältst du davon, wenn du für den Rest des Abends einfach nicht mehr daran denkst?»

«Leichter gesagt als getan.»

«Ich könnte versuchen, dich abzulenken.»

«Und wie?»

«So vielleicht?» Er beugte sich vor und küsste sie.

Maschas Herz begann zu flattern. «Sehr gute Idee», murmelte sie. «Mir geht es schon viel besser. Du darfst nur nicht aufhören.»

Er zog sie in seine Arme. «Keine Sorge. Das habe ich nicht vor.»

Bevor endgültig Schluss ist …

… noch ein paar Worte, damit der Abschied nicht ganz so schwerfällt.

Wieder ist es Tom, Mascha und ihrem Team gelungen, ein kompliziertes Verbrechen aufzuklären. Wenn auch nicht ohne heftige Rückschläge und schmerzhafte Verluste. Und wieder durfte ich die Figuren, die mir so sehr ans Herz gewachsen sind, auf über tausend Seiten begleiten und dabei nicht nur mit ihnen das Rätsel um die beiden Skelette vom Kliff lösen, sondern auch mehr über sie und ihre Vergangenheit erfahren. Auch wenn die Frage nach Maschas Herkunft nach wie vor unbeantwortet ist.

Was für ein Glück, dass es einen neuen Fall für die beiden geben wird! Und dann vielleicht auch endlich die Antwort, nach der Mascha so verzweifelt sucht. Ich freue mich jedenfalls unglaublich darauf, meine zwei Protagonisten ein weiteres Mal in der wunderschönen magischen Landschaft des Darß auf Mörderjagd zu schicken!

Zum Schluss möchte ich auch diesmal allen Menschen danken, die dabei geholfen haben, die Welt, die ursprünglich nur in meiner Fantasie existierte, in der realen Welt zu verbreiten: Den vielen hilfsbereiten Fachleuten, die mich wieder bei der Recherche unterstützt haben. Dem Team im Verlag, das mit so viel Herzblut dafür sorgt, dass sich meine Geschichten in wunderbare Bücher verwandeln. Den Buchhändlerinnen und -händlern überall im Land, die es in ihren Geschäften platzieren und ihrer Kundschaft empfehlen. Und ganz besonders Ihnen, liebe Leserinnen und Leser, die es kaufen, lesen und weiterempfehlen.

Während Sie diese Zeilen lesen, sitze ich bereits am nächsten Manuskript. Noch weiß ich nicht genau, welchen Herausforderungen sich Tom und Mascha diesmal stellen müssen, beruflich und privat. Aber ein paar Ideen habe ich schon. Und eins kann ich verraten: Sie bekommen es mit einem sehr speziellen Gegner zu tun …

Eine spannende Zeit bis dahin!

Karen Sander

Weitere Titel

Wenn ich tot bin

Engelhardt & Krieger ermitteln

Der Strand: Vermisst

Der Strand: Verraten

Der Strand: Vergessen

Der Sturm: Vergraben

Der Sturm: Verachtet

Der Sturm: Vernichtet

Stadler & Montario ermitteln

Schwesterlein, komm stirb mit mir

Wer nicht hören will, muss sterben

Ich sehe was, und das ist tot

Bald stirbst auch du

Hüte dich vorm bösen Wolf

Karen Sander
Der Strand: Vermisst

400 Seiten

Mitten am Tag verschwindet die gehörlose 19-jährige Lilli Sternberg spurlos. Das Team um Kriminalhauptkommissar Tom Engelhardt durchkämmt sofort die gesamte Umgebung: den Strand, den Ort Sellnitz auf dem Darß, in dem Lilli bei ihren Großeltern lebt, das Hinterland. Ohne Ergebnis.
Die einzige Spur ist Lillis letzte Handy-Nachricht: das Foto einer in den Sand gemalten, scheinbar wahllosen Zeichenfolge. Deshalb bekommt Engelhardt Hilfe von der Kryptologin Mascha Krieger vom LKA.
Wurde Lilli entführt, und bei dem Foto handelt es sich um eine Botschaft des Täters? Hat Lilli selbst eine Art codierten Abschiedsbrief verschickt? Hat die Schrift im Sand überhaupt etwas mit ihrem Verschwinden zu tun?

Hochspannung auf der Halbinsel Fischland-Darß-Zingst.